ひこばえ

下

重松　清

JN050985

朝日文庫

本書は二〇二〇年三月、小社より刊行されたものです。

ひこばえ　下　目次

上巻　目次

ひこばえ　下

第十一章　息子の息子

「大変なんだね、老人ホームの世界も」

信号待ちの間にカーナビの表示を〈広域〉から〈詳細〉に切り替えながら、航太《こうた》は同情するように言った。

後藤《ごとう》さんのこと——。

車で照雲寺《しょううんじ》に向かう道すがら、昨日の煙感知器の騒ぎと、そこに至るまでのクレームや軋轢《あつれき》の数々を話したのだ。

「いや、ウチなんて後藤さん程度が悪目立ちするぐらいだから、まだましなほうなんだぞ」

助手席の私が言うと、後ろの席から身を乗り出した夏子《なつこ》が「こんなこと言っちゃアレだけど、やっぱり安いホームのほうがいろいろあるの？」と訊《き》いてきた。

「いや、そっちはそっちで苦労が多いらしいんだけど、逆に、超高級の施設も大変だって言ってたな」

「そうよねえ。お金持ちでプライドも高そうな人ばっかりだもんね」

「ウチぐらいの、そこそこ高級っていうのが一番いいんだよ、やっぱり」

「うわっ、出たっ、ザ・日本人」

航太はおどけて混ぜっ返し、車を発進させた。

土曜日の朝、空は晴れわたって、最高気温は二十八度あたりまでいきそうだという。絶好の行楽日和——裏返せば、法要に最も不向きな天気だった。私たち三人の服装も、午後から部活の指導がある航太こそ普通の背広にネクタイだったが、立場からすれば喪主にあたる私は黒ネクタイの礼服、夏子も黒のスーツだった。

天気の良さが恨めしい。梅雨入り前の貴重な晴れの一日が、四十九日法要でつぶれてしまうことになる。

「お経をあげてもらって、みんなで会食をしても、午後の早いうちに終わるでしょ？　だったら、わたし、そのあと美菜《みな》のところに行こうかな」

あなたもどう？　と誘われた。

もちろん私だって、遼星《りょうせい》の顔を見たい。

だが、いまは「俺も行くよ」とは約束できない。今日はどうなるかわからない。父の遺骨の行き先をめぐって長い話し合いになるかもしれない。

そして、後藤さんのことも——もしかしたら、息子の将也《まさや》さんから電話がかかってくるかもしれないのだ。

ゆうべ、事務室から将也さんに電話をかけた。正確には、将也さん本人ではなく、女性秘書の携帯電話番号——声の幼さや受け答えの頼りなさからすると、何人かいるはずの社長室のスタッフの最年少、というより、下っ端なのだろう。

「後藤将也さんと直接お話をさせていただけませんか」と頼んでも、さっぱり埒《らち》が明かない。なにしろ「社長はただいま、たいへんお忙しくていらっしゃいますので」と、謙譲語もろくにつかえないのだ。

細かい伝言はあきらめた。代わりに私の名前と役職、そして携帯電話の番号を伝え、「遅い時間でもかまいませんから、社長にお電話をいただきたいんです」と言った。彼女は「はあ、わかりましたけど」と言うだけで、名前や番号の復唱は一切なかった。メモを取ってくれているかどうかも——だいじょうぶ、いくらなんでもそれくらいは……と、祈るしかない。

十分後、電話がかかってきた。私は不明を恥じ、さきほどの彼女に心の中で詫《わ》びながらスマホの〈応答〉をタップした。

だが、電話の主は将也さんではなく、社長室の室長だった。後藤さんの案件はすべて社長室が対応するという。そこをねばって、「とにかく一度電話をいただけませんか」と伝言したのだが——。

ゆうべも、一夜明けても、まだ電話はかかってこない。

車は多摩川に架かる橋を渡って、多摩ケ丘市に入った。

「どうする？　道が空《す》いてるから、このままだと早く着きすぎちゃうけど」

航太が言った。「一時間以上早くなっちゃうよ」

法要は午前十時からだった。段取りをつけた川端久子《かわばたひさこ》さんからは「できれば三十分ぐらい前に来てくれる？」と言われていたので、それに合わせて家を出たつもりだったが、カーナビの到着予定時刻は八時五十分——こんなに早くお寺を訪ねると、道明和尚《どうみょうおしょう》にも迷惑だろう。

「だから言ったじゃない、九時過ぎに出ればじゅうぶん間に合うのに。ほんと、せっかちなんだから」

出がけにあわただしい思いをさせられた夏子が恨めしそうに言って、航太は「あと、心配性だよね」と苦笑する。

「悪い悪い、渋滞が怖くてさ……」

心配性のほうだけを認めた。

「でも、多摩ケ丘に来るのって、けっこうひさしぶりだよね。いまの家に引っ越したすぐあとぐらいじゃない？　だから、十年ぶりとか、それくらいかなあ」

航太の言葉を引き取って、夏子が「梨もぎよ、観光農園で梨狩りしたのよ」と言った。「あんた、中学三年生で、すっごく態度悪くて、せっかくドライブしてるのに、ずーっとゲームしてたんだから」

そうそう、と私はうなずいた。自然と頬がゆるむ。思い出そのものの懐かしさに加えて、あの日の航太の態度に私も鼻白《はなじろ》んでいたことがよみがえって、なんとなくうれしくなった。夏子と直接そういう昔話をした記憶はなかったが、夫婦で子どもをめぐる思い出を共有できているのは、やはり幸せなのだろう。

「じゃあ、その梨狩りをした農園に、ちらっと寄ってみる？」と航太は言った。

航太は、私や夏子がすっかり忘れてしまった農園の名前を、いまでも覚えていた。

「『たまなし農園』っていうんだよ。多摩川の梨っていう意味だと思うけど、ひらがなだったから、お父さん、ワケのわかんない冗談をボソッと言ったんだよ。それで覚えてるんだ」

「冗談なんて言ったっけ、俺」

「言った言った。下ネタだよ」

私自身はきょとんとするだけだったが、夏子が一拍おいて、「あったーっ」と声をはずませた。「そう、あったあった、やだぁ、もう」と手を叩《たた》いて笑う。

あの日は、難しい年頃の子どもたちを強引にドライブに連れ出したのだ。航太は思いきり無愛想で、話しかけてもろくに返事もしない。その不機嫌な態度が美菜にも伝染してしまい、多摩川を渡って梨農園の点在する地区に入った頃には、車内の雰囲気はずいぶん重くなっていたらしい。

私にはそこまで細かい記憶はなかったが、夏子はつい昨日のことのように「ほんと、あの頃のコウちゃんは可愛げがなかったんだから」と怒りをぶり返す。「根が明るい美菜まで、ふてくされなきゃ損だ、みたいな感じになっちゃって……まったく」

それを多少なりとも救ったのが、私が口にした冗談だったのだという。

「どの農園に行くか決めてなかったんだよね。どこにしようかって探しながらドライブしてたら、道路脇に『たまなし農園』の大きな看板が出てて、お父さん、それ見ていきなりボケたんだよ」

農園の名前の「たまなし」に反応して、ひとりごとのように、こう言ったらしい——「股間が落ち着かなくて、スースーしちゃうような名前だなあ」。

やっと、なんとなく、記憶がよみがえってきた。航太が「要するに『たまなし』の『たま』を、脚の間にぶら下がってる大事なタマと掛けたんだよね」と続けると、そうだ、そうだった、オレはそんなことを確かに言ってたなあ……と、頰がカッと熱くなってしまった。

航太が車を停《と》めてスマートフォンで調べると、『たまなし農園』は、いまはマンションになっていた。

「どうする？　行くだけでも行ってみようか？」と航太が訊いた。

私は、「そうだなあ」とうなずいた。「せっかくだし、やっぱり懐かしいし」

「だよね」と航太も応えた。

ところが、夏子は「行ってもしょうがないじゃない」と、にべもなく却下した。「農園が残ってるんだったらまだしも、マンションなんか見てどうするの？　そんなの懐かしい？初めて見るのに？」

確かにそうだ。まったくの正論なのだ。

だが、航太は「まあ……それもそうだよね」と夏子の言いぶんを認めながらも、微妙に納得がいかない様子だった。

じつは私も同じ。懐かしさとは、実物が目の前にあるから湧いて、なければ湧かない、という単純なものではあるまい……とは思うのだが、三十年近く夫婦をやっていれば、その理屈が「お父さんもコウちゃんも、ほんと、ロマンチックなんだから」の一言で粉砕されてしまうことぐらい予想はつく。美菜がいたら、もっと辛辣《しんらつ》に「オトコって、思い出にひたる自分が大好きなんだよね」と切り捨てられてしまうだろう。

結局、眺めのいい多摩川沿いの道路をしばらく走ってから、グルッと遠回りする格好で照雲寺に向かうことになった。

車を発進させると、航太はあの日の下ネタの話を蒸し返して、「なんであんなギャグ言ったの？」と訊いてきた。

「だって、あのときの車の中の雰囲気、最悪だっただろう、みんなムスッとして。捨て身のギャグで雰囲気を変えたんだよ」

「ほんとぉ？」

からかうように言った夏子も「まあ、実際、効果はあったわよね」と続けた。「わたしもコウちゃんも笑ったし、美菜だって下ネタは大嫌いなのに、突然だったし、品がなさすぎたから、思わずプッと噴いちゃったんだもんね」——結果オーライの褒《ほ》め言葉ということにした。

「俺だって、いろいろ気をつかってるんだからな。親父《おやじ》の立場もツラいんだぞ」

拗《す》ねた声色をつくって言ったとき、不意に子どもの頃の記憶がよみがえった。

父との思い出が、あった。


父と二人で風呂に入っていたのだ。団地の風呂なので湯船も狭い。そこに二人一緒に浸《つ》かっていたのだから、よほど私の体が小さかった頃、小学校に上がる前だったのだろう。父の顔は浮かばない。声も思いだせないままだった。ただ、父が機嫌良く笑っているのはわかる。

私たちは向き合ってお湯に浸かっていた。私の目の高さは、父の首の付け根あたりになる。父は首も腕も太い。首と肩の間がコブのように盛り上がっている。とりたてて頑強な体をしていたわけではなかったはずだが、思いだす父の姿は、私自身がうんと幼かったせいだろうか、がっしりとして、たくましい――寸借詐欺《さぎ》まがいのことを繰り返していたひとなのに。

父はタオルを両手で広げて持っていた。これからいいものを見せてやる、というようなことを私に言ったはずだ。正確な言葉は思いだせないが、それを聞いてわくわくしたことはよく覚えている。拍手ぐらいしたかもしれない。

父はタオルをお湯に入れた。最初は両端をピンと張って、お湯に浸かる直前に張りをゆるめ、パラシュートのようにすばやく空気を巻き込んだ。両端を一つにまとめて摑《つか》んで空気の逃げ口をふさぐと、長方形のタオルは丸い袋になった。父は、それをおなかのあたりにまで沈めて言った。

ぷんが出るぞ。

そうだ、思いだした、あのとき父は確かにそう言ったのだ。「ぷん」というのは「おなら」の意味だった。おならの音から取った方言なのか、勝手に名付けていたのか、とにかく父はおならを「ぷん」と呼んでいた。同じ県の出身でも母からは聞いたことがないので、やはり父のオリジナルだったのだろう。

お湯に浸かっておならをすると、泡が浮き上がって、ポコッとはじける。

ぷんが出るぞ、大きなぷんだぞ。

父はそう言って、タオルを摑んでいた手をゆるめた。すると、言葉どおり大きな泡が水面ではじけた。音のほうも、沸騰《ふっとう》したお湯の泡のように大きかった。

びっくりする私を見て、父は上機嫌に笑いながら、ぷんがー出た出た、ぷんがー出たーあ、よいよい、と『炭坑節』の「月」を「ぷん」に替えて歌ったのだった。

車は多摩川の土手に延びる通りに出た。川は進行方向の左側──私の座る助手席側だったので、眺望が開けている。広い河川敷と中洲《なかす》のある川、そして対岸の河川敷と土手と街並みをぼんやり眺めながら車に揺られた。

父のつくった『炭坑節』の替え歌を小さく口ずさんで、まいったなあ、と苦笑したら、航太に聞こえてしまった。

「ねえお父さん、いまの歌、なんだっけ。民謡だよね」

「『炭坑節』だよ。昭和のオヤジは、みんな歌ってたんだ」

「歌詞、おかしくない？」

夏子にも聞かれてしまったようだ。「あの歌、月がー出た出た、よね。でも、あなた、いまヘンなこと歌ってなかった？　月じゃなかったでしょ」

そうだっけかな、と私は首を傾《かし》げて、ごまかした。

「ぷん」の意味を説明して、ようやく一つ浮かんだ父との思い出を話してやれば、夏子も航太も――べつに喜びはしないだろうが、いままでさっぱり要領を得なかった父のことが、ほんの少しでも身近に感じられるかもしれない。

だが、いまは話す気にならなかった。教えたくないわけではないし、ずっと秘密にしておくつもりもない。ただ、もうしばらくは私一人で、そうだったな、あのひとはおならを「ぷん」と呼んでたんだよな、と嚙《か》みしめたい。

タオルでつくった大きな「ぷん」を、どうしてあのとき、私に見せたのだろう。気まぐれだったのだろうか。会社かどこかで「ぷん」のつくり方を知って、それをやりたかったのだろうか。可笑《おか》しそうに笑っていた。意外と陽気なところもあったのだろうか。酒でも入っていたのだろうか。

酔っていた可能性はある。父は夕食のとき必ずビールを飲んでいた。そうだ、また一つ思いだした。父は用済みになったビールの王冠を使ってバッジをつくってくれた。コルクをはずして服の胸につけ、コルクを服の裏側から当て直して留めると、西部劇の保安官みたいで格好良かったのだ。

ああ、あったなあ、そうだったなあ、と頰をゆるめると、眺めていた風景が不意ににじみはじめた。

泣いたつもりはない。感情の昂《たか》ぶりはなかったし、胸の震えも感じなかった。あくびをすると自然と目が潤むのと同じように、涙がほんのわずか湧いただけだ。

航太に悟られないよう首を窓のほうに大きくひねって、二、三度強く瞬《しばた》いた。だいじょうぶ。ひとしずくにも満たない涙は目尻に染みて、消えてくれた。

まいったな、おい、泣くことはないだろう、いい歳《とし》をして……。

河川敷のサイクリングロードに、小学生の男子のグループがいた。みんな一丁前にBMXの自転車を漕《こ》いで、シャツやジャケットの裾をひるがえしている。いまどきの子どもは、ビールやジュースの王冠を知らないかもしれない。あれでバッジをつくったらカッコいいんだぞ、オジサンなんて五つも六つもつけて勲章にしてたんだぞ、と教えても……喜ばないよな、どうせ。

また思いだした。そうだ、そうそう、と何度もうなずいた。王冠を栓抜きで開けると、真ん中が折れ曲がることがある。そうなるとバッジには使えないので、父はいつも王冠の上に十円玉を載せて開けていた。硬い十円玉が副《そ》え木のような格好になって、曲がるのを防いでくれるのだ。

平らなままの王冠を渡された私は、台所で裏のコルクを軽く洗ってから父のもとに戻る。父が爪楊枝《つまようじ》やフォークの先を使ってコルクをはずす間に、私はTシャツの胸をつまんで、ここだよ、ここにつけてよ、とバッジの場所をリクエストする。父は、わかったわかった、あわてるな、と笑って……そう、笑っていたのだ、「何年何月何日」とは決められない、いつかの夕食後……。

また視界が揺れる。さっきよりずっと激しく、地震のように揺らぐ。風景がにじんだ。河川敷と川と対岸の境目がわからなくなるほど、揺れて、濡《ぬ》れて、ぼやける。

「――ちょっと停めてくれ」

私は航太に言った。

車が路肩に停まると、すぐにドアを開けた。「お父さん、どうしたの？」と運転席から航太が声をかけたが、振り向きも応えもせずに外に出て、「だいじょうぶ？　気分でも悪いの？」と訊く夏子の声を断ち切るように、後ろ手にドアを閉めた。

車中の二人に背中を向けて、多摩川の向こう岸をにらむように見つめた。眉間《みけん》に力を込めていないと、肩が震えてしまいそうだった。

涙が頬を伝う。なぜだ――。

まぶたの裏が熱い。瞬いても、涙は止まらない。だから、なぜだ――。

涙を拭いたくても、航太や夏子がきっと見ているはずなので、手を目元にやることはできない。二人が車から降りて来ないだけでもありがたいと思うしかない。

あとで知った。私を案じて外に出ようとした航太を、夏子が「いいのいいの、車に酔っただけよ」と止めたのだ。「でも、いままで車酔いなんてしたことないじゃん」と心配顔をくずさない航太に、「男のひとにも更年期障害ってあるのよ。還暦前になると体質変わっちゃうの」と、軽く笑い飛ばしてくれたのだ――私の様子にただならぬものを感じたからこそ。

ふだんの暮らしでは以心伝心や阿吽《あうん》の呼吸はめったに成り立たないものの、これが三十年近く連れ添ってきた熟年夫婦の底力というやつなのだろうか。

私はゆっくりと大きく、深呼吸を繰り返した。空を見上げ、青のまぶしさを目の中に注ぎ込むような気持ちで何度も瞬くと、涙はなんとか止まった。濡れていた頬も、川面を吹き渡る風が乾かしてくれた。

なにより、最初の困惑が収まると、かえって気分がすっきりした。父の死を知らされた四月終わりからずっと、胸の奥にわだかまっていたものが、ようやく流れはじめたのを感じた。

思い出がある。日付を「あの日」と特定できるような特別な出来事ではなくても、私は確かに父と暮らしていた。あのひとは間違いなく私の父親で、私もあのひとの息子だ。その実感があれば、四十九日の法要を堂々と営める気がする。

車に戻った。「悪い悪い、さあ、そろそろお寺に行くか」と航太に言った声は、自分でもはっきりわかるほど明るかった。

照雲寺には、神田《かんだ》さんと川端さん、真知子《まちこ》さん、さらには和泉台文庫の田辺麻美《たなべあさみ》さん・陽香《はるか》さん親子まで来てくれた。

川端さんと麻美さんと陽香さんは黒のスーツで、真知子さんも先日と同様、トウのたった女子学生の就活ルックだった。

父のために、わざわざ……と思うと、自然と「ありがとうございました」と一同に頭を下げていた。恐縮というより、素直に感謝した。それが自分でも少し不思議で、背中がくすぐったくなった。

ところが、最後に控え室に来た神田さんは、いつものフィッシングベストだった。

「えーと、神田さん、アレですよね、着替えるんですよね？　お経の始まる前に」

真知子さんが訊くと、「はあ？」と意外そうに返す。「披露宴の花嫁じゃあるまいし、お色直しなんてしてどうする」

「だって、これ、普段着じゃないですか」

すると、自分の頭を指差して「よく見てみろ、今日は黒だ」と胸を張る。

頭に巻いたバンダナが黒だから、これは喪のいでたち――という理屈なのだろう。

「それに、ほら」

襟元をつつく。ベストの下は、Tシャツではなくワークシャツだった。

「ちゃんと襟付きの服にしてるんだぞ。文句を言われる筋合いがどこにあるんだ」

ひとにらみされた真知子さんは、そっぽを向いて肩をすくめ、「ありすぎー」とつぶやいた。

「ん？　なんか言ったか、いま」

「言ってませーん」

まあまあまあ、と二人に割って入った私は、神田さんに夏子と航太を紹介した。

神田さんは、夏子に対しては少し緊張した様子で挨拶《あいさつ》を交わしたが、航太には気さくに「おう、あんちゃんがノブさんの息子の息子か」と笑った。真知子さんが「そーゆーのを日本語では『孫』っていうんです」と言うと、「わかってるよ、そんなの」と舌打ち交じりに返して――。

「まだ、あんちゃんは孫じゃない」

きっぱりと言い切った。

私は父の息子で、航太は私の息子なのに、航太は父の孫ではない。それは、どういうことなのか。

神田さんの答えは、シンプルにして明快だった。

「あんちゃんはノブさんのことをなんにも知らないだろ。それじゃあ、じいさんと孫にはならんよ。あんちゃんは、いまはまだノブさんの息子の息子で、あんちゃんにとってのノブさんは親父の親父だ」

航太は、「つまり――」と返した。「僕と祖父はまだ、直接の関係は結べていない、あくまでも父を介した間接的な関係にすぎない、というわけですか」

いかにも国語教師らしい理屈っぽい言い回しに、神田さんは「あんちゃん、真面目だな」と苦笑して、「じゃあ、こんな言葉、知ってるか」と訊いた。

ひこばえ――。

航太はすぐに「春の季語ですね」と反応した。「木の切り株から若い芽が生えてくることでしたっけ」

横から川端さんも「『ひこ』って、孫の意味なんでしょ？」と応えた。「元の幹から見れば孫のような小さな芽が生えてくるから『ひこばえ』なのよね、たしか」

田辺さん親子も「あと、東日本大震災のときに、復興の象徴みたいな感じで、よく紹介されましたよね」「うん、あったあった」「切り倒された木から芽が生えてくるみたいに、被災地も絶対にまた立ち上がるぞ、ってね」「うん、自分は切り倒されても、未来に希望がつながるんだよね」と話を継いだ。

さらに夏子まで「東京でも、グループホームとか、保育園と高齢者施設が一緒になってるところで、よく『ひこばえ』っていう名前を見ますよ」と続け、「あなた、そういうの詳しいんじゃない？」と私に訊いた。

「ああ……『ひこばえ』ブランドでケアハウスを展開している会社もある」

神田さんは「いやあ、たいしたもんだ、皆さん」と感心しきりで、返す刀で、一人だけ取り残されていた真知子さんに――。

「ライターだかマッチだか知らねえけど、ねえちゃんの商売にもその程度の教養は要るんじゃねえのか?」

そういうことを言うから、真知子さんはまた頬をふくらませてしまうのだ。

神田さんは車座になった私たちをぐるりと見回して、「ホウガコウシンっていう言葉を知ってるか」と言った。

誰からも返答はない。神田さんも「さすがにこれは知らなくて当然だ」と言った。

萌芽更新——。

「俺の仕事先に京都の製材工場があって、丸太を大型トラックに載せて問屋さんの貯木場から製材所に運んだり、製材した材木を現場に運んだりしてるんだ。だから、材木や森のことには自然と詳しくなった」

萌芽更新は、林業や森林保全で使われる用語だった。

「ひらたく言えば、質のいい丸太を切り出したり、森を守ったりするために、意識的にひこばえを出すんだ」

数寄屋《すきや》造りの家や茶室に使う磨《みがき》丸太は、太ければ太いほどいいというものではない。北山杉で知られるスギの名産地・京都の北山地区では、床柱や垂木《たるき》に使い勝手のいい太さの丸太を効率的に切り出すために、古くから萌芽更新をおこなってきた。

「太い木の幹を切って、その切り株を土台にするんだ。台杉《だいすぎ》というんだが、そこにひこばえがいくつも芽吹いて、育って、三本とか四本とか五本とか、細めの木が伸びていくだろ？　それを丸太に使えば、一本の台杉から、ちょうどいい太さの丸太が何本も取れるわけだ」

それを台杉施業《せぎょう》と呼ぶ。通常のスギは、ひこばえができにくいのだが、北山地区に自生するスギは萌芽性に優れているのだという。茶の湯の発展とともに磨丸太の需要も高まったので、台杉施業も室町時代に始まったとされている。

「里山のブナやコナラも、昔は薪や木炭が大量に必要だったから、萌芽更新をどんどんやっていった。そうしたら、丸太が取れるだけじゃなくて、森も若返る。太い木を切ったら地面にも太陽の光が届くから、そこでまた新しい木が芽吹く。草も生える。日陰のうちは咲かなかった花も咲く。虫も増える。ウサギやリスもやってくる。一本の古い木が切り倒されることで、新しい命が生まれて、森の世代が先に進むんだ。いいことずくめだろう？」

そのかわり、と神田さんは一拍おいて言った。「幹を切られた古い木は、生まれ変わった森を見ることはできないんだ」

それを、人の世に重ね合わせる。

「昔はいまほど長生きできなかったから、たいがいのじいさんばあさんは、孫がまだ子どものうちにくたばってたもんだ。孫の顔を見ることすらできずに逝《い》っちまった人も、たくさんいる」

神田さんの言葉に、この場の最年長の川端さんは「ほんと、昔は八十まで生きるなんて珍しかったわよね」と相槌《あいづち》を打った。

「なあ、息子」

神田さんは私に向き直り、さらに航太にもまなざしを移して、「息子の息子も、よーく聞いとくんだぞ」と言った。

私と航太は目を見交わして、どちらからともなく居住まいを正した。

「じつは、俺はノブさんから聞いてた、息子がいるってことは。娘と息子……お姉ちゃんと弟がいるんだ、って」

知り合って間もない、二十年ほど前のことだ。離婚に至る詳しい事情は明かさなかった。ただ、子どもたち——姉と私は、もう一人前になってるんだ、と感慨深そうに言った。社会人になって、結婚をしているだろうし、子どももいるんじゃないか、と焼酎のお湯割りを啜《すす》っていたらしい。

「娘や息子に会いたいのかよ、って俺は訊いたんだ。そうしたら、ノブさん、はっきりと言った」

会えない——と。

「あわせる顔がないってことだよな」

私は黙ってうなずき、そのまま顔を上げずに、畳の目をじっと見つめた。

「でもな、孫には会いたいって言ってた。面と向かって会わなくてもいい、遠くからちょっと見るだけでいいんだが、とにかく孫の顔は一度でいいから見てみたいって言ってたなあ」

おう、息子、なんでだと思う、と訊かれた。

「……わかりません」

うつむいたまま言った。ふてくされた態度になってしまったが、神田さんは聞き咎《とが》めず、おだやかな口調で続けた。

「正確に言えば、孫とは違うんだ。ノブさんが会いたがってたのは、息子の息子や息子の娘、娘の息子や娘の娘……ガキの頃に別れたきりの子どもが、どんなおとなになって、どんな親になって、どんな子どもを育ててるのか……」

ノブさんはそれを知りたがってたんだ、と神田さんは諭《さと》すように言った。

神田さんは六十五歳のいまになるまで家庭を持たなかった。「だからほんとうは、俺には知ったふうな口をきく資格はないんだがな」と前置きしたうえで、「でも……わかるんだ、息子や娘よりも孫にいく、っていう気持ちは」と言った。

一世代隔てている、いわばワンクッション置いているから、いい——。

「自分の蒔《ま》いた種が、子どもの代をへて、孫の代にまで続いてるっていうのが、いいじゃないか。そう思わないか？」

訊かれたのは私だったが、斜め後ろに座った夏子が、大きく、力強く、我が意を得たりといったようにうなずいた。遼星のことを思いだして、「おばあちゃん」モードのスイッチが入ったのかもしれない。

私にも、それはわかる。まだ新米ほやほやのおじいちゃんでも、美菜がいて、航太がいて、そして遼星がいる、というのがいい。美菜と航太という子ども世代しかいなかった頃にはまだ実感が薄かった「我が家の歴史」が、五月に遼星が生まれて孫世代が加わってから、にわかに、3Dの映像のようにグッと臨場感をもって迫ってきたのだ。

「結局ノブさんは孫には会えずじまいで亡くなったわけだが、俺はその気持ちを大事にしてやりたくてな……」

あらためて航太に目をやって、そうか、おまえがノブさんの孫なんだな、と確かめるように何度もうなずく。そしてまた、私に向かって続けた。

「森で一番古くて太い木が切り倒されても、その切り株からひこばえが出れば報われるように、孫が元気で幸せにやってれば、ノブさんも本望だ。草葉の陰で喜ぶ」

私より先に、航太が「はい」と応えた。びっくりするほどしっかりした声だった。

ふと気づくと、廊下の障子の陰に道明和尚がいた。法要の準備が整ったのを伝えに来たものの、あえて声をかけずに、神田さんの話が終わるのを待ってくれているのだろう。

この話が大切なんだと察したから、なのだろうか――実際、和尚は廊下に座り込み、合掌をして話を聞いているのだ。

「なあ、息子の息子」

神田さんは航太に声をかけた。「おまえにはノブさんの思い出がまったくない」

「……ええ」

「親父もそうだ。ゼロっていうわけじゃなくても、おぼろげにしかノブさんのことを覚えてない。なあ、そうだよな、息子」

私に目をやって、うなずいたのを確かめると、また航太に向き直る。

「知りたいか」

「え？」

「ノブさんのこと……おまえのじいさんのことを、少しでも知りたいと思うか。どんなひとで、どんな人生を歩んできたのか、知りたいか」

航太は困惑しながらも「はい……それは、もちろん」と応えた。訊かれたわけではない私も、グッと顎《あご》を引いた。

だが、真知子さんが身を乗り出して「なにか新しいことわかったんですか？」と訊くと、話の腰を折られた神田さんは不機嫌になって、「俺は自分の知ってることしか知らん」と、そっぽを向いてしまった。まったくもって仲がいいのか悪いのかわからない二人なのだ。

それでも神田さんは気を取り直して、話を続けた。

「その気持ちを込めて、ノブさんに焼香してやってくれ。あなたのことを知りたい、あなたの人生を知りたい、と願いながらお骨《こつ》に手を合わせてやってくれ」

そうすれば——。

「あんちゃんは、正真正銘、ノブさんの孫になる。このひとのことを知りたいと思うのが、ひととひとがつながる第一歩だからな」

神田さん自身は、それをしなかった。父と一緒に釣りをして、二人で酒を飲んでいても、父の過去や現在の暮らしぶりにはほとんど立ち入らなかった。

「ノブさんも俺も、いい歳をして家族も持たずに独り身でいるんだ、お互いそれなりにワケありのところはあるさ。そこを突っつかれるのは俺だって嫌だし、ノブさんもそうだと思ってた」

だが、最晩年の父が自分史をのこそうと思っていたことを知って、考えが変わった。

「ひょっとしたら、ノブさん、自分からは話せなくても、訊かれたら打ち明けたいことや、根掘り葉掘り訊いてほしい話があったのかもなあ、って……」

「知りたい」と思うことは、すなわち、相手に関心を寄せるということだった。

「俺はノブさんとウマが合って、なんだかんだと長年付き合ってきた。でも、ノブさんの人生や、あのひとの胸の内に、どこまで関心があったのか、よくわからなくなってきて……やっぱり、しょせんは他人同士なのかなあ、ってな」

最近、神田さんは街を一人で歩いている老人を見かけると、ふとこんなことを思うようになったという。

このじいさんは、誰かに関心を寄せてもらっているんだろうか。このばあさんのことを知りたいと思っている人は、近くにいるんだろうか。コンビニでパック惣菜《そうざい》を買っているじいさんは、どんな人生を歩んできたのか。ショッピングカートを歩行器代わりにして歩くばあさんの胸には、どんな懐かしい思い出が刻まれているのか。それを語り合う相手がいるのか。聞きたいと思ってくれる相手がいるのか……。

「そういうときにかぎって、俺と年寄りの間を、歩きスマホの若い連中や現役のサラリーマンが行き交うんだ」

スマホから顔も上げずにな、と付け加えて、つまらなそうに笑う。

「孤独死だってそうよ」

川端さんが言った。「部屋で亡くなって何日も発見されないっていうのは、誰にも関心を寄せてもらっていなかった、っていうことなの」――父のような独居老人が多く住むアパートの大家として、神田さんの話には胸に響くものがあったのだろう。

「高校生だって同じです」

航太も言った。声が上ずって、震えている。いまの話に生徒たちの姿が重なり、感激屋のスイッチが入ってしまったのだ。

「インスタでもツイッターでも、みんな見てほしいんです、自分のことを知ってもらって、関心を持ってほしくて、できれば『いいね』と言ってほしくて……みんな、みんな……寂しいんですよ……」

声が熱く湿っていく。神田さんもあわてて「お、おう、寂しいんだよ、俺だって寂しいんだ、文句あるか」とワケのわからないことを言いだした。道明和尚が「すみません、そろそろ時間ですので……」と声をかけなければ、航太は涙ぐんでしまったかもしれない。

和尚の読経を聞くのは、これが三度目だった。いままでは「いかにもお経らしい」としか言いようのない、テレビドラマの葬式の場面で流れているのと変わらない印象だったが、今日は違う。音の伸ばし方や抑揚はほとんど変わらないはずなのに、ああ、いい声だなあ、ずっと聴いていたいなあ、と思う。

耳から流れ込んだ声が、まるで通り道がつくられているかのように、するすると胸まで届き、そのまま、深く、深く、胸の奥というより、体の芯へと染み込んでいく。

最初のうちは配られた経本の文字を読んで唱和していたが、途中からは目をつぶり、五感のすべてを耳に集中させた。お経の文字が読めなくなると、和尚の読経を追いかける唱和の声は、ハミングのようにムニャムニャしたものになってしまった。だが、だいじょうぶ、それでいいんだ、と不思議なほど自信を持って思えた。

読経の間に焼香をした。このまえは形だけ手を合わせ、頭《こうべ》を垂れて、そそくさと焼香台の前から離れてしまったが、今日は左右のたなごころや五本の指が重なる肌ざわりもしっかりと感じ取りながら手を合わせ、そして――顔は浮かばないままでも、父の冥福を祈って、骨壺《こつつぼ》に一礼した。

焼香台の前から離れ、座り直した私の耳に、いや胸に、また和尚の声が染み渡る。

読経そのものは、このまえと同じなのだろう。日によって読経の出来映えが違っていてはいけないはずだ。

だが、それを聴く私のほうが変わった。父が少しだけ近くなった。

好きになったわけではない。親しみを持つようになったというのとも違う。父はあいかわらず私にとっては遠い存在で、恨んだり憎んだりしていてもおかしくない相手で、実際に姉はそうしていて、私にも姉の気持ちはよくわかるし、父にさんざん苦労をかけられた母には、せめて最晩年の日々ぐらいは、なんとしても幸せに過ごしてほしいと願っている。

ただ、いま、ふと思った。

父は、母に――そして母は、父に、会いたくないのか。母はまだ父の死を知らない。姉には伝えるつもりはさらさらなさそうだ。だが、このまま父の遺骨を合祀《ごうし》墓に納めて、ほんとうにいいのだろうか……。

薄目を開けて、夏子が焼香を終えるのを見た。ちょっとよそよそしい所作ではあったが、それはしかたないだろう。

続いて航太が焼香台の前に立つ。考えてみれば、この場の面々の中で父と血がつながっているのは、私と航太だけなのだ。私は薄目のまま、しっかりやれよ、と無言で伝えた。おまえのおじいちゃんなんだぞ——「オレの父親」というより、私の存在をはずして、「航太のおじいちゃん」なんだと考える方が、父の存在がくっきりする。

航太はゆっくりとした丁寧な所作で焼香と合掌をしてくれた。後ろ姿だけでも心を込めているのがわかって、ほっとした。よかった、とも思った。航太のためによかったのか、父のためなのか、自分でも決められなかった。

ひこばえという発想はいいな。あらためて嚙みしめた。たとえ直接の出会いは叶《かな》わなくても、「孫」の体の中には確かに「おじいちゃん」から受け継いだものがある。心の中にも、性格や気質といったかたちで「おじいちゃん」は残っているだろう。

航太もそうだ。あいつ、ああ見えてせっかちなんだよなあ、と無理スジは承知で、そうかそうか、せっかちはおじいちゃん譲りだったのか、ということにした。

感激屋なところはどうだろう。私を通り越して、隔世遺伝で祖父母の代からバトンを受け取った可能性はある。夏子のほうの祖父母、私の母、そして父——神田さんから聞くかぎりでは、さほど感情の起伏が激しいタイプではなさそうだが、『男はつらいよ』が好きなぐらいだから、意外とじつは涙もろいところもあったのかも……そうだったらいいし、そうであってほしい、と願った。航太のために。父のために。たぶん両方。いや、誰より、私自身のために。

航太が席に戻ると、入れ替わりに川端さんが焼香した。さらに神田さん、田辺さん親子と続く。

しんがりの真知子さんは、焼香をして、合掌したまま、一礼する前に骨壺を見つめた。じっと――いささか長すぎるほどの時間をかけたあと、小さく礼をした。顔を上げ、また骨壺を見つめて、ふう、と肩で息をつく。席に戻るときの表情は、重く沈んで、どこか怒っているようにも見えた。

献杯《けんぱい》のビールを一口飲んだ神田さんは、「よう、息子」と私に言った。「おまえの息子はなかなかのナイスガイだな、うん、若いのに立派なもんだ」

いきなり昭和の死語をつかわれて面食らったが、神田さんは「あの焼香はよかったなあ」と、しみじみ言った。「ちゃーんと孫の焼香になってたぞ」

私は「ありがとうございます」と頭を下げた。航太本人は法要が終わるとすぐに学校に向かってしまったが、神田さんの言葉を教えてやったら、きっとまた感激するだろう。

川端さんも話を引き取って、「さっき田辺さんも喜んでたわよ」と教えてくれた。

航太は帰りぎわ、田辺さん親子に「今度、和泉台文庫にお邪魔《じゃま》していいですか」と言った。「祖父が読んでた本を僕も読んでみたいんですけど、貸し出しはできますか？」

知りたい、と思ったのだ、おじいちゃんに。

関心を持ったのだ、おじいちゃんに。

田辺麻美さんは「もちろん」とうれしそうにうなずき、陽香さんも「カロリーヌちゃんのシリーズ、すっごく面白いから、絶対にハマっちゃいますよ」と笑った。

二人は和泉台文庫の仕事があるので食事の前にひきあげたが、麻美さんも陽香さんも、ほんとうに朗らかで、明るくて、優しい。父は人生の最晩年にこういうひとたちと出会えたのだ。それが私もうれしい。息子として、と素直に思える。

川端さんが予約をしてくれた和食屋は、「こっちは地元なんだから、財布以外は任せときなさい」と言ってくれたとおり、雰囲気のいい店で、料理も美味《おい》しい。

人数は少なくとも、これならきっと、心穏やかにお昼のひとときを過ごせる、はずなのだが……。

照雲寺を出る前から、ちょっと心配なことがある。真知子さんが、法要のあとはぴたりと口を閉ざして、一切しゃべらなくなったのだ。

神田さんと川端さんもそれに気づいているようで、ちらちらと真知子さんの様子をうかがっている。初対面の夏子まで、真知子さんが手酌でビールをグラスに注《つ》ぐのを見て、ちょっとあなた、この子だいじょうぶ？　という顔で私に目をやった。

法要の会食、しかも昼間なので、深酒にはなりようもない。

実際、川端さんはビールをグラスに一杯飲んだだけでウーロン茶に切り替えたし、神田さんに日本酒をお銚子《ちょうし》二本付き合った私と夏子はコース終盤の炊き合わせが来たときに焙《ほう》じ茶をもらい、お銚子を三本空けた神田さんも、そら豆ご飯と赤だしと香の物が来たところで煎茶にした。

ところが、真知子さんは――。

ビールのあとで「グラスの白ワインもらっていいですか」と言った。こちらも、困惑しながらも断るわけにもいかず、「どうぞどうぞ、お好きなものを」と勧めると、そこからがすごかった。私たちが交わす世間話には相槌すら打たずに、ムスッとした顔で、黙って食べて、飲んで、お代わりをする。白ワイン一本槍《いっぽんやり》で、グラスに五杯、ご飯になっても、さらにもう一杯……水菓子のビワが来ても「お代わりいいですか」と、つごう七杯目を頼んだ。ほぼボトル一本を、彼女一人で飲んだことになる。

さすがに神田さんが「おい、ねえちゃんよ」と一声かけた。「タダ酒だからって飲みすぎるのはみっともないぞ」

川端さんも「そろそろお茶にしない？」と言ったし、夏子も「ソフトドリンクもいろいろあるみたいよ、ここ」とメニューを渡そうとした。

だが、真知子さんは「わたしが、飲みたいのは、ワイン、でーす」と言った。呂律《ろれつ》が怪しい。それでも飲む——飲まずにはいられない、ということなのか。

七杯目の白ワインと甘味のわらびもちが運ばれると、真知子さんは、会議の議長のように卓に両手をついて腰を浮かせ、「皆さん、ちょっといいですか」と言った。

「お待たせいたしました、それでは、ただいまより、長谷川《はせがわ》さんのご依頼を受けた『西条《さいじょう》レポート』の後半を発表いたします」

真知子さんは「発表」を「はっぴょーっ」と大げさに言った。「ドラムロール、皆さんの頭の中で鳴らしてくださーい」

悪酔いしているのか。だが、一同を見まわす顔はにこりともしていない。

私は手に取りかけていたわらびもちの菓子楊枝を皿に戻した。

父の嫌われぶりを思い知らされた『西条レポート』前半の発表から、今日で十日になる。後半のことを忘れていたわけではないし、もっと早く連絡が来るだろうとも思っていた。それでも「どうなった？」と問い合わせる気にはなれなかった。わざわざせっつくこともないだろう、と——正直に言えば、またやりきれない思いをしてしまうのが嫌だったのだ。

事情を知らない夏子と川端さんは怪訝《けげん》そうに私を見たが、あとで、と口の動きだけで返し、話の続きを待った。

真知子さんは白ワインを一口飲んで、「わたしねー、ほんと、困ってるんですよ、まいっちゃってるんです」と言った。呂律がさらに怪しくなり、ふと気づくと目も据わっていた。

「ほんとうは、もう、先週のうちに終わってたんです。ケータイに番号が入ってた残り十五人、全員に電話しました。わたし、仕事早いんですよ、デキるオンナなんですよ。でも、ちょっと……どうしようか、ずーっと迷ってたんですよ」

「なにを迷ってたんだよ、ねえちゃんが迷うスジなんてないだろうが」

神田さんが腕組みをして、不服そうに言った。「あったことをそのまま伝えりゃいいだけなんじゃないのか？」

すると、真知子さんは「いーですねえ、世の中のことをシンプルに考えられる性格のひとは」とあきれ顔で笑って、「じゃあ、伝えます、ぶっちゃけちゃいます、いいっスね？」と私に訊いた。

据わった目でにらむように見つめられて、ひるんだ私は、考えを巡らせる間もなく、ついうなずいてしまった。

「……あとで文句言わないでくださいね」

アドレス帳に入っていた十五人の中で、電話がつながったのは十一人。

真知子さんは「報告ですからね」と念を押して、一人ずつの反応を伝えた。

きわめて事務的に「ああ、そうですか、それはわざわざご丁寧に、どうもどうも」と言うだけで電話を切った人がいた。別の人は「へえ、死んじゃったんですか、あのおっさん」とせせら笑って、「香典なんて出す気はありませんからね」と、ぴしゃりと言った。名前だけでは思いだせず、真知子さんが説明してようやく「ああ、石井《いしい》さんですか、いましたねえ」と言った人もいる。その人は父のことをたいして懐かしむでもなく、「で、それがなにか?」と返したらしい。父の死を知って「あいつに踏み倒された俺の金はどうなるんだ」と怒りだした人もいたし、無言で電話を切って、その後は着信拒否になった人も——前半の十五人のときと同じように、いた。

私は途中からうつむいて、顔を上げられなくなった。夏子と目を合わせたくない。一度も会わずじまいだったとはいえ、自分の実の父親がここまで嫌われていたのを夏子に知られるのは、やはり、つらい。

航太がいなくてよかった。せっかく「おじいちゃんと孫」になろうとしていたのに、こんなことを聞かされてしまったら、失望や落胆を通り越して、裏切られた、とさえ感じるかもしれない。

報告に一段落ついたタイミングで、真知子さんはまた白ワインを一口飲んだ。

「まあ、十一人の皆さんの反応を一人ずつ全部報告してもいいんですけど……」

どうします?　と目で私に訊いた。

これまでの報告の間、個人的な感想は一切なかった。口調も淡々としていた。呂律はあいかわらず怪しかったが、あんがい、頭の芯はシラフのまま、酔いにひたりきれていないのかもしれない。

「いや、もういいよ」

私は両手で通せんぼうをして、「いまの話だったら、迷う必要はないだろう?」と言った。

「きみが報告を迷った、一番の話を教えてくれないかな」

「さっすがあ、長谷川さん、冷静です!」

真知子さんは甲高い声を上げて、キャハッ、と笑った——やはり、酔っぱらっているのだろうか?

真知子さんが電話で話した十一人のうち、女性は二人いた。

一人は、丸山昌子《まるやままさこ》さんという。父が働いていた弁当工場の主任だった。コンビニやスーパーへの卸しに加えて、一般企業や学校、官公庁、さらに介護施設とも契約している業者なので、厨房《ちゅうぼう》はフル稼働だった。二十四時間・年中無休——父は、最も人手不足で、だからこそ時給が高い深夜から明け方までのシフトに、週六日入っていた。

「七十歳の頃から二年ちょっとだったみたいです。だから、和泉台ハイツに引っ越してくる前の話ですね」

勤務態度は良好だった。無断欠勤や遅刻早退の類《たぐい》は、丸山主任が覚えているかぎり一度もなかったらしい。

「ただ……一緒に働いてた人と、ちょっとお金のトラブルがあったみたいで……それで辞めちゃったみたいです」

父がトラブルの被害者なのか加害者なのか、真知子さんはなにも言わなかったが、いままでの話の流れからすると、訊かなくても──情けないが、見当はつく。

「でも、主任さん、懐かしがってました。公園で倒れて亡くなったことを伝えると、お気の毒に……って言ってくれました」

『西条レポート』でお悔やみの言葉を伝えられたのは初めてだった。父の死を、悲しんでいるのかどうかは知らないが、少なくとも、悼んでくれる人がいた。それだけでも、いまはうれしい。

「懐かしがってたんなら、なにか思い出話の一つや二つはあるんじゃないのか」

神田さんが言った。「そういうのを聞き出すのが、ねえちゃんの仕事だろう」

すると真知子さんは含み笑いの顔になって、「聞いてまーす」と言った。「デキるオンナだって言ったでしょ、さっき」

「じゃあ、なんなんだよ、もったいぶらずにさっさと言えよ」

真知子さんは私を見て、「長谷川さん、いろいろ背負っちゃうかもしれませんよ」と言った。「いいんですか?」

私はうなずいた。受け容《い》れるしかない。それがどんな内容であろうとも。

「じゃあ言いまーす」

真知子さんはまた白ワインを飲んで、言った。

「別れた奥さんのことでーす」

仕事を辞める少し前のある日、父は、幕の内弁当にフキの煮物を盛り付ける担当になった。流れ作業の間は小ぶりなトングを黙々と動かしていた父だったが、仕事が一段落して短い休憩を取っているときに、誰にともなく言った。

女房はフキの煮物が得意だった――。

フキは、下ごしらえをちゃんとやらないとアクが残って歯触りが悪くなるし、炊いたときの色も黒くなるんだ――。

ふだんの父は、自分のことはなにも話さない。一人暮らしだとは知っていた主任も、家族の話を聞いたのは初めてだった。

誰かが「フキ、好きなんですか?」と訊くと、「山育ちだからな」と笑って、山菜採りの話を始めた。子どもの頃、まだ冬の名残がある山に入り、雪を掘ってフキノトウを探した。春にはタラの芽を採り、ワラビを摘んだ。そんな話を問わず語りに続けたあと、また別れた女房――母の話になった。

女房は同じ県の出身でも、俺と違って港町だから、ほんとうはフキやら山菜の扱いはよく知らなかったんだ。でも、結婚して、フキの時季になるたびに亭主の好物だからつくってくれて、最初はうまくいかなかったんだけど、コツを覚えて……美味《うま》かったなあ、フキの煮物――。

女房は白身の魚が好きなんだ。メバルやカワハギの煮付けが大好物なんだけど、昔は東京で瀬戸内の白身魚を食えるなんてことは、めったになかった――。

「主任さん、そのとき初めて、石井さんが中国地方の出身だと知ったんです」

真知子さんはそう言って、私の反応を探るように少し間を置いてから、続けた。

「別れた奥さんのことが忘れられないんだなあ……って思ったそうです」

「そうかそうか、うん」

神田さんは喜びをしみじみと嚙みしめるように、腕組みをして何度もうなずいた。

「ノブさん、昔のことを全部捨て去ってたわけじゃないんだな。嫁さんと一緒だった頃のことも、ちゃーんと懐かしい思い出話になってたんだな」

なあ息子、と同意を求められたが、私はあいまいな相槌しか打てない。

神田さんとは逆に、私はいまの『西条レポート』を聞いて、面倒なことになったなあ、と思ったのだ。

「なあ、息子」

神田さんはまた私に声をかけた。

「ノブさんの遺骨を田舎のウチの墓に入れられないのはわかる。よーくわかる。そりゃそうだ、それがスジだ。俺もそこを蒸し返すつもりは、これっぽっちもない」

来たな——と、私は覚悟を決めた。

真知子さんが、丸山主任の『西条レポート』の本題に入る前に「いろいろ背負っちゃうかもしれませんよ」と言ったのは、こういうことだったのだろう。

「でも、別れた嫁さんに線香ぐらいあげてもらっても、バチは当たらんと思うがな」

黙ったままの私に、続けた。

「できれば、ノブさんを田舎にも帰らせてやりたいよなあ。どうせ生きてる間は身内に顔向けできないまま、田舎に帰れずじまいだったんだろうよ。じゃあ、せめて、骨になってからでも帰らせてやりたいよ」

神田さんは、ただ思いつきを口にしただけではなかった。

「夏場に、広島から岡山のほうまで回るあてもあるんだ。八月の盆時分にうまくそっちのほうの仕事が入れば、ノブさんにとっては初盆だからな……もしそうなったら、悪いけど、また借りるぞ、骨壺」

そこまで父のことを思ってくれるのは、息子として掛け値なしにうれしい。だが、「そうですか、ありがとうございます、ではお願いします」とは言えない。

姉の顔が浮かぶ。長谷川の一雄《かずお》さんや雄二《ゆうじ》に気をつかいどおしの母の顔も。

さらに、航太の顔まで浮かんできた。感激屋のあいつなら、いまの話を聞いてどうするだろう。「おじいちゃんを田舎に連れて帰ってあげようよ！」と涙ぐみながら言いだしそうな気がする。

「おい、息子、聞いてるのか」

黙り込んだままの私にいらだって、神田さんが身を乗り出した、そのとき——。

「二人目の『西条レポート』を聞いてからにしたほうがいいと思いますよー、石井さんのイメージ、また全然違ってきまーす」

真知子さんは手をメガホンのようにして言って、ワインをグビッと飲んだ。

父のアドレス帳にあった二人の女性のうちの二人目は、山下小雪《やましたこゆき》さんという人だった。

「石井さん、昔、馬場町《ばばまち》に住んでたらしいんです。ご存じですよね、馬場町、JRの駅もあるし、大学もあるし」

その場の全員がうなずいたが、最も深く、そして戸惑いながらうなずいたのは私だったはずだ。馬場町は私の青春の街——母校の大隈《おおくま》大学のある街なのだ。

「小雪さんは、馬場町で、お店をやってたんです。で、石井さんはそこの常連さんで——」

「おう、そこ、どういう店なんだ？」

神田さんがさえぎって訊いた。口調にも表情にも、微妙に警戒するような雰囲気がある。私にも、その気持ちはよくわかる。馬場町は学生街であると同時に、戦後の闇市をルーツにした庶民的な盛り場として栄えてきた。飲み食いがとにかく安い。ただし、どの店も古くて汚いし、ガラも悪く、怪しげな風俗店の類も……。

ふと見ると、川端さんと夏子も、やはり緊張して、不安そうな面持ちだった。

真知子さんはその張り詰めた空気を茶化《ちゃか》すように「やだ、もう、マジすぎますー」と言って、キャハハッ、と笑う。

「だいじょうぶです、ヤバいお店じゃありません。スナックです、スナック。ボトルキープしたウイスキーとか焼酎が棚にずらーっと並んで、通信じゃなくてレーザーディスクのカラオケがあって、ママの特製焼きうどんとスパゲティナポリタンが人気の、ザ・昭和のスナックでーす」

『こなゆき』は、馬場町駅の裏手にある雑居ビルに入っていた。ボックス席が二つにカウンター席という小さなスナックを、小雪さんはアルバイトの女の子と二人で切り盛りしていた。

当時、水道の配管工事の仕事をしていた父は、馬場町のアパートに住んでいた。仕事仲間と酒を飲んだあと、一人で回った二軒目か三軒目かで覗《のぞ》いた『こなゆき』をすっかり気に入って、三日にあげず通い詰めるようになった。

「それって、いつ頃のことなんだ？」

私は胸をドキドキさせながら訊いた。私が大学生で、馬場町で飯を食ったり酒を飲んだりしていた頃は、一九八一年から八五年まで――ザ・昭和のスナックは、まだ充分に「現役」だった。

「何年だったのかは、小雪さん、はっきりとは覚えてなかったんです」

「……小雪さんっていう人は、いま、いくつなの？」

「石井さんとそんなに変わらないって言ってたから、八十二、三歳ですね」

真知子さんはスマホのメモを覗き込み、「でも、ヒントはあるんです」と続けた。

「お店のカラオケで初めて歌ったのが、小雪さんとデュエットした『別れても好きな人』で、歌が上手《うま》くてびっくりしたのを覚えてる、って。あと、大川栄策の『さざんかの宿』とか細川たかしの『矢切の渡し』がお気に入りで、だから、それがいつヒットしてたかってい うと……」

スマホを操作して、それぞれの歌のヒットした年を教えてくれた。『別れても好きな人』が一九八〇年頃で、『さざんかの宿』と『矢切の渡し』は、ともに一九八三年。

私は思わず息を呑《の》んだ。重なっている。間違いなく、私と父は同じ時期に、同じ馬場町界隈を歩いていたことになる。

平成になる少し前、『こなゆき』が入っていたビルは地上げされて、小雪さんも店を閉じてしまった。

「じゃあ、アレか、ノブさんは三十何年前に行きつけだった呑み屋のママを、ずーっとアドレス帳に入れてたのか」

神田さんが言うと、真知子さんは私をちらりと見て、気まずそうに目を伏せた。

「スナックのママと常連さんの関係……だけじゃなかったんです、二人は」

スナック『こなゆき』に通っていた頃の父は、四十代後半だった。まだ男として枯れるような歳ではないし、離婚してから十年以上経っている。行きつけのスナックのママとそういう関係になってしまうのも、決してありえない話ではないだろう。

小雪さんも父と同年輩なら、当時は充分に現役の、いわゆる熟女である。

「……なるほどなあ、そうだったのか」

私は、ふう、と息をついて言った。ショックがなかったわけではないが、冷静で、さばさばした表情や口調だったと思う。

川端さんと夏子も、さすがに驚いてはいるものの、なんとなく納得顔というか、最後は独り身で亡くなった父にも昔はパートナーがいた、ということに安堵《あんど》しているようにも見える。

一方、神田さんは、急に不機嫌になって黙り込んでしまった。父が母を懐かしんでいたことに感激したぶん、この展開が受け容れがたいのだろう。

「それで……小雪さんと親父は、一緒に暮らしてたわけ？」

「そうみたいです。『こなゆき』を馬場町でやってた頃の最後のあたりから、小雪さんのマンションで同居するようになって」

『こなゆき』を閉じたあと、小雪さんはしばらく仕事をしなかった。婚姻届こそ出していないものの、父が配管工事で稼ぐお金で家計をやりくりしながら、専業主婦のような格好で家事に専念していた。

だが、その生活も長くは続かなかった。

「湾岸戦争の年だから、一九九一年ですね。小雪さん、鳥が油まみれになってる写真とか、テレビでやってた空爆の映像がテレビゲームみたいだったのを覚えてるから、その年だと思う、って言ってました」

一九九一年の春先に、父は小雪さんと別れた。正確に言うなら、小雪さんのマンションから追い出されてしまった。

バブル時代ならではの話だが、『こなゆき』を閉じるとき、小雪さんは相当な額の立ち退き料をもらっていた。それを父は、こっそり、少しずつ、勝手につかって……通帳の残高をゼロにしてしまったのだ。

あえて、品のない語彙《ごい》を使う。そうせずにはいられない。

「じゃあ、親父は、一緒に住んでたオンナの貯金を使い込んで、それがバレて、叩き出されたわけか……まいっちゃうな」

　情けなさにため息が漏れ、やりきれなさが一周して、薄笑いが浮かんだ。

　夏子がやるせない顔でこっちを見ているのはわかったが、気づかないふりをした。航太がこの場にいないことだけが、せめてもの救いだと、心の底から思った。

　川端さんもしょんぼりとうつむいて、卓上の湯呑みを見つめている。聞かなければよかった、と悔やんでいるのだろうか。

　神田さんはもっとはっきりと、わかりやすく、「ノブさんよお、まったくよお、なんなんだよ、あんたはよお……」と声に出して嘆き、怒って、ため息と舌打ちを交互に繰り返していた。

　そんな私たちに、真知子さんは言った。

「でもぉっ、ご心配なくぅっ」

　勢い込んで言って、上体がグラッと揺れて倒れそうになる。

「……『西条レポート』は、皆さんを絶望のままでは終わらせまっしぇーん」

　このひとは、ほんとうに酔っているのかシラフなのか——「まだら酔い」なのか？

「石井さんと小雪さんは、それっきり終わったわけではありまっしぇーん。焼けぼっくいに火が点《つ》いては消え、また火が点いては消え……の繰り返しで、七十過ぎまで、腐れ縁はつづいたそうでーしゅ」

ひとさまの親の人間関係を「腐れ縁」呼ばわりするんじゃない、と言いたい。だが、それ以前に、呂律が一気に乱れてきたのが気にかかる。ここからの話は、べろんべろんにならないと言えない類のものなのだろうか……。

真知子さんは畳をバーンッと、音が響くほど強く叩いて、言った。

「小雪しゃん、石井しゃんの遺骨に、お線香をあげたいって言ってましゅっ」

小雪さんと父は、お互いに古稀《こき》を過ぎた頃からは、真知子さんの言う「腐れ縁」の形を変えて付き合うようになった。オトコとオンナという関係ではなく、熟年の日々をともに過ごした旧友という感じで、電話で話したり、たまに会って食事をしたり、という仲だった。

最後に話したのは今年三月——父のほうから小雪さんに電話をかけた。

「日付もわかるんでしゅけど……言っていいでしゅか?」

真知子さんは据わった目で私を見る。うなずくと「ほんとーに、いいでしゅか?」と念を押す。「聞かなきゃよかったたって、あとで言っても知りましぇんよっ」

「……わかった、だいじょうぶだ」

「じゅーろくにち、でしゅっ」

三月十六日——私の誕生日。

以下、呂律の回らない真知子さんの話をまとめる。

「今日は息子の誕生日なんだ」と父は電話で小雪さんに言った。「計算したら今年五十五だ、もうそんなになるのか、って……びっくりしたよ」

カレンダーにつけた印で私のことを思いだしたのだろう。急に人恋しさがつのり、誰かと話したくなって、小雪さんに電話をかけたということだろうか。

父は私の子どもの頃の思い出をとりとめなく話し、「あいつはどんな親父になってるのかなあ」と懐かしそうに、だからこそ寂しそうに、言っていたらしい。

じつは父は、一月七日の姉の誕生日にも小雪さんに電話をかけていた。私のときと同じように姉の思い出を語り、「いまごろはいいお母さんになって、もう孫がいたりするのかもなあ」と、話の最後には涙声になっていたという。

いままでそんな電話をかけてきたことはなかった。今年が初めて——そして最後。

「やっぱり、虫の知らせみたいなのがあったのかしらね」

川端さんがぽつりと言うと、夏子もしみじみとうなずいた。

神田さんは洟《はな》を啜り上げて、「ノブさんよお、あんた、会いたかったんだろうなあ、会いたくても会えないのが、つらかったんだろうなあ……」と、ゴツゴツした手の甲で目元をこすった。

小雪さんは、真知子さんが私の依頼で電話をかけてきたのだと知ると、その偶然に驚き、そして喜んだ。父の遺骨に手を合わせたいし、生前のお父さんのことを息子さんに話してあげたい、とも言ってくれた。

私も聞きたい。たとえ、父のだめなところや弱いところを噛みしめる結果になってしまったとしても、やはり、知りたい。

小雪さんは、いま、馬場町に住んでいる。スナック『こなゆき』を閉めたあと、いろいろな街に移り住んだすえに、三十代と四十代の日々を過ごした馬場町に帰ってきたのだという。

一人暮らし――ただし、一人きり、一人ぼっちの生活というわけではない。

小雪さんが住んでいるのはシェアハウスだった。それも高齢者に限定して入居者を募る物件ではなく、多世代型――学生街でもある馬場町らしく、大学生や若いフリーターと八十代の小雪さんが一つ屋根の下で暮らしているのだ。

真知子さんはあいかわらず呂律が回っていないので、そこまで聞き出すだけでもずいぶん難儀をしたが、小雪さんがシェアハウスの住人だというところに、父の話とは別の興味を惹《ひ》かれた。

超少子高齢化が進むなか、ハーヴェスト多摩のような介護付き有料老人ホームは、今後も当然増えていくだろう。一方で、介護保険制度に頼らずに老後を送れる選択肢として、さらには空き家対策の一つとしても、シェアハウスの存在意義もまた、今後いっそう増していきそうなのだ。

「あとで連絡してみるよ」

私は真知子さんに言った。父の遺骨に手を合わせてくれるのなら照雲寺に来てもらってもいいし、あるいは遺骨を持って私のほうが小雪さんの住まいを訪ねてもいい。

真知子さんは「じゃあ、会うときには、わたしも一緒に行っていいっしゅかあ……」と自分で自分を指差したが、とりあえずそれは見えなかったこと、聞こえなかったことにしておいた。

しかし——。

「おう、息子」

神田さんのドスの利いた声は、聞こえないふりをするわけにはいかない。しかも、いつにも増して怒気をはらんだ声——小雪さんの登場からずっと機嫌が悪い。

「順番が違うんじゃないのか？」と神田さんは言った。

「……順番と、いいますと？」

「いちいち訊くな。それくらいわかれ」

さっきから真知子さんにも神田さんにもにらまれどおしで、私はもう、ぐったりと疲れてしまった。

「石井さんのお骨に会う順番ってこと？」

川端さんが横から言うと、神田さんは「そう、それだ」と重々しくうなずいた。「別れたカミさんのことを放っておいて、その、なんていうか……内縁の妻だ、うん、しかも何度も別れて、何度もくっついて、そういうワケのわからないオンナを先に会わせるのか？それはスジが違うだろ」

するると、夏子が「あ、内縁だとか、そういうので差別するのは、いまの時代、むしろそのほうが違うんじゃありませんか？」と割って入る。男女雇用機会均等法世代ならではの――関係ないか、そこは。

神田さんも決まり悪そうに「まあ、それはそうなんだがな」と、話を続けた。

「さっきの弁当工場の主任の話を聞いただろ、ノブさんはカミさんのことが忘れられなかったんだ、懐かしそうにしゃべってたんだ。しかも……おい息子、おまえや姉貴だって、ノブさんと別れたカミさんが、一時は惚《ほ》れ合って、結婚をして、その、なんだ、要するに、おまえらは愛の結晶だ！」

言い切ったあとに照れて、うつむいてしまう。ややこしくて、乱暴で、面倒臭いひとだが、悪いひとではない。それは認める。ただし、根本的に、わかっていないところがある。

父は確かに母を懐かしみ、姉や私のことも懐かしがっていたのだろう。

だが、母のほうはどうだ――？姉はどうなんだ――？

姉はとにかく父を憎み、恨んでいる。線香をあげて手を合わせるつもりなど決してないだろう。母も、私が覚えているかぎり、父を懐かしんではいなかった。あの頃の話を自分から口にしたこともなかったはずだ。いわば、父と暮らした日々、父の存在を、消し去っていたのだ。

それは、父が亡くなったことを知ってからも、変わらない——のだろうか……？

第十二章　父親失格

週が明けた。

土曜日も日曜日も、後藤将也さんからの連絡はなかった。

月曜日にハーヴェスト多摩に出勤して事務室のファクシミリを確認したが、なにも届いていない。土日に出勤していたスタッフに訊《き》いても、代表番号に電話がかかってくることはなかったという。

万が一の可能性に賭けて、昼前の郵便の配達を待った。しかし、やはり空振り――本多《ほんだ》くんには「最初から無理スジの話だと思いますよ」と言われてしまった。「社長室長が対応窓口になってくれるんだったら、もうそれでいいんじゃないですか？」

しつこく無理強いをすると、大手町案件だけに、ヤブをつついてヘビが出る恐れは十二分にある。室長もそれなりの立場なのだから、話を自分の頭越しに進められるとヘソを曲げて、今後の対応に差し障りが出るかもしれない。

理屈ではわかっている。だが、やはり私は、後藤さんがどういう父親だったのかを知りたい。

週末の後藤さんは、さすがに金曜日の煙感知器事件がこたえたのか、食堂では隅のほうのテーブルに座って、誰にも話しかけず、食事を終えるとそそくさと自室に戻っていったらしい。

だが、本多くんは「喉元《のどもと》過ぎれば……っていうやつで、どうせすぐにいつもの調子に戻っちゃいますよ」と、早くもげんなりした顔で言った。私もそう思う。

「そういうひとっていますよね。ほとぼりが冷めた頃に、おんなじことをやっちゃうんです、何度も何度も。酒の失敗とか、オンナの失敗とか、博打《ばくち》とか、あと、セコい嘘《うそ》とか、借金の踏み倒しとか……入居者さんに対してこんなこと言いたくないけど、後藤さんもそのタイプじゃないですか？」

これも、ため息交じりにうなずくしかなかった。ため息の半分は、後藤さんのことではなく、もう一人の「そういうひと」に対して、だった。

「後藤さんが部屋で煙草《たばこ》を吸ったこと、室長さんに報告したほうがいいんじゃないですか？　イエローカードが一枚出てることを伝えておかないと、今度なにか退居レベルのトラブルがあったときに身動きとれなくなるかもしれませんよ」

私もそれは案じていた。こちらとしては再三の注意を守ってもらえなかったのだから、退居もやむなし……という理屈があっても、先方がいきさつを知らなければ、寝耳に水の退居通告になる。「はい、そうですか」と素直に従うはずがないし、ましてや、これは大手町案件なのだ。

「まあ、でも……息子さんと話をしたいっていうリクエストを出してるわけだから、もうちょっと連絡が来るのを待つよ」

「待つんですか？」

「やっぱり身元引受人は息子さんなんだから、直接話すのがベストだ」

「長谷川さん、妙に後藤さんにこだわってませんか？　ガツンと注意できなかったり、ファミレスで酒まで飲んだりして……ほかの入居者さんとちょっと違う気がするんですけど」

「そんなことないって」

「そうですかぁ？　だって、ふだんは一人ひとりの入居者さんのことにはあまり立ち入らないし、トラブルの対応も入居規約をパパパッと当てはめて、はい一件落着、って感じで、いろんなこと手早くすませちゃうじゃないですか」

あまり褒《ほ》められている気はしなかったが、確かにそのとおりではある。

「現実問題として、ベターを考えたほうがいいんじゃないですか？　待ってても連絡は来ないと思うし、待ってる間にまたなにかあったら……」

「今週いっぱいまで待つよ。そこからまた考える」

本多くんはまだ納得していなかったが、私は「巡回してくる」と話を強引に終えて、事務室を出た。

一階に三つあるホールは、月曜日の午前中はすべてサークル活動や趣味の講座で埋まっている。

防音設備を施し、アップライトのピアノを置いた大ホールでは、合唱サークルが唱歌や童謡を歌っている。畳敷きの和風ホールは、絵手紙教室。板張りになった会議室兼用の小ホールでは、卓球やパターゴルフもできるのだが、今日は近くにキャンパスをかまえる体育大学の協力を得て、年配組が中心になってボッチャを愉《たの》しんでいる。

月に一度のボッチャ教室は私の発案で始まった。リオデジャネイロのパラリンピックでボッチャという競技を初めて知った私は、これなら足腰に自信のなくなった人でも椅子に座ったままプレイできるし、作戦を考えることは認知症の予防にも役立つだろう……と考えて、イベントのプログラムに組み込んだのだ。

集会室を順に覗《のぞ》き、皆さんの心身の調子を確かめて、邪魔《じゃま》をしないように早々にひきあげる。

合唱サークルは、いつもながら盛況だった。毎年『夏は来ぬ』や『雨』を聴くと、今年もまた初夏から梅雨の時季になったんだなあ、としみじみする。

マイナー競技のボッチャは、企画を始めるときには参加者の人数が不安だったが、いまのところコンスタントに十五、六人が集まってくれている。発案者としても面目が立ってありがたい。

一方、絵手紙のほうは、去年講師が代わってから、どうも集まりが悪い。新しい講師の評判が、まだ若いくせに偉そうだ、と芳《かんば》しくないのだ。私と同世代の五十代半ばでも「まだ若い」。そういうところが高齢者のサークル活動や講座の難しさなのだ。

別の講師にお願いしてみるか、あるいはいっそ、絵手紙は水彩画のサークルと合併させて、新たに――たとえば自分史の書き方教室を開いてみるのも面白いかも……。

真知子さんの顔が浮かんだ。

いやいや、それはない、それだけはないだろう、と苦笑交じりに打ち消したが、思いだしてしまうと、胸の奥が、ずしんと沈み込むように重くなった。

悩みの種は後藤さんのことだけではないんだと、あらためて突きつけられた。

真知子さんは小雪さんにすっかり入れ込んでいた。ともに四十を過ぎて出会った父と小雪さんが、籍を入れるでもなく子どもを持つでもなく、一緒に暮らしては別れ、またくっついては離れ……を繰り返してきたことが、たまらなく興味深いという。

「だって、別れるときは、ぜーんぶ石井さんが悪いんですよ。小雪さんの貯金をつかい込むとか、小雪さんの名前で借金するとか、小雪さんの友だちからちょこちょこ借金するとか……ほんとーに、サイテーのサイアクだったんです」

ひどい言いぐさでも、反論はできない。「あ、過去形ですからね、最後の最後は、石井さん、すごくいい感じのおじいちゃんだったんですから」――とにかく小雪さんが父をぎりぎりのところで見限らなかったのは、なぜなのか。

「小雪さんがよっぽど懐《ふところ》が深い人なのか、石井さんに魅力があるのか……どっちかですよね」

それを見きわめたい、と言う。

「長谷川さん、早く小雪さんに会ってください。で……そのとき、わたしも一緒に行って、取材させてください」

一方、神田さんは、父が職場で母のことを懐かしみ、姉と私の誕生日を忘れずにいたことを、重く、熱く、受け止めていた。

「俺はノブさんをカミさんに会わせてやりたい。娘にも会わせてやりたい。田舎に帰らせてやりたい。小雪だかドカ雪だか知らないが、そっちのばあちゃんに会うのは、そのあとだ。それがスジだ」

ずいぶん強引なスジではあっても、「なあ、息子」と諭《さと》すようにも言うのだ。「そりゃあノブさんは、身内に顔向けできないような人生だったかもしれないけどよ、くたばって、焼かれて、骨になったら、顔なんてなくなる。それでいいじゃないか」

さらに、神田さんには、思わぬところからの援軍も現れた。

日曜日の午前中に和泉台文庫に出かけ、父が最後に読んでいた松尾あつゆきの『原爆句抄』を借りてきた航太が、夕方までにそれを読み終えると、泣き腫らした目で私に訴えたのだ。

「お父さん、おじいさんの遺骨、おばあちゃんに会わせてあげようよ」

自由律俳人の松尾あつゆきは、長崎の原爆で妻を亡くし、四人の子どものうち三人の命も奪われた。むろん、自らも被爆している。その深い悲しみと、戦争や原爆への静かな怒りを、作品に刻み込んできた。

航太が『原爆句抄』を借りてきたと聞いたとき、ああ、これはあいつの涙のツボにはまるぞ、と予感した。

俳句にはまるで素人の私でさえ、たとえば〈なにもかもなくした手に四まいの爆死証明〉〈ときれし子をそばに、木も家もなく明けてくる〉といった代表作には、作品を鑑賞する以前に胸を衝《つ》かれたのだ。ましてや航太は、論説文より小説や詩歌を教えるのが好きな国語教師で、涙もろい感激屋――初めて読んだばかりなのに、特に心を揺さぶられた句を覚え込んでいた。

〈炎天、子のいまわの水をさがしにゆく〉

〈あわれ七ケ月のいのちの、はなびらのような骨かな〉

目を閉じて暗誦《あんしょう》して、「すごいよ……すごいよ……」と声を震わせる。松尾あつゆきは決して著名な俳人というわけではないので、航太もいままでは名前も知らなかった。だが、それを後悔したくなるほど、とにかくすごい、すごかった、と繰り返す。

「作品もすごいんだけど、それをおじいさんが人生の最後に読んでたっていうのが、もっとすごいと思うんだ、僕」

どうやら航太は、備後《びんご》市の長谷川隆《たかし》さんはいままでどおり「おじいちゃん」で、父は「おじいさん」と呼び分けることにしたようだ。たとえ血がつながっていなくても、隆さんと過ごした日々を打ち消したくないのだろう。心根の優しい息子なのだ。

だからこそ――。

「おじいさんはこの本を読みながら、備後のおばあちゃんや宏子《ひろこ》伯母さんやお父さんのことを思いだしてたんだと思うよ。松尾あつゆきと違って、おじいさんは家族と死に別れたわけじゃないんだけど……でも、もう会えないっていうのは同じだよ……」

そしてまた、一句諳《そら》んじる。

〈墓の苔《こけ》うつくし生きていればいくつになるか〉

それを聞いた途端、今度は私の相槌《あいづち》の声が震えそうになった。姉と私の誕生日に小雪さんに電話をかけた父の思いが、初めてわかったような気がしたのだ。

『すこやか館』二階の図書室には、いまは誰もいなかった。おかげでゆっくりと、壁一面に造り付けの書棚に並ぶ本の背を確かめて歩くことができた。

松尾あつゆきの句集はない。カロリーヌのシリーズもない。和泉台ハイツの父の部屋に残されていた本と引き比べてみると、池波正太郎の『剣客商売』シリーズは何冊かダブっていそうだったが、尾崎放哉《ほうさい》の句集や伝記の『海も暮れきる』はなかった。

和泉台ハイツの部屋は、いまは川端さんの厚意で、家賃を私が払う条件で父の生前のままにしてある。しかし、いつまでも借りつづけるわけにはいかないだろう。家財道具も、遺品整理の業者に頼むしかない。ときどき我が家の郵便受けにも、そういうチラシが入っている。

ただ、カラーボックスにきちんと整理整頓されて並んでいた本や雑誌は、業者任せで捨ててしまうのは忍びない。古書店経由で誰かに読まれるのなら、まだいいのだが……いや、やはり、買い揃《そろ》えていたものがばらばらにされてしまうのは、どこか、微妙に、寂しい。

最初は、形見分けのつもりで航太に渡してもいいかと思っていた。だが、とにかく航太はいま、生きているうちに会えずじまいだった「おじいさん」への思いを前のめりになって募らせている。昨日も、『原爆句抄』と一緒に借りてきたカロリーヌのシリーズを読んで、「すごいよ、この本、ちっちゃな子に読ませるだけじゃもったいないよ」と感激しきりだったのだ。

「だって、動物が八匹だよ？　猫もいるし熊もいるし、犬もいるし、豹《ひょう》までいるんだよ？　で、カロリーヌちゃんは人間の女の子だよ？　それでもみんなで力を合わせて……合わせないときもあるけどさ、楽しくやってるんだよ。これって多文化共生とか、ダイバーシティの発想だよね」

よーし、明日、生徒にも紹介してやろうっ、と張り切っていた。

「こういう絵本を宏子伯母さんやお父さんに読ませてくれたんだね、おじいさんは」

いや、買ってくれたのはおばあちゃんだぞ——水を差すのもヤボなので黙っておいたが、父にまつわるものをヘタに航太に渡すと、話がややこしくなりそうだな、と肝に銘じたのは確かだった。

図書室の棚には、池波正太郎の『剣客商売』の全十六巻に番外編が三巻、さらに入門書が一巻、合計二十巻が並んでいた。

入門書の『剣客商売読本』を、本棚の前でぱらぱらとめくった。『剣客商売』が短編シリーズだと初めて知った。さらに言えば「剣客」の読み方も、「けんかく」ではなく「けんきゃく」だと、ずっと思い込んでいた。

まったく情けない素人なのだが、だからこそ、登場人物それぞれの関係を知ると、息が詰まりそうになった。

『剣客商売』は、一話ずつのストーリーの幅は広くても、根っこにあるのは、年老いた剣客と息子の物語だったのだ。

『剣客商売』の主人公・秋山小兵衛《こへえ》は、隠居の身の老人であっても剣の達人、かつ人生の達人――飄々《ひょうひょう》とした魅力的な人物だった。女性にもモテる、はずだ。なにしろ最初の妻と若い頃に死別し、息子の大治郎《だいじろう》を男手一つで育てあげて、隠居をしてから再婚した相手は、息子よりも若い――四十歳も年下のおはるなのだから。

一方、大治郎は、その名のとおり、小柄な父親とは対照的な長身の好青年で、剣の実力もみごとなものだった。けれど、父親には敵《かな》わない。剣の道だけではなく、人生の道においても、生真面目で不器用で融通の利かない大治郎は、ほんとうにいい奴《やつ》ではあるのだが、やはり小兵衛には、最後の最後のところで負けてしまうのだ。

そんな息子を、小兵衛はこよなく愛し、頼りにして、けれどいまの息子に足りないところも、よくわかっている。だからこそ、好漢・大治郎が窮地に陥ったところを、さらりと、粋に救ってくれるのだ。

物語のざっくりとした構図を把握して、『剣客商売読本』を手に、図書室の外のバルコニーに出た。ほんとうは書棚の前のソファーに座りたいところだが、私たちは入居者の皆さんにサービスを提供する立場だ。誰もいなくても、入居者のために置いたソファーを使うわけにはいかない。

外の風に触れると、こわばっていた頬がゆるんで、「まいったなあ」と声が漏れた。「なんなんだよ、いったい……」

父は、この親子の物語をどんな思いで愛読していたのだろう。秋山小兵衛に自分自身を重ね合わせていたのか。重なるところがないからこそ、憧れていたのか。大治郎のことはどうだ。小学二年生のときに別れたきりの息子はこんな青年になっていてほしい、と願っていたのだろうか。

やめてよ、それ、関係ないから、俺は大治郎じゃないし、あなたも小兵衛じゃないんだから、やめようよ、むなしいよ……。

心の中のつぶやきを断ち切って、背中に声が聞こえた。

「施設長さん、施設長さん」

私は思わず目をつぶり、天を仰いだ。

振り向かなくてもわかる。聞き覚えのある声——後藤さんだった。

無視するわけにもいかず、愛想笑いで「おはようございます」と会釈をすると、後藤さんは、遠慮も迷いもなく、さも当然のことのようにバルコニーに出てきた。

私の手元を覗き込んで「施設長さん、池波正太郎がお好きなんですか、シブいですねえ」と相好を崩す。「私もね、ドラマなんですけど『鬼平犯科帳』のファンでして、ほら、主演、中村吉右衛門」

たまたま行き会って、挨拶《あいさつ》を交わしたあとは「では、ごきげんよう」と右と左に別れて……とはならない。よく言えば人なつっこいのだが、やはりどうも他人との距離感が近すぎる。美菜や航太がよく言う「グイグイ来る」というのは、こういうことなのだろうか。

「施設長さんは池波正太郎のどういうところがお好きなんですか？」

「いや、まあ……いろんなところです」

「でも、時代劇はいいですよね、古き良きニッポンの義理と人情があって」

まだ朝なので、さすがに酒は入っていなかったが、すぐに立ち去ってくれそうな気配もない。

「時代劇や古典落語は、ニッポンの誇る世界文化遺産ですよ。そう思いませんか？」

「はあ……」

おしゃべりに気乗りしていないことを察するひとなら、最初から苦労はない。

「だって、親子の情とか夫婦の絆《きずな》とか、向こう三軒両隣のお付き合いとか、いまの日本人がなくしたものが、ちゃーんと残ってるんですから、たいしたものですよ」

形だけの相槌を打ちかけて、ふと気づいた。ちょっと待てよ、むしろ、この話の流れはチャンスではないのか？

私は咳払《せきばら》いして喉の調子を整え、屈託のない笑顔をつくって言った。

「いや、でも、後藤さんのお宅は違うでしょう。息子さん、お父さんのことをちゃんと考えてくださってるじゃないですか」

「いやあ、そうですかねえ」

満更《まんざら》でもなさそうに笑った後藤さんだったが、その笑みは、すぼむように消えた。

「これ以上迷惑をかけないように、早く死ななきゃいけないんですけどね……」

フェンスにもたれ、中庭を眺めながら、ぽつりと言った。

返す言葉をすぐには見つけられず、不自然な間が空いてしまった。なにか言わなければ、リアクションしなければ……と、あせればあせるほど、顔がこわばって動かない。

そんな私に、後藤さんは言った。

「金曜日のこと、施設長さんに謝りたかったんです」

図書室で出くわしたのは偶然ではなかった。後藤さんは、私の出勤時刻を見計らって事務室に出向き、館内の巡回に出ているのを聞いて、追いかけてきたのだ。

「息子の会社にお電話をいただいたそうですね。社長室の細川《ほそかわ》室長から聞きました」

「あ、いや、それは……」

「いいんです、当然ですよ。火事になったのかと心配させたんですから、施設長さんのお立場なら、息子に報告するしかありませんよね。それはよくわかります」

恨めしさはない。事態を素直に受け容《い》れ、むしろそういう報告をせざるを得なかった私に対して申し訳なさそうに続けた。

「細川さんに叱《しか》られました。これ以上迷惑をかけるな、って」

これ以上——さっきも同じ言い方をしていた。つまり、それまでにも……自宅がゴミ屋敷化していたこと、なのか……？　不躾《ぶしつけ》すぎるかもしれないが、婉曲《えんきょく》に言っても察してくれる人ではないので、思いきって訊いてみた。

「迷惑って……ご自宅のゴミの片付けで、ちょっと問題になったとうかがいましたが、そのことなんですか？」

答えはすぐに返ってきた。

「ああ、それは、まあ、あんまりたいしたことじゃないかなあ……」

「他にも？」

後藤さんは、へへっと笑って、フェンスに前腕を乗せ、その上にべったりと顎《あご》も乗せて、中庭を見つめた。

「施設長さん」

「……はい？」

「施設長さんのお父さんやお母さんはご健在なんですか？」

「……田舎に、おふくろがいます。親父のほうは、もう亡くなりました」

細かい経緯を省いただけで、嘘をついているわけではないので、言葉はすんなりと出た。

後藤さんが私の顔ではなく中庭を見ていたおかげでもあるだろう。

後藤さんはそのままの顔の向きで、「どんなお父さんだったんですか？」と続けた。「いいお父さんでしたか？」

言葉に詰まった。長谷川隆と石井信也のどちらで答えればいいのだろうか。

「まあ……ふつうですね」

どちらを選んだのか、自分でもよくわからない――わからないままにしておいた。

後藤さんは、私の答えには最初から興味がなかったのだろう、ふうん、とうなずいたあと、すぐに自分の話に戻って、言った。

「私は、父親失格でしたよ」

後藤さんは現役時代は証券マンだった。名前を言えば、私たちの世代なら誰でも知っている大手――ただし、世代を限定したのには理由がある。

いま、その証券会社は消えてしまった。もう二十年以上前に、経営破綻《はたん》で廃業したのだ。当時の社長が号泣した記者会見の模様は、バブル崩壊後の「失われた10年」を象徴する出来事として、いまなおテレビや雑誌で繰り返し報じられている。

「まあ、私なんかは下っ端ですから、なにがなんだかわからないうちに会社がつぶれて、ほっぽり出されて……」

当時、後藤さんは四十九歳。一人息子の将也さんは大学三年生だった。

「危ないところでしたよ。これで下の子どもがいたり、息子が一浪や二浪で東大に入ってたら、学費だって心配になりますからねえ。現役でスパーッと東大生になってくれただけでも親孝行ですよ、ねえ」

　現役入学のことはともかく、大学名はべつに要らないと思うのだが、どんな話の流れであっても息子自慢をせずにはいられないのが、後藤さんというひとなのだろう。

「ちょうどその頃、大学の仲間たちと一緒に、インターネットだかゲームだかのベンチャー企業を起《た》ち上げるところだったんです、あいつ。最初は学生サークルのノリだったんですが、親父の体たらくを見てサラリーマン人生の空しさを思い知らされたらしくて……それで本気になってインターネットの世界に打って出たんですよ」

　そこからの活躍は、検索すれば簡単にわかる。「時代の寵児《ちょうじ》」と呼ばれるほど派手な存在ではないものの、むしろ悪目立ちして風当たりが強くなるのを巧みに避けつづけて、将也さんは二十年の歳月を堅実に第一線で生き抜いてきたのだ。

「サクセスストーリーの原点は、ダメ親父の失業ってわけですよ」

「いや、でも、会社が経営破綻したのは後藤さんのせいではないんですから……」

「ダメ親父、自嘲しすぎですか？」

「そうですよ、絶対に」

　だが、後藤さんはフェンスに頬杖をついて庭の池を眺めながら、「それでも足りないって言われましたよ」と続けた。

「……誰に？」

「息子に、です」

後藤さんは、将也さんが幼い頃から教育熱心な父親だった。勉強のことだけでなく、ふだんの生活のしつけについても、決して奥さん任せにはせず、むしろ率先して将也さんにかかわった。

「ヘンな言い方ですけど、あの頃の私が趣味を訊かれたら、迷わず『息子』と答えたと思います」

ただし、その「趣味」は、ただ単純に愉しいというものではなかった。

「甘やかして可愛がるだけじゃ、親として無責任ですからね。鍛えましたよ。間違ったことをしたら叱ったし、できないことがあったら、できるまでやらせました」

厳しい父親で、厳しい夫でもあった。二つ年下の奥さんにはいつも命令口調で接したし、将也さんを叱るときには手も出た。とりわけ親やおとなに生意気な態度を取ることは、断じて許さなかった。友だち感覚のニューファミリーが持て囃《はや》されていた時代に、男尊女卑で年功序列のスパルタ教育……。

呆然《ぼうぜん》としてしまった私に、後藤さんは「信じてもらえないかもしれませんが、そうなんですよ」と苦笑して言った。「私、もともとウチでは厳しかったんです」

微妙な言い回しが気になって、「会社でもそうだったんですか？」と訊いた。

すると、後藤さんは「私、高卒ですよ」と、また微妙な言い回しで返した。「上から言われたことをこなすので、もう、精一杯ですよ」

ヘヘッと笑う。いつもの、上目づかいにご機嫌伺いをするような笑顔になる。

「でもね、私、自分が王様になりたいわけじゃないんですよ。いまどきの虐待やDVなんかと一緒にしないでください。息子のことが可愛くて可愛くてしかたないから、しっかりした子に育ってほしくて、鍛えたんです。そのおかげで病気一つせずに元気に育って、勉強もよくできて、東大現役合格ですよ？　私、がんばったんですから」

得意そうに胸を張る。確かにそのしぐさは、自分のコレクションや作品を趣味の仲間に自慢するのとよく似ている。

だが、もちろん、子育てはコレクションとは違うし、息子は父親の作品ではない。

ため息とともに肩をすぼめた後藤さんは、煙草を指に挟んで「喫煙コーナーに付き合ってもらえませんか」と言った。

中庭に面した一階テラスにある喫煙コーナーに移った。

幸い先客はいなかった。円卓のガーデンチェアに腰かけると、後藤さんは「差し向かいは話しづらいなあ」と苦笑して、椅子を庭の正面に向ける。私もそれに倣《なら》った。話しづらいことを語る覚悟を決めてくれたことが、素直にありがたい。

煙草に火を点《つ》け、最初の煙を大きく吐き出してから、後藤さんは話を続けた。

将也クンは中学受験をした。志望校は「御三家」と呼ばれる超難関の中高一貫校だった。さすがに後藤さんが勉強そのものを見てやることはできなかったが、週に三日、夜九時まで塾で勉強する将也クンを車で迎えに行った。毎週日曜日の模擬試験も送り迎えをした。

模擬試験の会場は、前回の試験の成績によって振り分けられる。将也クンはたいがいトップグループ『S』の会場だったが、たまに調子を落として第二グループの『A』会場に移ることもあった。

「第二グループといっても、『S』から『F』まで七つあるうちの上から二番目ですから、たいしたものなんですよ」

「ですよね……」

「でも、だめなんです、私はどうしても将也が『S』にいないと許せないんです」

後藤さんは将也クンに「がんばれ、もっとがんばれ」とハッパをかけて、『S』に復帰をしても「やればできるんだから、今度からもしっかりやるんだぞ」と手綱をゆるめることはなかった。

「五年生の終わり頃、ちょっとスランプになって、『A』から『S』に戻るどころか『B』に下がったときがあるんです。そのときは、もう、私も困っちゃって、受験まで一年しかないんですから」

『B』の会場から帰宅する車中で、叱責《しっせき》同然に強くハッパをかけた。車は広い公園の脇を通った。公園のベンチに、ホームレスだろうか、ぼろぼろの服を何枚も着込んで酒を飲んでいる男性がいた。

後藤さんは思わず言った。「将来あんなふうになったらどうするんだ」――いまの後藤さんは、「ひどい親ですよね、まったくどうも」と、くわえ煙草で頭を掻《か》いた。

将也クンは、みごとに第一志望の中学に合格した。「御三家」に入った時点で、東大を狙うことは既定路線になった。

「中学受験で燃え尽きちゃう子って多いんですけど、息子は違いました。むしろ逆ですよ。受験で勉強の面白さを知ったんでしょうね、中学に入ってからもしっかり勉強して、成績もどんどん上がって……」

中学入学時には学年の「中の上」ぐらいだったのが、エスカレーターで高校に進学したときには「上の中」――東大現役合格が射程に入るラインに来ていた。

しかも、将也クンは、勉強だけの秀才ではなかった。

「子どもの頃から水泳をやらせてましたから、スポーツは得意なんです。進学校の部活とはいえ、高校一年生でバスケ部のレギュラーですから、たいしたものでしょ？」

バスケットボール部に加えて、当時はまだ高額だったパソコンを使いたくてコンピューター部にも入り、たちまち簡単なプログラミングぐらいはできるようになった。

「パソコンで絵を描いたり曲をつくったりするんですが、なかなかのセンスなんですよ、これがまた。マルチっていうか、なにをやらせても人並み以上にできるんです」

自分の息子をここまでてらいなく褒めるのは、かえってすがすがしい。

「女子にも人気だったんです。学校は男子校なんですけど、電車通学でしたから、途中でいろいろと……バレンタインデーのチョコなんて、毎年十個近くはもらってたんじゃないですかねえ。女房もその時期はチョコをすっかり楽しみにしてましてね」

後藤さんは短くなった煙草をスタンド灰皿に捨て、すぐに新しい煙草をくわえた。ライターで火を点けたとき、眉間《みけん》に皺《しわ》が寄った。その皺を消さずに、煙草を吸いながら椅子の座面で落ち着きなく尻をずらし、足を床に投げ出して、背に深くもたれかかる。

テンポよく進んでいた話が途切れた。庭をじっと見つめたまなざしも動かない。私が「どうかしましたか?」と訊くと、無言で小さくうなずき、煙草の先の灰を捨てるしぐさと一緒にため息をついて、ようやく——庭を見つめたまま、話に戻った。

「中学から高校に上がったあたり……もっと前からだったのかもなあ……」

「なにが、ですか?」

「息子がね、私を冷たい目で見るんです。親父に反抗するとか、反発するとか、そういうんじゃなくて、もっとクールに、淡々として、見切りをつけるっていうのかな、見限るっていうのかな……ああ、もうこのひとはここまでの人間なんだ、って……」

将也クンに反抗期はなかった。父親から寄せられる期待を背負い、厳しさを受け容れ、父親の望む努力をコツコツと続け、結果をみごとに出してきた。

そのうえで、将也クンは――。

「親を超えたんです」

後藤さんはそう言って、ようやく私に目を移し、「よくがんばったでしょう？」と笑った。

だが、その笑みはすぐに消える。

「まあ、こっちに都合良く言わせてもらえば、そうなるんですが……実際には、見捨てられたんですよ」

自分の顔を指差して、応える言葉を見つけられない私にかまわず、また庭を見つめて、話を続けた。

将也クンは高校に上がってからも好成績を取りつづけた。三年生の夏には、「上の上」――第一志望の東大理科Ⅰ類への現役合格が確実のラインに達した。

一方、後藤さんの証券会社は、バブル全盛期にはこの世の春を謳歌《おうか》していたものの、バブルが崩壊したその時期は、顧客への損失補塡《ほてん》や、「飛ばし」による簿外債務の処理に追われていた。

もちろん、それは後藤さんの責任ではないし、そもそも責任を問われるほどの地位や立場でもない。だが、将也クンにとっては、子ども時代の自分をあれほど厳しく育ててきた父親が、会社の中ではしょせん一兵卒に過ぎなかったということが、なんとも納得がいかなかったらしい。

「私、甘かったんです。厳しい父親になって息子を鍛えてるくせに、じつは自分が一番自分に甘かったんですよ」

だってそうでしょ？ と後藤さんは続けた。「よく考えてみたら、親父が塾まで迎えに来たり、毎週日曜日に模試の送り迎えをしたり……『二十四時間戦えますか？』なんていうCMがあった時代に、ウチの親父はなにやってるんだ、ってことですよ」

いや、でも、と私はすぐに反論した。

「仕事も大事だけど、家庭のことも大事なんだ、っていうことでしょう？」

後藤さんは煙草の煙を吐き出して、「そんなのきれいごとです」と言う。「会社にいても、しょせんはその他大勢なんだったら、息子に賭けたほうがいいじゃないですか。仕事なんてクビにならない最小限でいい。私、そこまで割り切っていたんです」

けれど、仕事よりも家庭を選べるのは、会社があって、生活が保障されているからこそ――それを後藤さんは、会社が経営破綻して初めて思い知らされた。

「でも、息子は、私よりずっと早く、高校時代から見抜いてましたよ。親父がイバれるのは、たまたま大きな会社にいたからっていうだけで、親父本人はどこもエラくなくて、その大きな会社だって潮目が変わったら一発でアウトだろ……ってね」

現実は、そのとおりになった。

後藤さんの会社が経営破綻したニュースは、当時の社会に大きな衝撃を与えたのだが、東大の三年生になっていた将也さんにとっては、答え合わせをして正解を確認したにすぎないのかもしれない。

「だって、会社がつぶれたとき、あいつはほとんどショックを受けてないんですよ。ああ、やっぱりね、っていう感じで」

経営破綻への直接の引き金になった総会屋への利益供与事件も、「本社はそんなことをしていたのか！」と驚く後藤さんに対し、東大生の将也クンは「それもありうるよね」と冷静に分析して、事件当時の社長が逮捕されることも予測していた。

「まあ……会社がつぶれたことが、とどめになりましたね」

将也クンはこれで完全に父親を見限り、勤務先が消えてなくなってしまった後藤さんのほうは、それを境に、ずるずると、だめになっていったのだ。

まだ高校生の息子に「しょせんウチの親父はこの程度だ」と見切りをつけられたことに気づかないほど鈍感だったら、むしろ幸せだった。だが、後藤さんは察してしまった。察しても、なにもできない。だから気づかないふりをするしかなかった。

「ねえ、施設長さん、わかります？　たとえばカラオケを歌うでしょ？　途中で部屋の中にいる誰も聴いてないのがわかるときってあるでしょ？　でも、カラオケは続いてるし、リモコンを操作して演奏をやめちゃう勇気もないから、歌うしかない」

そうやって将也クンの高校時代を鈍感な父親として過ごし、さらに大学三年生の秋までの日々を過ごした挙《あ》げ句《く》、会社が消えてなくなった。

「これからの生活のことを考えるよりも、とにかくぽかーんですよ、ぽかーん、って底が抜けたようになっちゃって……」

その抜けた底から流れ出てしまったものは――「私、昔はもうちょっとキチッとしてたんですけどねえ」と、首を左右にひねりながら語る後藤さん自身が、誰よりもよくわかっているのだろう。


三本目の煙草とともに、話は続く。

すでに起業への道を歩みはじめていた将也クンには、父親が失業したことは最小限の影響しか与えなかった。むしろ、サラリーマンの無力さを痛感して、自分の力で生きていく覚悟をあらためて胸に刻ませてくれた奇貨となったのかもしれない。

だが、後藤さんは違った。ハローワークに通い、さまざまな伝手《つて》をたどって、ようやく外資系の保険会社に再就職したものの、その頃にはもう、厳しい父親や夫の顔を捨て去っていた。

「愛想が良くなったんですよ、カドが取れたっていうんでしょうかね」

冗談とも本音ともつかず笑って、その笑顔のまま、続けた。「酒の量も、ずいぶん増えちゃったんですよ、その頃から……」

長年勤めた会社がなくなってしまったことは、後藤さんの胸に大きな穴を穿《うが》ってしまった。かろうじて再就職が叶《かな》ったあとも、その穴は埋まらない。

「施設長さん、わかりますか。胸に穴が空くっていうのは、たんにポコンと抜けただけじゃないんですよ。そこに吸い込まれていくんです。ブラックホールっていうんですか？　なくしちゃいけないものが、どんどん、どんどん、真っ暗な穴に吸い込まれて、消えていっちゃうんですよ」

たとえば、どんなものが吸い込まれてしまったか――。

最初に消えたのは、新しい会社で捲土重来《けんどちょうらい》を期そう、という意欲だった。

「外資系ですから中途入社のハンディキャップはないんですけど、しょせんは五十がらみの敗残兵ですから、それはもう、いまさらネジを巻き直す元気はありませんよ」

さらに、厳しい夫や父親の顔も捨てた。

「だって説得力ないでしょ？　会社がつぶれただけじゃなくて、そこに自分は全然かかわってないんですよ。自分の間違いで会社がつぶれたとか、会社をつぶさないために必死にがんばったとか、そういうのが全然なくて……社員なんだけど部外者、ってわけですよ」

バブル景気の頃には、仕事よりも将也さんのサポートのほうを優先していた。会社が存続の危機に立たされたときには、同僚から責められなかった代わりに頼りにもされなかった。自分の与《あずか》り知らないところで会社は伸びて、しぼんで、つぶれた。自分は「その他大勢」にすぎないんだというのを思い知らされるだけの歳月だった。

「それでイバったらおかしいでしょう？　どのツラさげて、ってことですよ」

一家の大黒柱としての矜持《きょうじ》も消えた。

「厳しい親父って、見栄《みえ》を張って、背伸びしてただけなんです。私、ほんとうはもっとへなちょこで、ふにゃふにゃした奴なんですよね。やっとそれを受け容れて、自然体の身の丈に戻って……楽になりました」

あははっ、と笑う。私は笑い返せない。こわばった頬はゆるまない。後藤さんは、自分の弱さを打ち明けることで、ほんとうは、もっと弱い自分を隠して、ごまかしている。私には、そう思えてならないのだ。

再就職した外資系の保険会社は、定年の六十歳を待たずに辞めた。

「って言えばカッコつくんですけど、依願退職の形は取ってもらっても、実質的にはクビです」

「……なにかあったんですか？」

「これですよ、これ」

手を口元にやって、クイッと手首を返す。酒を飲むしぐさだった。

「もともと嫌いなほうじゃなかったんで、だんだん、酒を飲んでいい場面かどうかのケジメが甘くなってきちゃったわけです」

最初は、会社帰りに駅の売店で缶ビールを買った。やがて、外回りの営業を終えたあと、会社に戻る前にビールやチューハイを買って飲むようになった。

「あの頃は酒や煙草の自動販売機が街の至るところにあったでしょ？　コンビニよりもハードルが低いんですよ、店員さんの目がないわけだから」

取引先から駅までの間に一本、会社の最寄り駅で降りてまた一本ということもざらだった。電車に乗る前に買った酒を、自動販売機の前では飲み切れずに駅のホームで啜《すす》ることもあった。

「自分では酔ってないつもりだったし、息が酒臭くなってるとも思わなかったんですが、やっぱりわかるものなんですねえ」

他人事《ひとごと》のように言って、「営業会議の前にトイレでウイスキーのポケット瓶をキュッとやるようになってたから、それがまずかったのかなあ」と、もっと淡々と言う。

勤務中の飲酒がいろいろと問題になって、会社を辞めた。奥さんと将也さんは、なにも言わなかった。

「女房はもう、私のことを見限ってましたから。一つ屋根の下なんだけど、心理的には別居、赤の他人です」

ちょうどその頃、将也さんが起ち上げたインターネット関連ビジネスが軌道に乗って、急成長を遂げていた。

「女房は息子からけっこうな小遣いをもらって、息子のカードの家族会員だったかビジネスカードをもらったのか、とにかく私がいなくても全然問題なかったんです」

私の存在価値、ゼロですよ、ゼロ。

後藤さんは右手の指でゼロのマークをつくって、「私は息子にカードをもらえなかったんですけどね」と付け加え、不意に私に話を振った。「施設長さんは、定年まであと何年あるんですか」

「……五年です」

「そのあとは？」

ウチの会社には再雇用制度があるので、給料は大幅に減るものの、嘱託として六十五歳までは働ける。私もその制度を使うつもりだが、立ち入ったことを話すのもためらわれて、「いや、まだ考えてないんですけど」とだけ返した。

「じゃあ、僭越《せんえつ》ですけど、アドバイスをさせてもらうなら、体が動く間は一年でも二年でも長く仕事をしたほうがいいですよ。これ、反面教師です、私が」

後藤さんは、再就職先の外資系保険会社を六十前に退職したあとは、仕事に就《つ》かなかった。事業に成功した将也さんから充分すぎるほどの生活費を送られていたし、そもそも、後藤さん自身にもう会社に勤めに出る気力がなかった。

「だって生活は息子が面倒を見てくれるわけだし、還暦前のじいさんを雇ってくれる職場なんて、結局、その程度のレベルなんですよ。そんな仕事でがんばってどうするんですか、ねえ。じゃあ、これでいいじゃないですか、これで」

両手をだらんと広げ、目をつぶり、頬をゆるめて、へなへなへなーっと、波に漂うワカメのように体を揺する。要するに、腑抜《ふぬ》けになった、ということなのか。

「べつに疲れたわけじゃないんですよ。ただスイッチがなくなったんです。ほら、家電製品って、本体は故障してなくても、スイッチのつまみが取れちゃうとアウトでしょ？　それと同じですよ」

話しながら、しきりに首を傾《かし》げる。私に説明する以前に、自分自身が、当時の自分のことを理解できずに困っているのか。

しばらくぎごちない間が空いた。煙草は四本目になった。後藤さんは、踏ん切りをつけるように深いため息をつき、ようやく話を先に進めた。

「私ね、女房が亡くなる少し前に、警察沙汰を起こしそうになっちゃったんです」

近所のスーパーマーケットで万引きをした。初めてではない。何度かやって、うまくいって、味を占めた頃、店を出た直後に警備員に呼び止められ、逃げだそうとして肘《ひじ》を後ろから摑《つか》まれたのだ。

万引きした商品は乾電池だった。単2形の四本パックを握り込んだ手をジャケットのポケットに入れて、レジを通らずに店を出て、捕まった。それまでも、万引きするのは必ず乾電池だった。単3形の十本パックや、単1形の二本パック、9V形の八本パックの時もあった。

「あたりまえですけど、欲しかったわけじゃないんです。手に持ったときの重さとか堅さとか、デコボコの感触が、なーんか良かったんですよ、乾電池って」

物欲ではない。酒に酔っていたわけでもない。認知症で失見当識《しっけんとうしき》に陥って、半ば無意識のうちに万引きしていたのとも違う。やってはいけないことだというのは、よくわかっている。将也さんにまで累が及んだときのリスクも、もちろん。

「なんで、あんなことしちゃったんでしょうねえ。わかんないんですよ、そこが」

他人事のように言う。

奥さんや将也さんに見限られた孤独感にさいなまれ、自分のほうを向いてもらおうとして、いわば、かまってほしくて、問題を起こした——。

そう考えるのが一番自然な流れのような気がしたが、私の想像を見抜いた後藤さんは「女房や息子は関係ないんですよ」と、ぴしゃりと言った。

「誰かを困らせたいとか、相手にしてもらいたいとか、悪いことをしてでも自分が得をしたいとか、そういうんじゃなくて……乾電池の、あの重さがいいんですよ。単2でも単3

でも、パックにしたときのサイズ感が、なーんか、いいんですよねえ……」

右の手のひらを左の手のひらでこすりながら、「よかったんですよ、あの感触、ほんとうに」と念を押した。

万引きが見つかった後藤さんは、売り場の二階にある事務室に連れて行かれた。店長に自宅の住所と家族構成を訊かれ、奥さんの名前と携帯電話の番号も尋ねられた。

「ここで女房が出てくれれば、なんとかなったと思うんですよ。女房には、息子を守りたいという強い気持ちがありましたから。それは私にもよくわかっていたんです」

わかっていながら、後藤さんが店長と警備員に伝えたのは、将也さんの携帯電話の番号だったのだ。

将也さんを困らせたくて、番号を伝えたわけではない。「それはほんとうに違うんです、どうせ信じてもらえないとは思うんですが、信じてください」――そういう「どうせ」が相手をどれほどムッとさせるか、どうして後藤さんはわかってくれないのだろう。

その一方で、政治家にも人脈がある将也さんを動かせば、今回の件は不問に付されるという期待もなかった。

「嘘じゃないんですよ、私、そんなこと全然考えてなくて、ただ……」

事務室の机に向き合って座った店長が「身元引受人」という言葉を口にしたとき、すぐに後藤さんの頭に浮かんだのは、将也さんだった。奥さんではなかった。

「やっぱり、そこが血のつながりの底力なんです。夫婦はしょせんは赤の他人同士だから、こういうときには弱いんですよ。施設長さんもそう思いませんか？　夫婦って他人ですよね。でしょう？」

言質《げんち》を取るように、話の最後をこっちに振ってくる。ああ、やっぱりこの人はみんなから嫌われるよなあ、と認めざるをえない。私だって、仕事の関係でしゃべっているのでなければ、「知りませんよ」と、にべもなく言ってやるところだ。

「それで、息子さん、いらっしゃったんですか？」

「来てくれましたよ……名刺だけね」

スーパーマーケットからの連絡を受けたのは、社長室長だった。いまの細川室長の三代か四代前――「もう名前も顔も忘れちゃいましたよ」と、後藤さんは力の抜けた苦笑いを浮かべて言った。

「でも、それって……」

言いかけた私の言葉を先回りして、「てっきり息子のケータイ番号だと思ってたら、社長室長のケータイだったんですよ」と肩をすくめ、「女房が聞いてたのは、息子のホンモノのケータイ番号だったんですけどね」と、また力なく笑う。

あわてて駆けつけた社長室長は、会社の顧問弁護士も連れていた。

そこから先の話は早い。あまりにも早すぎて、後藤さんにはなにがどうなったのかわからないまま、一件落着——そして、それを境に、後藤さんは奥さんからも将也さんからも完全に見限られてしまったのだ。

奥さんとの関係は、もはや修復不能だった。

もともと何年も前から、後藤さんのいびきを理由に、寝室は別々だった。それに加えて、万引き事件のあとは食事も分かれてとるようになった。最初のうちは、奥さんも「頭痛がするから晩ごはんはあとにする」「観たいドラマがあるから、先にお風呂に入っちゃうね」といった具合に、食卓を囲まない口実をつけていたのだが、やがて理由も口実も言い訳もなく、食事の支度をすませて料理を並べると、そのまま黙ってダイニングを出ていくのがあたりまえになってしまった。

ガーデニングが趣味の奥さんは、いままで以上に庭を丹精《たんせい》するようになった。庭に出ていれば顔を合わせずにすむから。

「皮肉なものでしょ？　庭はどんどんきれいになって、いろんな花が咲いて、外から見たら幸せ一杯の家ですよ。でも、ほんとうはまるっきり逆……笑っちゃいますよ」

後藤さんは言葉とは裏腹に、心底つまらなそうな顔になって続けた。

庭仕事だけでは収まらなくなった奥さんは、元来は出不精《でぶしょう》気味だったのに、どんどん外に出る用事を増やしていった。スポーツクラブに入り、外国人留学生をサポートするNP

〇に参加して、泊まりがけの旅行をするようにもなった。

「不倫はなかったと思うんです」

後藤さんは私に言って、「好きなオトコができて、裏切られたほうが、まだましですよ」と力なく笑った。「勝ち負けで負けたわけですから、あきらめがつきます」

いや、でも、それは——と言いかけるのを制して、「もちろんダンナとしては悔しいし、情けない話ですよ」と続けた。「でも、女房は好きなオトコと一緒にいて、束《つか》の間でも幸せな時間を過ごしてるんだったら、それはそれで……良くはないけど、こっちとしても少しは、救われるんです」

だが、そうではなかった。

奥さんは誰かを好きになって、それと引き替えに後藤さんへの思いがなくなったわけではなく、ただ後藤さんのことを嫌いになってしまっただけ——。

「勝った奴はいないのに、負けた奴だけいるんです。それが私ですよ、私」

奥さんが心不全で急逝したのは、就寝中だった。死亡推定時刻は明け方だったが、後藤さんが気づいたのは昼前だった。朝食の支度がなく、昼食をつくっている気配もないので、怪訝《けげん》に思って寝室を覗いて、息絶えた奥さんを見つけたのだ。

「ぞっとしませんか？」と訊かれた。

応える言葉を探しあぐねていると、後藤さんは、いいんですいいんです、答えなんてべつに要りません、というふうに小刻みにうなずいて続けた。

「私は女房の死体と、五、六時間、一つ屋根の下にいたんですよ……なにも知らずに、そんなことになってるとは夢にも思わないまま、テレビのワイドショーを観てたんですよね」

のんきなものです、と笑う。

私は今度もまた、応える言葉も表情も見つけられず、うつむいてしまった。

「孤独死っていうのは、一人暮らしじゃなくても起きるんですね。心臓が止まったのが私のほうだったら、丸一日放っておかれたかもしれません」

後藤さんは短くなった煙草を灰皿に捨てた。

「そこから先のゴミ屋敷の話は、このまえお話ししたとおりです。情けない話を聞かせてしまって、すみませんでした」

私は、いえ、そんな、と首を横に振るしかなかった。

「ろくでもない父親としては、息子にこれ以上迷惑をかけずに、さっさと死んでいかないと……」

ポケットを探って五本目の煙草を取り出そうとした後藤さんだったが、まあもういいか、とつぶやいて、手をポケットから出した。

なにも持っていない手のひらを開いたり閉じたりしながら、「あの乾電池の重みはなんだったんでしょうね」と言う。「棚から取って、握って、ずっしりというほどじゃなくても、重みがあって……気分が落ち着くんです、その重みが」
後藤さんは小首を傾げて、開いた手のひらをじっと見つめた。

第十三章　青春の街で

JR馬場町駅のホームには、転落や駆け込み乗車防止のためのホームドアが設置されていた。

「へえ、こんなのができてるのか」

驚いてつぶやくと、一緒に電車に乗って来た真知子さんが「だいぶ前からありますよ」と教えてくれた。「もう五、六年前ぐらいからじゃないですか？」

馬場町は、学生街としては名が通っていても、大きな会社や工場やオフィスビルはないので、ビジネスパーソンが頻繁に行き来する街というわけではない。私も駅に降りたのは、十年ぶり……もっと間が空いているかもしれない。

「懐かしいですか？」

改札に向かって歩きながら、真知子さんが訊《き》いてきた。「べつにそんなこともないけど」と応えると、「えーっ、そうなんですかあ？」と頰をふくらませる。

「悪いけど、懐かしさにひたってる余裕はないんだよ、いまは」

「プレッシャー感じてるんですか？」

「……いいだろ、そんなのどうだって」

「今日、寒くないですか？」

「……寒いよ」

六月六日に関東地方で梅雨入りが発表されて以来、天気はずっとぐずついている。気温のほうも先週の終わりには三十度を超えたのに、今日——十五日は、朝から曇り空で、最高気温は二十度にも至らないらしい。

先週から仕事の予定をやり繰りして、ようやく金曜日の午後から年休を取ったのに、さっぱり気勢の上がらない天気になってしまった。

肌寒さに身も心も縮こまってしまうなか、私はいよいよ、小雪さんと会う——。

馬場町は、駅周辺が再開発されていないので、昭和の頃のまま、飲食店や雑居ビルが軒を連ねる横丁が縦横に走っている。私と真知子さんは、スマートフォンの地図アプリに従って、その横丁の一本を進んだ。学生時代に馴染《なじ》みだった通り——居酒屋や雀荘《ジャンそう》が特に多く、正式な名前は知らないが、私たちは『留年通り』と呼んでいた。

三十数年の歳月をへて雀荘はほとんど姿を消し、飲み食いする店も大手チェーンが幅を利かせるようになった。それでも雑然とした街のたたずまいは、あの頃と変わらない。

さらにいま、馬場町には、学生街とは違う一面もある。アジア系の外国人の若者とすれ違った。さっきから何人目になるだろう。ヒジャブで頭を覆った女性もいる。顔立ちからするとインドネシアの人だろうか。

「馬場町って、いまリトル・ヤンゴンって呼ばれてるんです。ミャンマーから来た人たちがたくさん住んでるから。あと、ベトナムとかマレーシアの人も増えてて、安くて美味《おい》しいエスニック料理のお店がたくさんあるんですよ」

「ああ、そうらしいな。新聞とかニュースでしか知らなかったけど……」

歩きながら見回すと、確かにアジア系の民族料理を出す店があちこちにある。看板に日本語がまったくない店もあるし、けばけばしすぎるほどの派手な色づかいで飾り立てた店もある。

「意外でした、長谷川さんが馬場町にほとんど来てないって。仕事の用事はなくても、ごはんとか呑《の》み会で、いまでも地元なんだと思ってました」

「馬場町はゴチャゴチャしてるからなあ」

「それって、街に元気があるってことなんじゃないですか？」

「うん……」

だから疲れるんだ、と心の中で返した。若いうちはいいけどな、とも付け加えた。

学生時代は、猥雑《わいざつ》なほどの騒々しさが心地よかった。自分自身も、街のにぎやかさの一部分だった気がする。

だが、社会に出て家庭を持ち、仕事でも我が家でも背負うものが増えてくると、街の元気にひるんでしまい、騒々しさが疎《うと》ましくもなる。青春が終わるというのは、こういうことなのかもしれない。

小雪さんが暮らすシェアハウスは、『留年通り』を抜けた先、バス通りの横断歩道を渡ってすぐのところにある。

「意外と交通量が多いんですね」

信号待ちをしている間、真知子さんが言った。最初は聞き取りそこねたほど、行き交う車の騒音も大きい。

「あと、通りの向こう側にも呑み屋さんの看板がけっこうありますよね。まだ呑み屋街の続きって感じで……若い人にはよくても、お年寄りにとっては、この環境って落ち着かない気がしません？」

確かに、緑の豊かさと閑静な住環境が人気のハーヴェスト多摩とは対照的な立地ではある。

「まあ、でも、にぎやかな街のほうが気分も若返るのかなあ」

なにげなく言った真知子さんの言葉が、意外なほど私の胸に深々と染みた。

そうなのだ。最近ときどき思うのだ。

老後の日々は、静かで穏やかなほうがいい——間違いではない。けれど、それだけが正解なのだろうか。

ハーヴェスト多摩に来て認知症を発症したり、原因が定かではなく体調を崩したりした入居者は、私が施設長として着任してからの五年間で、十人近くいる。入居前には元気でにぎやかだった人が塞《ふさ》ぎ込んでしまったり、食欲が落ちてしまったりするのも含めれば、もっと数は増える。

そんな人の入居前の生活を調べると、下町風というか、庶民的というか、ざっくばらんに隣近所と付き合ってきた人が多い。それなりに経済的に余裕のある息子さんや娘さんが、親孝行でハーヴェスト多摩を選んでくれるのはありがたいのだが、はたしてそれは親にとって幸せなのか？

後藤さんも、そう。喫煙コーナーで話してから、すでに十日以上。幸いにして、その後は大きなトラブルは起きていない。後藤さんも自制しているのだろう。けれど、あいかわらず酒好きで、おしゃべりで、ゴミにだらしなくて……入居者の皆さんには、「相手にしない」というスタンスが暗黙の了解になっている様子だった。

後藤さんも悪い。それは認める。だが一方で、私はこんなふうにも思う。

ハーヴェスト多摩を後藤さんの終《つい》の棲家《すみか》にして、ほんとうにいいのだろうか？

信号が青になり、横断歩道を渡った。

「次の角を右に曲がって、三つめの角を左に曲がった二軒目です」

スマホの画面を覗《のぞ》いて言った真知子さんは、横断歩道を渡りながら訊いてきた。

「長谷川さん、小雪さんにこんなことを言われたら、こんなふうに返事しようとか、もう決めてるんですか?」

「いや……決めてない」

「え? じゃあ、全部アドリブ?」

そういう軽い言い換えをしないでもらいたいのだが、ここで説教をする余裕はない。

それよりも——。

「きみがやってることは思いっきり非常識なんだというのは、わかってくれよな」

電話で聞いた小雪さんの住所を、真知子さんは頑として教えてくれなかった。しかも父の携帯電話も返さない。つまり、私は彼女の同行なしには小雪さんと会えないという状況になってしまったのだ。

だが、真知子さんは悪びれもせず、「帰りにお酒を飲みたくなったら、付き合いますよ」と笑う。「わたしだって、ノブさんのこと、ずーっと思い入れがあるんですから」——一度会っただけなのに愛称で呼ぶ、図々《ずうずう》しさなのか、人なつっこさなのか、とにかく業務を超えた熱心さだけは、素直に認める。

「悪いけど、夜は予定があるんだ」

「そうなんですか?」

「うん……せっかくだから、学生時代の友だちと会おうと思って」

佐山《さやま》と紺野《こんの》に〈ひさしぶりに馬場町で飲まないか〉とメールを送った。

二人とも返事はOK——ふだんから陽気な紺野が〈オレも大ニュースがあるんだ〉と書いてきたのは話半分で良しにしても、佐山が、スマイルマークの絵文字付きで〈ぜひ!〉と返してきたのは意外だった。


はやる気持ちと、会うのが怖い気持ちとが入り交じるなか、「ここですね」と真知子さんが立ち止まった。隣近所に比べて少しだけ大ぶりな、ただし豪邸というほどではない一軒家の前だった。

門の表札には『シェアハウスこなゆき』とあった。父が通い詰めたスナックと同じ名前だった。表札の脇には入居者のプレートが七枚掲げられている。

最初に記してあるのは、〈山下小雪〉。続いて四枚。下の名前から察するに、男女が二名ずつだろうか。苗字《みようじ》はありふれていても、下の名前は我が家の遼星とも通じ合うキラキラしたものなので、四人とも若者なのだろう。大隈大学の学生かもしれない。六枚目のプレートに書かれた名前は、カタカナで、字面が東南アジア風だった。タイの人だろうか、ベトナムの人だろうか。最後の七枚目は極端に短い。漢字二文字で終わり。中国か台湾か韓国だろう。

「なんか、すごいですね……」

真知子さんはプレートを目で追って、気《け》おされたように言った。

「多世代型っていうだけじゃなくて、多国籍とか多民族型ですよね、このシェアハウス。時代の最先端じゃないですか？」

うなずくと、自転車のベルが背後に聞こえた。道を塞いだかと思って脇に避《よ》けると、「いえ、違うんです」と自転車の主が言った。「ここ、私のウチなんですけど」

驚いて振り向くと、小柄な青年が自転車にまたがったまま、「こんにちは」と挨拶《あいさつ》した。発音が微妙にぎごちない。顔立ちからすると東南アジアの人——真知子さんが「ひょっとして、この名前……」とカタカナのプレートを指差すと、「そうです」と愛想良く笑って自転車を降りた。

名前はソムチャイくん。タイの国立大学から大隈大学に留学しているという。

こちらも名乗ろうとしたら、ソムチャイくんのほうから「長谷川さんと西条さんですか？」と訊いてきた。

「知ってるの？　わたしたちのこと」

「はい、小雪ばっちゃんから、ゆうべ」

ソムチャイくんは自転車の前カゴに入れたコンビニのレジ袋を指差した。

「ビールが足りなくなりそうなので、私が買ってきました」

また笑顔になって、門扉を開ける。「さあ、どうぞ、入ってください。ばっちゃんが待ってます」

小雪さんは、リビングダイニングルームにいた。

「よく来てくれたね」

貫禄のある、というより、ドスの利いたハスキーボイスだった。

「あんたがシンちゃんの息子かあ。確《たし》かに目元が似てるよ、うん、似てる似てる」

うれしそうに、懐かしそうに手を叩《たた》く。

「小雪さん」という名前から抱いていたイメージは、一瞬にして砕け散った。

小雪といえば、控えめで、はかないものだと思い込んでいた。『こなゆき』も、常連のお客さんの「俺が彼女を守ってやらなくちゃ！」という思いに支えられていたのだと、ずっと信じて疑わなかった。

だが、現実の小雪さんは、親分肌の頼もしさを漂わせる女性だった。

「落ち着かなくて悪いけど、まあ、ここはそういうウチだから」

リビングには、同居する若者たちもいる。大きなテーブルでノートパソコンを開いて勉強したり、ソファーでスマートフォンをいじったり、キッチンでは上海からの留学生・陳《ちん》さんが、料理の下ごしらえをしていた。

「今日は夕方から時間の空いてる子が多かったんだよ。大学って意外と暇なんだよねえ、あきれちゃうよ」

憎まれ口をたたいたあと、「嘘《うそ》うそ、あんたたちはがんばってるわよ、留学生に奨学生、よくやってる」と笑う。

言葉だけを取り出せば、元気で陽気なおばあちゃんになる。

ただし、小雪さんが座っているのは、ソファーでもダイニングチェアでもなく、車椅子だった。この一、二年、歩くのに難儀をするようになって、調子の悪い日には車椅子を使っているのだという。

「シンちゃんには、こういうところを見せたくなかったから、いつも電話ですませてたんだけどね。こんなにあっさり逝《い》っちゃうんだったら、やっぱり会って、お茶でも飲んでればよかったかねえ」

小雪さんは、がりがりに痩せている。大きな目と高い鼻が若い頃の華やかな顔立ちを彷《ほう》彿《ふつ》させるものの、この痩せ具合は、歳《とし》のせいではなく、おそらく……。

「ガンだよ」

自ら、さらりと告げた。

小雪さんが馬場町に帰ってきたのは五年前——七十代の半ばになって、人生の締めくくりを考えたとき、この街で最後の日々を過ごしたくなった。

「三十代の終わりから四十代にかけて、なんだかんだと一番楽しかったからね。トウが立ってても、やっぱりあの頃は青春だったんだよ、わたしにとって」

貯えが潤沢なわけではなくても、小雪さんにはスナック『こなゆき』時代の人脈があった。

「山口《やまぐち》センセイって聞いたことない？」

少子高齢化問題の第一人者で、大隈大学の看板教授だ。私も仕事柄、山口教授が書いた新書は何冊か読んだことがある。

「『こなゆき』の常連だったんだよ。昭和の終わり頃で、まだいろんな大学の非常勤講師だったんだけどね。いまはすっかり偉くなっちゃって」

シェアハウスの話は、その山口教授の発案だった。かねがね高齢者と若年層の共生を研究していた教授は、小雪さんから「馬場町に帰りたい」という相談を受けて、すぐさま多世代型シェアハウスの構想を伝えたのだ。

小雪さんは、地元密着型の不動産会社にも声をかけていた。当時は顔を出さない日のほうが珍しいほど『こなゆき』に入り浸っていた、ばばまちエステートの関本《せきもと》さんは、社長職こそ息子に譲っていても、いまも会長としてにらみを利かせている。そこに教授のシェアハウス構想が加わって、話が一気に進んだ。ばばまちエステートの自社物件だった中古の二世帯住宅をリノベーションして、『シェアハウスこなゆき』をつくった。工事は、これも常連だった廣瀬《ひろせ》工務店の先代社長が、うんと格安で請け負ってくれた。

「すごいです！　なんか、すごい！」

真知子さんが快哉《かいさい》を叫んだ。「馬場町のマドンナじゃないですか！」

小雪さんは照れもせず「まあね」とうなずき、私に目を向けて続けた。

「そんなライバルとの戦いを勝ち抜いたんだよ、あんたのお父さんは」

もう一言——。

「どうもね、わたし、ダメ男を放っておけないタチなのさ」

やはり、父は、そういうタイプの男だったようだ。

『シェアハウスこなゆき』で暮らす若者たちは、家賃が相場よりずっと安く設定されているのと引き替えに、小雪さんの身の回りの世話をする決まりになっている。

「世話って言っても、たいがいのことは、小雪ばあちゃん、自分でやるから」

大隈大学の法学部に通う男子が缶ビールを手に笑う。「歩くのがしんどいときに、代わりに買い物に行くぐらいです」

フリーターの男子も「ばあちゃんのつくってくれる焼きうどん、マジ美味《うま》いし」とビールを啜《すす》る。

「ナポリタンもおいしいですよー」と、ばたばたとリビングに駆け込んできた女子が話に割って入り、食卓のポテトチップスをつまみ食いすると、そのまま「行ってきまーす！」

と玄関に向かう。声優を目指して専門学校に通っている彼女は、いまから居酒屋でバイトなのだという。

「ほんとにもう、騒がしい子なんだから」

小雪さんは顔をしかめていても、うれしそうだった。

「こんなふうに夕方から宴会することって多いの?」と真知子さんがフリーターくんに訊いた。

「けっこうありますよ。小雪ばあちゃん、お客さんが来たら昼間でもとりあえずビールを出すひとだから。で、オレらも付き合うこともあるし、バイトがあったら途中で抜けるし、自分の部屋で勉強する奴《やつ》もいるし、自由にやらせてもらってます」

フリーターくんはそう言って、さっきの声優の卵の話を引き取った。

「マジ、ばあちゃんのナポリタンも最高に美味いんです。くったくたに茹《ゆ》でた太いパスタで、炒めるときはケチャップをしっかり焦《こ》がすのがコツなんですよね」

まさにザ・昭和のスナックの定番――。

スナック『こなゆき』が、シェアハウスになってよみがえったということなのか。

だが、小雪さんは寂しそうに言った。

「あんたたちが最後だよ。車椅子じゃあガス台の前にも立てないよ、もう……」

シェアハウスの生活が始まったばかりの頃は、身の回りのことを手伝ってもらうどころか、逆に若者たちの部屋の掃除や洗濯をしてやっていた。五年間で、小雪さんはそれだけ年老いてしまったのだ。

山口教授は多世代型シェアハウスに、新しい「家族」の可能性を探っていた。「一つ屋根の下」や「同じ釜の飯を食う」ことの底力で、血縁に頼らない「家族」をつくれないか――。

「だから、いま、ウチはおばあちゃんと孫六人なの。しかも国際色豊かでしょ」

山口教授は、ゆくゆくは小さな子どものいる夫婦の入居も考えている。そうすれば、祖父母・両親・孫・ひ孫の四世代がきれいに揃う。お年寄りにとっては人生の締めくくりの日々を孤独に過ごさずにすむし、若者たちは子育てとお年寄りの世話をいっぺんに体験できる。いわば「家族」のインターンシップになるわけだ。

「でも、四世代同居は、ウチではちょっと間に合いそうにないわね」

小雪さんは軽く言って、「あとは二代目のおばあちゃんに任せるから」と笑う。

それは、つまり――。

「おかげさんで、いまのところは咳《せき》も痛みもないんだけど、やっぱり体力が落ちちゃって……最後の最後はずいぶん痛くて苦しいっていうから、さっさとホスピスに移って、薬で眠らせてもらわなきゃあねえ」

肺にガンが見つかったのは、去年の暮れだった。自覚症状はほとんどなかったが、すでにステージはだいぶ進んでいた。小雪さん本人の「八十を過ぎてまで、じたばたしたくないよ」という強い意志もあって、手術や化学療法は見送られた。

「ここは病院でも介護施設でもないから、最後は出て行かなきゃいけないんだよ。だから、一番いいのは、ほんとうに具合が悪くなるちょっと前に、ぽっくり……それだったらあんたたちにも、あんまり迷惑かけずにすむしね」

小雪さんがさばさばしているぶん、若者二人はうつむいてしまった。

そんな二人に目をやって、小雪さんは「優しいのよ、この子たち」と言う。「だから、しっかり見せて、教えてやらないと」

なにを——？

「若い子は毎年入れ替わるの。いままでの子はわたしが老いぼれていくのを間近に見てきたけど、いよいよ、この子たちは、ひとが死ぬっていうことと向き合うわけ」

それって運がいいんだか悪いんだか知らないけどね、と小雪さんは笑った。

夕方の宴《うたげ》は、缶ビールを一本ずつ空けたところで早々にお開きになった。食卓にはストロング系の缶チューハイも何本か置いてあったが、法学部くんもフリーターくんも、小雪さんの余命が長くないことをあらためて突きつけられ、しょんぼりした様子で自分の部屋にひきあげた。

「そういうところが意外と図太くないのよねえ、いまどきの子は」

小雪さんは拍子抜けしたように言って、「シンちゃんは公園で倒れて亡くなったんでしょ。その話なんて聞いたら、あの子たち、ひっくり返っちゃうわよ」と続けた。

後回しになっていた本題が、ようやく出番を得た。

私は居住まいを正して、「父が長年お世話になりました」と頭を下げた。「いろいろとご迷惑もおかけしたみたいで……」

小雪さんは「かけられたわよお、さんざん」とあっさり認めた。ただし、咎《とが》め立てするような言い方ではない。むしろ懐かしそうに——と受け止めるのは図々しいか。

「他の人からも話を聞いてるってことだけど、まあ、ひどいもんでしょ？」

「ええ……」

「弱いのよ、弱くてずるくて、ちっちゃな嘘ばっかりついて、すぐに言い訳して、ほとぼりが冷めた頃にまた繰り返すの」

私は無言でうなだれるしかない。救いは、小雪さんの口調が明るく、カラッとして、恨めしそうではないことだったが——いや、都合良く解釈するのはやめろ、と自分を諫《いさ》めた。

すると、真知子さんが「怒ってないんですか？」と訊いた。単刀直入すぎる質問にひやっとしながらも、本音では、代わりに訊いてくれて助かった。

「そんなの、いまさら怒ったってしょうがないじゃない。昔むかしのことなんだし、当の本人はもう死んじゃったんだし」

小雪さんの言葉に、あらためて恐縮しつつ、ほっとした。

ところが、真知子さんは重ねて訊いた。「その怒りを息子にぶつけなきゃ気がすまない、っていうのもないですか？」――彼女は私の敵なのか？

小雪さんもさすがに面食らった様子だったが、「あなた面白い子ね」と苦笑して、ゆっくりと首を横に振り、逆に私に訊いてきた。

「お父さんのこと、あんたはどれくらい覚えてるの？」

正直に答えた。ほとんど記憶に残っていないからこそ、亡くなったあとに悪い評判を知らされてショックだった、ということも含めて。

小雪さんは、なんだそうなんだ、という顔になって、「じゃあ、いいじゃない」と笑った。

「覚えてないんだったら、気にしなくていいわよ」

「――え？」

「嫌な思い出が残ってたらアレだけど、まっさらなんだったら、かえって楽でしょ。あんたが勝手につくればいいのよ、自分なりの、理想のお父さんを」

「いや、でも……」

「なに、あんた、自分の親がどんなひとだったか、他人の評判で決めちゃうの？　情けないね、まったく」

にらまれた。もともと大きな瞳が、痩せて落ちくぼんでしまったぶん、よけいギョロッとして、小さな目でおっかない神田さんとはまた違った凄《すご》みを感じる。

「世間さまがどう言おうとウチの親父はこうなんだ、って思っちゃえばいいじゃないか。自分と親父の関係なんだから、誰に迷惑かけるわけでもあるまいし」

しかし、それは――。

私が言えないことを、今度もまた真知子さんが代わりに「開き直るってことですか？」と言ってくれた。

「開き直ればいいじゃない、居直ればいいじゃないか」

小雪さんの言葉に迷いはなかった。私も思わず、こくん、とうなずいてしまった。

「生きてる間は、いろんな人に迷惑をかけてきたシンちゃんなんだから、死んだあとぐらいは、好き勝手に、あんたの望むように使ってやりなよ。嫌な話はなかったことにしちゃえばいいし、いい思い出は勝手につくればいいじゃない」

「でもそれ、事実じゃないんだから――」

真知子さんが言い返すと、小雪さんは私をにらむまなざしを微動だにさせずに、「思い出は身勝手なものに決まってるじゃないか」と断じた。「じゃあ、楽しい思い出だけ、つくっちゃいなさい」

その言葉に、真知子さんは私より早く、深く、熱く、反応した。

「それ、シンヤとノブヤの違いかもしれませんよね」

父は、周囲に迷惑をかけどおしだった「シンヤ」とは違う「ノブヤ」として、誰かの記憶に残りたかったのではないか。そして、仕上がった自分史を和泉台文庫に置いてもらい、「イシイ・シンヤ」を知らない誰かに読んでもらうことで、「イシイ・ノブヤ」の人生を成立させたかったのではないか……。

「どうですか？　この推理、かなり自信あるんですけど」

真知子さんは得意そうに言った。

話が呑み込めずにいた小雪さんも、いきさつを知ると納得顔になった。

「嘘でも人生をやり直したことにしたかったなんて、せつないねえ、シンちゃんも」

「もし急に亡くならなかったら、どんな話をわたしに聞かせてくれたんでしょうね」

「そうねえ……あの人、ちっちゃな嘘は次から次につくんだけど、大きなつくり話はできないタイプだから。意外と、まるっきり嘘八百の話はしないんじゃない？」

小雪さんは私に目を戻して、「家族と別れたことも正直に書いたと思うわよ」と言った。

「そのときにどんなことを思って、どんなことを悔やんでたか……それを一番読んでほしかった相手は、息子のあんただったのかもしれないね」

少しずつ小雪さんの息があがってきた。声がかすれ、しゃべったあとに咳《せ》き込むようにもなった。父の話をもっとくわしく聞きたかったが、やはり体力が落ちているのだろう。

「父の遺骨に線香をあげてくださるお気持ちがあることをうかがいました」

ありがとうございます、と頭を下げた。もちろん、車椅子の小雪さんに照雲寺まで来てほしいと言うつもりはない。

無理はさせられない。

「もし失礼でなければ、遺骨をこちらにお持ちすることも考えています」

小雪さんがなにか言いかけたのを手で制して、「ただ――」と、和泉台ハイツのカレンダーに母と姉と私の誕生日が記されていたことと、携帯電話のアドレス帳にも三人の名前が入っていたことを告げた。

「父は私たちを、まったく忘れて、捨て去っていたわけではなかったと思うんです。姉と私の誕生日に小雪さんに電話をかけたことも、西条さんから聞いています」

小雪さんは黙ってうなずいた。

「こんなことをうかがうのはスジ違いかもしれませんが、教えていただけませんか。父は、母のことをどう思っていたんでしょうか。それが私にはわからなくて、だから、まだ母には父が亡くなったことを教えていないんですが……」

いくぞ、いいな、後悔しないな、と自分で自分に確かめてから、続けた。

「父が喜んでくれて、なおかつ母がそれを望むのであれば、私としては、母にも……できれば、小雪さんより先に、線香をあげさせたいと思っています」

小雪さんは無言のまま、私をじっと見つめていた。さっきのようなにらむ視線ではなかったが、そのぶん、目の光が深い。

「教えてください。小雪さんと一緒に暮らしていた頃はともかく、最近……晩年になって、父があなたに母の話をしたことはあったんでしょうか」

少し間をおいて、小雪さんは、ふふっと笑った。痩せさらばえた頰が、ほんの一瞬だけ、ふっくらとしたように見えた。

「しょっちゅう言ってたのよ、シンちゃん。嫁さんには申し訳ないことをした、もし会えたら心底から謝りたい、って」

泣きながら言ってたこともあるんだからね、と付け加えた。


「どう思います?」

バス通りで横断歩道の信号待ちをしているとき、真知子さんに訊かれた。

やっぱり来たな、と私は苦笑交じりに息をつく。『シェアハウスこなゆき』を出てからずっと、これを切り出したくてうずうずしているのは、私も察していた。

小雪さんが父について話したこと——。

もっと細かく言うなら、父が母をどう思っていたか、ということ——。

「たぶん、嘘だよ」

目の前を行き交う車を見るともなく見ながら、私は言った。「これが、こうだから」と筋道立った理由は説明できなくても、この勘は決して間違っていないという自信があった。

真知子さんも、いつになく神妙な顔で「わたしもそう思ってました。ちょっとビミョーに不自然でしたもんね」と応えた。

「小雪さん、俺のために嘘をついてくれたんだな」

「長谷川さんっていうより、ノブさんのためじゃないですか？」

「うん……そうかもしれない」

青信号になった横断歩道を渡りながら、真知子さんは「あと……」と続けた。

「小雪さん、ぜーったいにバレバレのお芝居をしてくれたんですよ」

「そうか？」

「決まってるじゃないですか。長谷川さんが気づくかどうか、嘘に気づいたあと、そこからどうするか、試してたんですよ」

父は、少なくとも小雪さんの前では、母のことを懐かしんではいなかった。

「どうするんですか？　いまの話の流れだと、小雪さんの嘘に付き合うんだったら、田舎のお母さんにノブさんが亡くなったことを教えてあげて、小雪さんより先に遺骨に手を合わせてもらうっていうことになりますけど……」

神田さんは、そうしてやれ、と言った。姉は、しないでほしい、と言うだろう。小雪さんは、嘘をついたということは、つまり……母を差し置いて焼香するわけにはいかない、と私に告げたのだろうか。

陽《ひ》が暮れかかった『留年通り』は、さっき通ったときよりずっと活気を増していた。すでに開店している呑み屋も多いし、そのうち何軒かは早くもずいぶんなにぎわいだった。

ただし、通りの異名とは裏腹に、学生の姿は決して主流ではない。素通しのガラス戸から店内を覗くと、シニア世代のグループが驚くほど多い。昼間は街歩きをしていたのか、公立図書館にでも出かけていたのか、背広姿はほとんどいないし、背広を着ていてもネクタイは締めていない。オープンエアの立ち呑み屋では、グレイヘアの女性グループも盛り上がっている。

「小雪さんのシェアハウスはよかったな」

真知子さんは話をはぐらかされたと思ったのか、「はあ……」と少しムッとした声で返した。

だが、私は、無関係な話をしているつもりはなかった。

「おじいさんやおばあさんになるのは同じだけど、どこでどんなふうに年老いていくのかは大事だよ。ウチの親父は、一人暮らしだったけど、あんがい幸せだったのかもなあ、って」

「田舎のお母さんはどうなんですか？」

「うん……」

「一人暮らしなんですか？」

「いや、再婚相手の息子さんの一家と同居してるんだけど」

その一言で、真知子さんもいろいろなことを察してくれたのだろう、しゅんと肩をすぼめ、うつむいた。

「いろいろあるんだよ、かえって一人暮らしのほうが楽だったりするかもな」

「……はい」

「でも、とにかく、小雪さんのシェアハウスはよかった。仕事の話になっちゃうんだけど、いろんなヒントをもらったよ」

年齢も経済的な条件もほぼ同じ人たちが集まったハーヴェスト多摩は、運営サイドからすれば、確かにやりやすい。「みんな」という発想でやっていける。だが、現実の社会は「みんな」と一色に塗りつぶせるものではないし、塗りつぶしてはいけないものだとも思う。「みんな」が強すぎると、そこから弾《はじ》き出された人が生きづらくなる。

ふと、後藤さんのことが浮かんだ。

佐山と紺野と会う店は、ミャンマー料理のレストランだった。仕事柄、新しいものや珍しいものが好きな紺野が、ネットで探して予約を入れてくれたのだ。

「スパイスは利いてるけど、それほど辛くはないから日本人でも食べやすいって、お店の人が言ってた」

先に来てビールを飲んでいた紺野は、お通しの野菜スティックを私にも勧めた。魚醬《ぎょしょう》のような風味の味噌《みそ》を付けて大根やキュウリをかじると、なるほど、悪くない。続いて運ばれてきた空心菜の炒め物も、初めてなのに不思議と馴染みのある味だった。

「馬場町もすっかり変わったなあ。話には聞いてたけど、ここまで外国人が増えてるとは思わなかった」

紺野は感心したように言った。広告の仕事をしていると、庶民的な馬場町とは縁遠くなってしまう。タクシーや電車で通りかかるのはともかく、街を歩くのは十何年ぶりだという。

「あと、増えたのは、じいちゃんばあちゃんだな。馬場町だけじゃなくて、とにかく増えた。俺はいま美術展の仕事をやってるんだけど、じいちゃんばあちゃんは平日の昼間でも動けるから、そこそこの知名度の画家の展覧会でも大行列だ」

「うん、わかるよ」

「ハセの業界も伸びる一方だろ」

右肩上がりのグラフを手振りで示した紺野は、「まあ、長生きするのがいいのか悪いのか、最近はよくわからなくなってるけどな」と笑って、メールに書いていた〈大ニュース〉について話した。

「ちょっと中身がアレだから、佐山が来る前に言っておいたほうがいいと思うんだ」

「……アレ、って？」

「家族の生き死にの話だから、佐山に聞かせるのは悪いかな、って」

独身の紺野の家族、ということは――。

「親父《おやじ》が死んだんだ、先月」

お悔やみを言いかける私を制して、「これで将来の心配事が一つ減ってくれたわけだ」と、また笑う。

紺野の父親が体調不良を訴えたのは、四月半ば――『よしお基金』の年次活動報告会で私と会った少し後のことだった。

「肝臓をやられてた。もともと酒が好きだったんだけど、なまじ肝臓が丈夫だったのが良くなかったんだな、具合が悪くなって病院に行ったときには、もう手の施しようがなかった」

近所のクリニックから大学病院を紹介され、精密検査をすると、そのまま入院となって、結局我が家に戻ることなく世を去ってしまった。

「二週間だ。五月の連休中に葬式だったたから、忌引きを使いそこねちゃったよ」

さばさばと笑う。学生時代から露悪的というか、不謹慎な冗談を口にするのが好きなタチの男だが、いまの笑い方は意外なほど素直だった。

「……ずいぶん早かったんだな」

「そうか？　ちょうどいい長さだよ」

　不慮の事故や心臓や脳の病気で亡くなるのとは違って、別れを受け容《い》れる時間の余裕があった。その一方で、手術を繰り返したり入院が長期になったりして本人や周囲が疲れ切ってしまうこともなかった。入院した時点でもう助からないことはわかっていたので、紺野にも母親にも、しっかりと父親を看取《みと》ってやろうという気持ちの張りがあった。

「これが一ケ月とか二ケ月になると、やっぱり持たないよ、張りも」

「そうだな……」

「最後の最後はちょっと黄疸《おうだん》が出たけど、きれいな死に顔だった。亡くなる前の日までは意識もあったし、おふくろと話もできたから、これで良かったんだ。八十二歳だから歳に不足はないし、へたにもっと長生きして、要介護とか認知症になったら、そっちのほうがキツいしな」

　臨終にも立ち会った。悲しくなかったと言えば嘘になるが、思っていたほど感情が揺さぶられることはなかったらしい。それよりも、むしろ――。

「ミッションをクリアした感じだったな。よしこれで親父のことは完了、意外とあっさりすんで、めでたしめでたし、って」

　あはは、と笑う。今度もまた、ブラックジョークの類《たぐい》ではない素直な笑顔だった。

「ハセは何年か前にお父さんを送ってるよな」——長谷川隆さんのこと。隆さんと血がつながっていないことは、学生時代の友人には話していない。父の遺骨の話も、紺野や佐山に伝えるつもりはなかった。

「おふくろさんは元気か？　一人暮らしだったっけ、違ったっけ」

「うん……まあ、適当にやってるよ」

一雄さんについても、省いた。

幸い、と言っていいのかどうか、紺野はすぐに話を自分のことに戻した。

「ウチは順番が逆じゃなくてよかった。おふくろのほうが先に死んで親父がのこされたら、絶対に大変だった。家のことなんて全然やらない人だし、近所付き合いもほとんどないし、定年後はなんだかんだとおふくろに頼りきりだったから、おふくろに先立たれたら落ち込んで、引きこもって、足腰も弱くなって、認知症とかも一気に進んでたんじゃないかなあ」

紺野はしみじみとため息をついて、「ほんと助かったよ、先にさっさと死んでくれたこと、親父に大感謝だ」と続けた。親不孝な言い方ではあるが、気持ちはわかる。

「まあ、もしもそうなってたら、ハセのところみたいな施設に入ってもらうしかないんだけど、親父はアタマが古いから、全然その気がなかったんだ。息子がいるのになんで姥捨《うばす》て山みたいなことをするんだ、子どもが親の面倒を見るのは当然だろう、って……。絶対に揉《も》めてたな、間違いない、想像するだけでゾッとしちゃうよ」

それもよくわかる。ハーヴェスト多摩の相談会でも「両親を説得する方法を教えてほしい」という質問が子ども世代からしょっちゅう寄せられる。

「おふくろは逆なんだ。施設に入るのを楽しみにしてる。もともと外に出るのが好きで、社交的な性格だし、体が動かなくなって俺に迷惑をかけたくないから、って」

父親の一周忌をすませたあたりで入居するのを目途に、さまざまな施設のパンフレットを取り寄せたり、見学会に申し込んだりしているのだという。

これまた、ほんとうによくわかる。ハーヴェスト多摩の女性入居者の中には、施設に入るのを頑として拒んでいたダンナが亡くなったあと、念願叶《かな》った様子で入居してくる人が驚くほどたくさんいるのだ。

話に一区切りついたタイミングで、佐山が店に入ってきた。

「いやー、悪い悪い、遅れちゃって」

奥さんの仁美《ひとみ》さんも一緒なのが意外だったし、口調の明るさにはもっと驚いた。四月にハーヴェスト多摩で話したときよりずっと元気そうだった。声に張りがあるし、しぐさも溌剌《はつらつ》としている。『よしお基金』の報告会のときには少し疲れた様子だった仁美さんも、今日の笑顔は明るい。

紺野が席を移り、佐山と仁美さんが並んで座った。腰かけるときに目を見交わす二人の表情は、うれしさを分かち合い、確かめ合っているようにも見える。佐山のメールに添えてあったスマイルマークの絵文字と、なにか関係があるのだろうか？

「よし、じゃあ乾杯だな」

さっぱりした飲み口のミャンマーのビールで乾杯をした。店員のお薦めに従って注文したお茶の葉のサラダや、ひよこ豆のコロッケ、揚げ豆腐は、どれも美味かった。

「ミャンマー料理、いいな」「うん、日本人に合う」「馬場町もすっかり国際的になったよなあ」……ウォーミングアップのようにとりとめのないおしゃべりをして、喉《のど》を潤し、おなかを落ち着かせると、佐山は仁美さんに目配せされ、小さくうなずいて居住まいを正した。

「コンちゃん、ハセ、ちょっと聞いてくれるかな」

「ああ……」「うん、いいとも」

私と紺野もグラスをテーブルに置いて、背筋を伸ばした。

「俺とカミさん、ずーっと『よしお基金』でAEDを寄付してきただろ？　正直に言って、何年も続けてると、ときどきわからなくなるんだ。この活動になんの意味があるんだろう、こんなの俺とカミさんの自己満足とか慰めにすぎないんじゃないか、って……正直、芳雄の同級生はみんなおとなになって元気にばりばりやってるし、ウチだけ、時間が止まってるっていうか……むなしくなるときもあるんだ」

佐山は私を見た。このまえも話したよな、と無言で伝える。私も黙ってうなずいた。紺野が「いや、でもさ……」と励ましの言葉をかけようとしたら、佐山はそれを笑顔で制して、続けた。

「でも、うれしいことがあったんだ」


佐山と奥さんが『よしお基金』で寄付したAEDは、六年間で三十台以上になる。出費は一千万円を優に超える。寄付金だけではとても賄《まかな》えないだろう。税理士事務所の稼ぎから捻出しているのか、貯金を取り崩しているのか……。

「ウチは教育費がかからないから、意外と楽なんだよ」

笑えない冗談に紛《まぎ》らせながら、佐山は奥さんとともに『よしお基金』の活動に「息子の供養」にはとどまらない思いを込めてきたのだ。

もっとも、寄付したAEDが実際に使われたことはまだ一度もない。去年の報告会の挨拶で、佐山は「AEDは万が一のときのための保険のようなものですから、出番がないほうがいいんです」と言っていた。それは確かにそうだし、口調や表情に強がりを言っている様子はなかった。

だが、AEDには、使用できる上限の期間――耐用期間がある。一般的な機種で七年から八年だから、来年や再来年頃から、設置したAEDの取り替え時期に入る。これまでにも電極パッドやバッテリーの有効期限が切れると交換していたが、消耗品と本体とでは価格がまったく違う。

何年か前の報告会の帰り道、紺野やゼミの仲間たちと居酒屋に流れたときも、その話題になった。

「佐山、どうするんだろうなあ。いったん寄付をしておいて、耐用年数が過ぎたら、あとは処分しておいてください、二代目のＡＥＤまでは面倒を見切れません……なんてことは言えないんじゃないかなあ、あいつの性格からすると」

紺野の言葉に、一緒にいた数人の仲間たちは皆うなずいて、「それはそうだよ」「あいつは責任感が強いから」「しかも、息子さんのために始めたことなんだから、中途半端なところでやめるわけにはいかんだろ」と、口々に言った。

しかし、一度も使う機会のなかったＡＥＤをすべて交換して、また一千万円以上も費やすというのは――。

「無駄づかいとまでは言わないけど、なんか、それってむなしい気がするけどな」

誰かの言葉に、今度もまた、仲間たちはため息交じりにうなずいたのだった。

佐山自身、やはりそれは胸にわだかまっていたらしい。「うれしいこと」について話す前に、初めて本音を打ち明けた。

「正直に言って、この一、二年、『よしお基金』のことが負担だったんだ。カミさんと二人で、どのタイミングでやめればいいんだろう、って……ずっと話してた」

ただし、その「負担」は、経済的なことではなく、精神的なものだった。

「自己満足だよな、結局は。もしも芳雄に訊くことができたら、あいつ、もうやめたほうがいいんじゃない？　なんて言うんじゃないかな、って」

芳雄くんの同級生は成人して、社会人になり、やがて結婚や子どもが生まれたという便りも届くだろう。

「でも、俺とカミさんはどうなんだろう、って。ＡＥＤを寄付して、交換の時期が来たら交換して、それをずーっと繰り返すのかなあ、そんなのが俺たちの人生の終盤戦になるのかなあ、って……」

ＡＥＤを寄付した学校には、全校集会を開いてもらって、佐山が自ら芳雄くんの悲劇を話している。生徒は卒業しても、教師が残っていれば、なぜウチの学校にこのＡＥＤがあるのか、という由来は語り継がれていく——語り継いでほしい、と祈っているし、どの学校の先生もそうしてくれるはずだ、と信じている。

だが、教師にも異動がある。廊下に置いたＡＥＤの由来を後任の教師にもちゃんと引き継いでほしい、その後任の教師から新しい生徒に伝えてほしい、と願ってはいても、強いることはできない。寄付したあと十年もすると、ＡＥＤと芳雄くんとの関わりを知る人は、教師にも生徒にも、いなくなってしまうかもしれない。

「やめるつもりだったんだ、もう、今年いっぱいで」

だが、六月に入って知った「うれしいこと」が、その哀《かな》しい決断を翻らせた。

「いたんだよ、俺たちの……芳雄のAEDで、命が助かった生徒が」

『よしお基金』の初年度に寄付した中学校だった。来年早々にも交換時期を迎えるAEDが、至近距離からサッカーのシュートを胸に受け、心室細動を起こして倒れてしまった中学三年生の男子生徒の命を救った。

話したあと、佐山は、違う違う、とかぶりを振ってから、「芳雄が、命を救ってくれたんだよ」と言い直した。


一命を取り留めた生徒は――。

佐山は、「正直に言うとさ」と苦笑いを浮かべた。「そうとうヤンチャな奴だったんだ」

杉下《すぎした》くんという。学校でも持て余していた、札付きの不良だった。サッカーボールが左胸に当たったのも、まっとうなプレイ中ではない。むしろ逆、放課後にを邪魔《じゃま》してやろうと不良仲間とともに自転車でピッチに乱入したときに、シュートを間近で受けてしまったのだ。

「あとで校長先生が教えてくれたよ」

杉下くんが助かったこと以上に、シュートを打ってしまったサッカー部の生徒が「俺のせいで……」と自分を責めずにすんだことを喜ぶ教師が、何人もいたらしい。

「さすがに校長先生は言わなかったけど、杉下がいっそあのまま死んでくれていたほうがよかった、と心の片隅で思ってる先生もいるかもな」

返す言葉に詰まる私と紺野に、さらに続けて「AEDを置いてたことも、よけいなことしやがって……って思った人もいたかもな、先生にも生徒にも」──真顔で言って、私と紺野がさらに困ってしまったのを見て取ったあと、「途中からはぜんぶ俺の想像だよ」と笑った。

「杉下くんは、いまは……」

私が訊くと、「元気だ」と笑顔のままで言う。「あいかわらず不良仲間と付き合ってるらしいけど、とにかく元気なんだ」

それがうれしいよ、と続けると、さっきから目が赤く潤んでいた隣の仁美さんは、とうとう泣きだした。

佐山は仁美さんの肩をそっと抱く。

「昨日、学校からお礼の手紙がウチに来たんだ。校長先生とクラス担任の先生の手紙もそれぞれ同封してあったし、杉下くんの両親からの手紙もあった。みんな心のこもった、いい手紙を書いてくれたんだ」

だが、一番うれしかったのは、杉下くん自身からの手紙が同封してあったこと。

「いかにもお手本の文面をなぞっただけの、型通りの挨拶だよ。便箋《びんせん》一枚にもならない。

字も下手くそだった」

でも、うれしかったんだ、ほんとうに、と佐山が続けると、仁美さんはこらえきれずに嗚咽《おえつ》を漏らしてしまった。


温かい気持ちで帰途についた。新宿までのJRの車中も、新宿から武蔵野急行の準急に乗り込んでからも、胸の奥はぽかぽかと温《ぬく》もったままだった。

酒はたいして飲まなかった。二軒目にも回らなかった。酔いを深めるより、いまの心地よいほろ酔いをずっと保っていたい。

紺野と佐山も同じだったのだろう、「河岸《かし》を変えようぜ」という声はどちらからも上がらなかったし、馬場町駅で地下鉄と私鉄とJRに分かれて解散するときも「じゃあまた」「元気で」「おまえもな」とあっさりした挨拶を交わすだけだったが、二人とも――そして目を泣き腫らした佐山の奥さんも、いい笑顔をしていた。

佐山と奥さんの思いが報われた。芳雄くんを亡くしてからの七年は、決してリセットボタン一つでゼロに戻ってしまう歳月ではなかった。

芳雄くんは確かに悲しい亡くなり方をしてしまったが、それが佐山と奥さんにAED普及の強い思いを抱かせた。二人が各地の学校に設置して回ったAEDは、芳雄くんの「生きられなかった、あの日からの人生」が形を変えたものかもしれない。

その中の一台が、杉下くんという少年の命を救った。芳雄くんの無念の死が、生前には会ったこともない杉下くんの生をつないだのだ。

吊革《つりかわ》に摑《つか》まって電車に揺られながら、私は目を閉じる。

杉下くんは、学校にAEDが置いてあった経緯を親や教師から教えてもらっただろうか。まだ知らないだろうか。知ったら、なにをどう感じるのだろうか。

紺野は杉下くんがあいかわらずヤンチャだというのが不満そうだったが、「文字どおり生まれ変わって、真面目な優等生になったら、ちょっと出来すぎだろ」と佐山は鷹揚《おうよう》に笑い、その笑顔のまま、遠くを眺めて続けた。

「いまはピンと来なくても、いつか……結婚して、子どもができて、赤ちゃんを抱っこしたら……そのとき、俺たちの気持ちをわかってくれるんじゃないかな」

佐山の言葉を聞いたとき、照雲寺で神田さんが話していたことがよみがえった。

ああ、これも、ひこばえなんだな――。

ふと、そう思ったのだ。

新宿駅を出たときの車内は、立っている客がぽつりぽつりいる程度の混み具合だったが、相互乗り入れしている地下鉄からの乗客が合流する最初の停車駅で、朝のラッシュに負けないほどの混雑になった。

いつものことだ。ここからしばらくは感情のスイッチを切るしかない。怒らず騒がず、不快だの不本意だのと考えることもなく、痴漢に間違われないよう手の位置には気を配りつつ、乗客という名の荷物になったつもりで電車に運ばれていくだけ……なのだが――。

今夜は違った。前後左右から押されていても、それほど悪い気はしない。そばにいる若い女性客のキツい香水や、四十がらみのサラリーマンのイヤホンの音漏れにも、心を乱されることはない。目をつぶって吊革を摑んだまま、なんとも言いようのない幸せな気分に包まれていた。

馬場町に出かけてよかった。佐山や紺野に会ったのは大正解だったし、いまの心地よさは二人と会う前――小雪さんと会っていたときから、すでに感じていたのだ。

あのシェアハウスはよかった。いろいろな国の若者と八十代の小雪さんが一つ屋根の下で暮らしているというのが、とにかくいい。小雪さんは、彼らが一丁前のおとなになるのを見届けることはできないだろう。けれど、彼らは小雪さんと暮らした日々を決して忘れはしないはずだ。おとなになった彼らが、もっと若い世代に「学生時代にシェアハウスに住んでたとき、小雪さんっていう豪快なばあちゃんが同じ家にいてさ……」と語っていけば、小雪さんの存在は未来へと受け継がれていく。

これもまた、ひこばえだった。

「ひこばえ」という言葉を教えてくれた神田さんに心から感謝した。考えてみれば、神田さんから聞かされる生前の父の話、和泉台文庫の田辺さん親子が教えてくれた「カロリーヌおじいちゃん」だった晩年の父のこと、川端久子さんを通じて知らされた父の最期……すべてが、ひこばえとして私の胸に芽吹いている。

父が自分史を書いて和泉台文庫に置こうとしていたのも、つまりは、自分の人生をいつか誰かに知ってもらえば、それがひこばえになる、ということなのだろうか。

帰宅して玄関のドアを開けると、リビングから笑い声が聞こえてきた。一人は夏子、もう一人の声は航太、さらにもう一人——美菜もいた。

「チーさん、今夜から宇都宮なのよ。あさっての夕方に帰ってくるから、だったら留守番してるより、お父さんとお母さんに孫の顔でも見せてあげようかな、って」

千隼《ちはや》くんのふるさとの宇都宮には、両親と兄の一家、そして父方の祖母が住んでいる。

「おばあさん、あんまり良くないのか」

「うん……なんかね、やっぱり会えるうちに会っておきたいみたいで」

両親が共働きだった千隼くんは、同居していたおばあさんに子どもの頃からなついていた。だが、そのおばあさんは、いま特養ホームにいる。認知症が進んで、せっかく生まれた曽孫《ひまご》の遼星はもちろん、千隼くんのこともわからなくなってしまい、最近は一日の大半をうつらうつらして過ごしているらしい。

傾眠傾向だ。意識がなくなっていく最初の段階――もう、先は長くない。『やすらぎ館』でも、入居者に傾眠傾向が見られるようになったら、会わせたい人にはなるべく早い時期にお見舞いに来てもらうよう、家族に勧めている。

「日帰りしてもいいんだけど、せっかくだから今夜は地元の友だちと呑み会をして、明日の夜も高校の部活の友だちと集まるみたい。おばあさんのお見舞いだけだと、やっぱり心が折れそうになっちゃうから、少しは向こうで楽しいことがないとね」

「そうか……大変だな、彼も」

美菜は「珍しいね」と笑った。「イヤミの一つぐらい言うかと思ってたけど」

夏子と航太も、ほんとほんと、と顔を見合わせて笑った。

確かに、いつもの私なら「だからって二泊もすることはないだろ」とでも言っていただろう。虫の居所しだいでは「土日のどっちかはウチで遼星の面倒を見て、美菜を休ませてやってもバチは当たらんと思うがな」程度の毒を吐いたかもしれない。

だが、いまの私は、とてもそんな気にはなれない。千隼くんの寂しさやおばあさんの無念が胸に染みてしかたなかった。

リビングを出て、寝室で服を着替える前に、遼星が寝ている和室を覗いてみた。常夜灯の明かりの下、布団は遼星のぶんも含めて三組――夏子も同じ部屋で寝るのだろう。美菜に任せればいいじゃないか、とは思うのだが、気持ちはわかる。

苦笑して、遼星の布団の横に座った。起こしてしまわないように、息だけの声で、りょうせいくん、と呼びかけた。おじいちゃんだぞ、と続けた。

遼星のどこが私に似ているのか、どんなところを私から受け継いでくれたのか、生後二ケ月にもならない寝顔を見ていても、まだなにもわからない。それでも、この子の小さな体の何分の一かに、美菜を通して、私がいる。私を通して、父や母もいる。千隼くんのおばあさんだって、たとえこの子が自分の曽孫だということがわからなくなっていても、遼星の中に、確かにいるのだ。

すごいよなあ、と身を乗り出して遼星を真上から覗き込んで、ささやいた。命をつないでいくというのは、ほんとうにすごいことだと、あらためて嚙《か》みしめる。

おまえは俺の孫だ――。

俺はおまえのおじいちゃんだ――。

遼星と自分との間に、初めて、しっかりとした絆《きずな》を感じた。うれしかった。はしゃいで笑ううれしさではなく、むしろ逆に、悲しみに暮れるみたいに、目頭が熱くなってしまう。

遼星の頰を指先で撫《な》でようとして、まだ手を洗っていないことを思いだした。少し迷って、一番差し障りのなさそうな足の裏を、軽くつっついた。まだ歩いたことのない足の裏は、ぷにぷにと柔らかい。その柔らかさがまた、なんとも言えずうれしいような、不思議と悲しいような……。

障子が開いた。

「どうしたの？」と夏子が小声で訊く。

「うん、遼星の寝顔を見てたんだ」

「今夜、ちょっとヘンじゃない？　なんだか、いいひとモードっていうか……」

「あのさ、夏子」

「はい？」

「俺、今度かその次の週末、おふくろに会ってくるよ」

親父の骨壷《こつつぼ》を持って行ってやるから、と私は続けた。

第十四章　帰郷

東京駅で新幹線の座席に着いたときは、まだなにも感じていなかった。品川駅を発着するあたりでも、だいじょうぶ。隣の席に座った人に怪訝《けげん》に思われたら嫌だな、という程度ですんだ。

だが、品川駅を発《た》った新幹線が新横浜駅に着き、発車して、加速しはじめると――。

これはけっこうしんどいな、と思った。

父の骨壺《こつつぼ》――正確に言うなら、骨壺を入れたスポーツバッグを膝《ひざ》に載せたまま、備後市まで四時間近く過ごさなくてはならない。骨壺にさほどの重さはないが、やはり嵩張《かさば》る。膝に載せていると、脚を組むこともできない。幸い、品川でも新横浜でも隣の客は来なかったので、そちらのほうの気づかいはしなくてもいい。だが、車内販売員や客室乗務員はどうか。スポーツバッグを膝に抱きかかえているのは、不自然ではないか。たとえば爆弾テロなどを疑われてしまったら、どうすればいいのか……。

「だから一緒に行きましょうって言ったじゃないですか」

不服そうな真知子さんの顔が、面と向かっているよりもむしろリアルに浮かぶ。

「二人で順番に持ってればいいんだし、長谷川さんが一人で持ちつづけるとしても、一人でいるよりわたしと二人連れのほうが、ぜーったいにナチュラルですよ」

それはそうかもしれない。認める。だが、たとえ一泊二日でも、真知子さんと泊まりがけで出かけるわけにはいかない。

「これはウチの家の、要するに身内の問題なんだから、きみには関係ない」

ぴしゃりと言った。

同じように、備後に同行したがっていた航太にも、「まずは俺が、おばあちゃんや宏子伯母さんとしっかり話すから。おまえの出番はそのあとだ」と言った。

一方で、夏子には、いちおう俺は長男なんだから、長男の嫁として、たまにはおふくろに会いに一緒に出かけてもいいんじゃないかなあ、と思わないでもなかったが――。

「あ、ごめん、六月と七月にまたがった週末でしょ？　その日、お友だちとランチ会があるから、ちょっと行けない」

愚痴《ぐ ち》や泣き言を繰りたいわけではない。ただ、とにかく、遺骨を膝に載せ、誰にも代わってもらえずに、私は一人きりで、母のいる街に向かっているのだ。

父の遺骨を備後市に持って行くことを告げると、照雲寺の道明和尚《おしょう》は「お父さまも喜ばれますよ」と笑顔で合掌してくれた。

「おふくろや姉貴の反応はわかりませんし、向こうで引き取ってもらえるとも思えないので、結局は東京に持ち帰ることになりますが……」

「はい、そのときにはまた預からせていただきますので、ご心配なく」

ほんとうにありがたい。手を合わせて拝みたいのは私のほうだった。

ゆうべ――金曜日の夜、遺骨を引き取るために仕事を早退《はやび》けして寺を訪ねると、川端久子さんも来ていた。「せっかくだから壮行会しましょうよ」と、缶ビールと乾き物の差し入れ付きで。

至れり尽くせりの理由は、川端さんがいたずらっぽい笑顔で教えてくれた。

「ミッちゃんは、あなたとお父さまが少しずつ親子になってきてるのがうれしいの」

得度前の呼び方をして、「うれしくて、うらやましいの」と笑みを深める。

きょとんとする私に、和尚が川端さんから話を引き取って、続けた。

「ウチの親父《おやじ》、ほんとに厳しい人で、子どもの頃はしょっちゅう境内の松の木に吊《つる》されたんですよ」

先代の道正《どうしょう》和尚は、寺の跡継ぎの息子に対して、ひたすら厳しく接してきた。子どもの頃は、父親といえば怖い存在――それ以外になかった。

「大きくなってからも、親父とはずっと、遠慮というか、よそよそしさというか、壁があったんですよ。親父が七十を過ぎて、私も四十になって、やっとおとなのオトコ同士の付き合いができるかなあ……と思った矢先に、親父に死なれちゃったんで、どうも、その、収まりがつかなくて……」

一方で、父親としての自分自身も、よくわからない。娘は二人いるが息子は生まれなかった。自分が子どもの立場の「親父と息子」がしっくりいかなかった道明和尚は、自分が父親の立場の「親父と息子」を味わうこともできなかったのだ。

「ウチは親父と息子というう関係のバトンがうまくつながらなかったから、長谷川さんがうらやましいんです。たとえお父さまが亡くなったあとでも、途切れたバトンリレーが、また始まったんだな、って……」

始まったのかどうか、自信はない。そもそも、始めることがいいのかどうかも、よくわからない。ただ、父の死を知ってよかった。音信不通のまま、生きているのかどうかすら、知るどころか、考えることもなかった状態よりも、いまのほうがずっといい。それだけは、間違いなく、思う。

列車は名古屋駅を定刻に発った。東京から備後市までは、新幹線なら三時間半から四時間弱、飛行機を使うと最寄りの瀬戸空港からリムジンバスに乗り継いで二時間半――羽田空港までの時間や搭乗手続きのことを考えると、ドア・トゥー・ドアの所要時間はほぼ互角になる。

盆や正月の帰省のときも、どちらを使うかは、そのときの気分次第だった。若い頃は自家用車で帰省したこともあったが、さすがに四十を過ぎてからは高速道路で十時間近くかける元気はなくなった。

このたびも、最初は新幹線にするか飛行機にするか迷ったのだ。だが、飛行機だと離着陸のときに骨箱を膝に抱けない。座席の上の収納棚に置くのは、微妙に抵抗がある。

「新幹線にするぞ。で、ずーっと膝に載せて行くからな」

そう宣言したときには、夏子に「床にじか置きするわけじゃないんだから」と言われたし、美菜には「収納棚でも頭より高い場所に置いてあげるんだから、いいんじゃない?」とあきれられた。ちなみに、真知子さんは「そんなこと気にしちゃうんですか? ひょっとして長谷川さんって縁起を担ぐ人なんですか?」——根本的にきみは間違ってるぞ、とガツンと言ってやらなかったことを、悔やんでいる。

私の思いをわかってくれたのは、航太だけだった。

「だよね、それはそうだよね、うん……だって親子なんだもんね……」

この程度のことで感極まってしまうのが、我が息子のいいところでもあり、泣きどころでもあるのだろう。

一方、ぎりぎりまで「俺がトラックで連れて行ってやる!」と言い張っていた神田さんは、どうしても仕事の都合がつかなかったのが、心底悔しそうだった。私が父の骨箱を抱いたまま帰省するのだと知ると、「偉いっ！」と褒《ほ》めてくれたのはいいのだが……続けて「おう息子、口だけですませるんじゃねえぞ」と釘を刺した。「遺骨を肌身離さず、ノブさんと一心同体でいてやるんだぞ、いいなっ」

私は言いつけを律儀《りちぎ》に守った。そのせいで、京都駅を出たときには背筋がこわばって、攣《つ》りそうになっていたのだ。

列車が減速した。間もなく新大阪駅に到着する、と車内アナウンスが告げて、新大阪からの乗り換えを案内した。

私はぼんやりと窓の外を眺める。目に映るのはいまの風景でも、思い浮かぶのは一九七〇年——大阪万博の年の風景だった。

すでに東海道新幹線は開業していた。私が生まれたのが一九六三年三月で、その翌年に東京オリンピックに合わせて新幹線が開業したのだ。

ひかり号に乗ったことのある子は、幼稚園でも小学校でもみんなイバっていた。こだま号だと一段低く思われていたのが、いま振り返ると笑える。ビュッフェのカレーライスを食べるのが憧れで……そうだ、私も万博に行けるとわかったときには、ひかり号の車中でカレーを食べるのを楽しみにしていたのだ。

だが、父は在来線の夜行、それも寝台ではなく四人掛けのシートの急行列車で行くと言った。子どもには新幹線は贅沢《ぜいたく》だと考えたのか、それとも父と母が離婚する前から、すでに我が家の家計は危うかった、ということなのだろうか……。

どっちだったんだろうね、と膝に載せたスポーツバッグを軽くポンポンと叩《たた》いた。

新幹線で新大阪駅を通ったことは、学生時代からいまに至るまで、百回は軽く超えるだろう。下車したことも、十回や二十回ではきかない。だが、車窓に広がる大阪の街を遠望しながら万博の年の夏休みを思いだしたのは、いまが初めてだった。

太陽の塔を見るのを楽しみにしていた私のために、母は物心ともに無理をして、往復夜行の強行軍でも、万博に連れて行ってくれた。母のことだから、行きも帰りもほとんど眠れなかったに違いない。

そうだ、また思いだした。あのときは往復ともに四人掛けのシートの四人目が赤の他人のオジサンで、なにをされたわけでもないのに、私は子ども心に怯《おび》えどおしだった。心細くてしかたなかったし、母がいつもよりずっと小さく、か細く、ひ弱そうに見えた。それは、「お父さん」という、頼りがいのあるおとなの男の人がウチからいなくなってしまったせいだろうか。

私はまたスポーツバッグを軽く叩く。骨壺を収めた白木の箱の、角張った堅さが、なんだかもどかしかった。

一九七〇年の夏、離婚したばかりの母はどんな思いで夜行列車に揺られていたのだろう。私よりも四歳ぶんおとなだった姉は、父のいない三人家族では夜行列車のボックスシートを埋めきれないということを、どんな思いとともに受け止めていたのだろう。

新大阪で停車した列車は、新神戸に向かって発車した。ここから先は一九七〇年にはなかった路線だ。備後まではあと一時間ほど——お昼前には着く。


母と姉には、土日で帰省することは連絡済みだった。

口実は仕事の出張にした。

『ハーヴェスト』シリーズの本格的な西日本進出を視野に入れた市場調査のために、一泊二日で備後市を中核とする一帯を歩いてレポートをつくる——。

母はあっさりと話を受け容《い》れてくれた。仕事の話はわからなくとも、とにかく私が帰ってくるというだけで喜んでいた。

一方、姉はそこまで甘くはない。私に苦しい口実を吐き出させたあと、にべもなく「なに、それ」と切り捨てた。「洋ちゃん、嘘《うそ》つかなくていいよ、どうせばれてるんだから」

もっとも、姉は続けてこう言ったのだ。

「仕事でなにがあったのか知らないけど、たまには田舎に帰ってリセットしたい気持ちって、わかるよ。わかるから、お母さんには心配かけないでよ。いい？　お母さんの前では元気ハツラツ、東京でガンバってまーす、っていう洋ちゃんでいてあげなさい」

私は、母にも姉にも——つまり、家族に恵まれている。心から思う。

それでも、姉はさらに続けた。

「あと、どうでもいいひとの、どうでもいい遺骨の話、わかってると思うけど、お母さんには極秘でよろしく」

ぴしゃりと、このたびの帰省の理由そのものを否定されたのだった。

新神戸駅の手前で、六甲《ろっこう》トンネルに入った。長さが十数キロあるので、しばらくは窓に映り込む自分の顔と向き合う格好になる。顔だけではない。膝に載せたスポーツバッグも窓に映る。

背景が暗いせいか、明かりが上から当たっているせいだろうか、ふだん鏡で見ている顔よりも老け込んで見える。五年後、還暦を迎える自分は、こんな感じのおじいちゃんになっているのかもしれない。

父の顔は、あいかわらずわからないままだった。小雪さんも父の写真は全部処分していた。当然だろう。ただ、小雪さんに言わせると、私と父は目元が似ているらしい。考えてみると、父が小雪さんと一緒に暮らしていたのは五十代の半ば頃――いまの私と変わらない歳《とし》だったのだ。

川端さんや田辺さん親子の知っている父は七十代以降で、神田さんと知り合ったのも還暦過ぎなので、小雪さんの証言はじつに貴重でありがたく……なにより、少しだけ、うれしい。

目元かあ、と窓に映り込む自分を見つめて、照れ隠し半分で軽く首をひねった。

母と姉は、親戚が「宏ちゃんを見ていると、智さんがその歳だった頃を思い出す」と口を揃《そろ》えて言うぐらいよく似ているし、姉も「お母さんとわたしは一卵性親子だから」と言い切る。おそらく、顔立ちの話だけでなく、母を思うさまざまな決意や覚悟を込めて。

一方、私は母とはあまり似ていない。男と女の違いというより、やはり私は父親似なのだろう。神田さんや川端さんが教えてくれたせっかちな性格も、そう。

だが、似ているのはそこまででいい。小さな嘘を重ねて人に迷惑をかけたり、お金にだらしなかったりするところは、断じて私は違う。万が一にも、ひこばえとして――美菜や航太や、まして遼星にのこされては困るのだ。

トンネルを抜けた列車は、すぐに新神戸駅のホームに滑り込んだ。

窓ガラスから自分の顔が消えた。

小雪さんと暮らしていた五十五歳の父、いまの私と同い年の父と出会うことができるなら、私たちは友だちになれるだろうか。昔、そんな小説を読んだことがあるのを、ふと思いだした。

岡山駅を出た。備後までは十五分ほどの道のりだった。瀬戸内地方ならではのなだらかな山並みを遠望しつつ、田園風景の中を、のぞみ号は疾走する。あと十分。あと五分。あと三分……。

いよいよだぞ、と膝に載せたスポーツバッグの持ち手をギュッと握ったとき、サイレントモードにしておいたスマートフォンに電話が着信した。

仕事の電話以外なら、このまま留守番電話にしておくつもりで画面を覗《のぞ》き込んだら、思わずうめき声が漏れそうになった。画面に表示された発信者は姉だったのだ。

迷ったすえバッグを提《さ》げてデッキに移ってから、電話に出た。

「ちょっと！」

とがった声が、いきなり耳に飛び込んできた。「あんた、なに考えてるのよ！」

嫌な予感がしたので、さっきウチに電話をかけたのだという。電話に出たのは、部活の指導に出かける前の航太だった。私もそれは織り込み済みで、夏子ともども美菜と航太にも口止めしておいたのだが、姉は一枚上手――お芝居を打たれた。「いろいろあったけど、やっぱり親子なんだから、洋ちゃんが遺骨を持ってきてくれたら手を合わせようと思ってるの」と言うと、航太はあっさり引っかかって「伯母さん、ありがとうございます！」と感激の声をあげた。「じつは親父、いま遺骨を持って新幹線に乗ってるんです。もうじき着く頃だから、よろしくお願いします！　うわあ、親父、喜びますよ！」

あいつは、もう、ほんとに……。

ため息を呑み込む私に、姉は「航太くんも、あんなに脇が甘いと、振り込め詐欺の被害者の最年少記録をつくっちゃうわよ」と苦笑交じりに言ったが、すぐにまたとがった声に戻った。

「いま、どこ?」

「さっき岡山を出て、もうすぐ備後」

「じゃあ、備後で降りたら、そのまま東京に帰りなさい」

「ちょっと待ってよ」

「帰りなさい!」

ひときわとがった声が耳を刺したとき、『いい日旅立ち』のメロディーとともに、車内アナウンスが間もなく備後に到着することを告げた。

姉は感情の昂《たか》ぶりを必死に抑えて、「洋ちゃん……」と諭《さと》すように言った。「お母さんを困らせないであげてよ。洋ちゃんはよかれと思ってるかもしれないけど、お母さんは困るだけだと思うよ、わたしは」

備後駅のホームに降り立った私は、改札に向かいながら、「わかるよ」と言った。「懐かしがるとか、お骨《こつ》に手を合わせるのを喜ぶとか、親父が死んだのを悲しむとか、そんな単純なものじゃないのは、僕もよくわかってる」

「じゃあ、なんで寝た子を起こすようなことをするのよ。お母さん、もう八十を過ぎてるのよ？　あと何年かわからないけど、静かに、穏やかに、最後の日々を送らせてあげたいと思わないの？」

　あんた、いま、すごく親不孝なことをしようとしてるのよ、と姉は念を押した。

　備後市は人口四十万人を超える中核都市なので、駅前にビジネスホテルはいくつも建ち並んでいるし、航空会社系列のシティホテルもある。だが、駅を出た私はタクシーで海岸のほうに向かった。

　備後市の海岸は、大きく東西に分かれていて、東地区は大きな製鉄所をはじめとする工業地帯で、江戸時代から水運で栄えてきた西地区は、瀬戸内の景勝地として知られる。私が向かったのは西地区――海岸に立つ観光ホテルを予約していた。

　利便性を考えれば駅前のホテルが一番だったが、母がもし父の遺骨に手を合わせてくれるのなら、ホテルに来てもらうことになる。殺風景な部屋で骨箱と向き合わせるのは、父に対しても母に対しても申し訳ない気がしたのだ。

　それに、神田さんの話では、生前の父は海を眺めるのが好きだったらしい。父の生まれ故郷は四方を山に囲まれた比婆《ひば》市なので、海への憧れがあったのかもしれない。海を一望するホテルに骨箱を置くのは、息子からのせめてもの供養でもあった。

　姉にも「今夜はシーサイドホテルに泊まるから」と電話で伝えた。「もし姉貴にその気があるんだったら、おふくろと一緒にホテルに来てほしいんだけど」

姉は考える間もなく「あるわけないでしょ！」と返した。「お母さんだって、そんなことするわけない！」

話を聞かされた母がどんな反応を見せるのか、私にも想像がつかない。

チェックインしたホテルの部屋に父の遺骨を置き、また市街地に戻った。

母のもとを訪ねるのは夕方五時――話の流れ次第では、そのまま一雄さんたちと一緒に夕食をとってもいいし、あるいはお茶だけですませ、食事は遠慮してひきあげてもいい。もしも父の話を聞いた母が、いますぐ遺骨に手を合わせたいと言ってくれるなら、もちろん、喜んでシーサイドホテルに案内するつもりだった。

時間調整を兼ねて、ひさしぶりに備後市の街なかを歩いてみた。昭和の頃の目抜き通りだった駅前のアーケード商店街はすっかり寂れていた。平成に入って駅前から客を奪った郊外のショッピングモールも、何年も前から撤退が噂《うわさ》されている。来年の五月に元号が変わる。新しい時代になっても人口減少と超高齢化社会の進展は止めようがないだろう。私たちの老人介護業界も、しばらくは需要が右肩上がりに増えていくはずだが、やがてそれにも終わりが来る。

空き家と墓しか残っていない街――いや、もはや「街」ではなく「国」と言い換えたほうがいいのだろうか？

母は亡くなったら長谷川の墓に入る。隆さんの前妻の良江《よしえ》さんと一緒というところに姉は抵抗があるようだったが、かといって姉の嫁ぎ先の墓に入れるわけにもいかないし、合祀《ごうし》というのも、私も姉も子どもとして複雑な思いが消せない。ここはやはり、母自身が生前に拒まないかぎり、長谷川の墓に入るのが一番無難な選択だろう。

親の話ですんでいるうちはまだいい。問題は、私自身の墓だった。夏子とは近いうちに東京近郊で霊園を探してみようと話している。いわゆる「墓守」を考えたら、備後市に墓を持つのは難しい。少しでも航太や美菜の負担にならないよう、夫婦で永代供養してもらうことも真剣に考えている。

父の遺骨も——どうすればいい？

私と夏子の墓に一緒に、というのは無理だろう。永代供養で合祀が一番現実的な選択だろうか。あるいは散骨はどうだ。樹木葬も最近は流行《はや》っていて、ハーヴェスト多摩の入居者にも、すでに予約を入れている人が何人もいる。

父は、自分の遺骨をどうしてほしいと願っていたのだろうか。

駅前を歩いて時間をつぶし、そろそろ向かうか、とタクシー乗り場に向かいかけたら、母から電話がかかってきた。

几帳面《きちょうめん》な性格なので、確認の電話だろうと思っていたら、「あ、洋ちゃん？　お母さんだけど……」と、少し暗い声が聞こえてきた。「ごめんなあ、話が後先になってしもうたんじゃけど、洋ちゃんが来るのを話したら、カズさんがどないしても一席設けたい言うて聞かんのよ」

想定外の展開になってしまった。一対一ならともかく、一雄さんや由香里《ゆかり》さんのいる前で、どうやって父の話を切り出せばいいのか。

「洋ちゃんに気をつかわせる思うけど……せっかくそう言うてくれたんを断るわけにもいかんじゃろう？」

母の声はふだん以上にか細く、困惑を隠しきれない。その困惑には、義理の息子への遠慮だけではなく、実の息子に対する気兼ねまで溶けているのかもしれない。

「ああ、そう、いいんじゃない？」

天を仰いで嘆きたい思いをグッと呑み込み、努めて明るく返した。「俺も一雄さんとひさしぶりにゆっくり会えるんだったら、そのほうがうれしいよ」

だが、母に安堵《あんど》した様子はない。むしろさらに申し訳なさそうに「カズさんから洋ちゃんに相談事も出てくる思うけど、聞いてくれる？」と言った。

「相談って？」

「うん、これからのことで、ちょっと……お母さんのワガママなんじゃけど」

母が――？

なにごとにつけ遠慮をしどおしの母が、ワガママを——？

母はそれ以上はなにも言わず、「じゃあ、とりあえずウチに来てくれん？」と逃げるように電話を切った。

途方に暮れた私は、姉に電話を入れてみた。留守番電話、あるいは着信拒否も覚悟していたが、姉は不機嫌きわまりない声であっても、電話に出てくれた。

「ワガママ？　なに、それ」

姉も知らなかった。こういうときに放っておける性格ではない姉は、「わたしもいまから行くから」と言いだした。「で、どっちにしても、お骨のこと……ぜーったいに言っちゃだめだからね！」

一雄さんと由香里さん、そして母は、家の前に停《と》めたワンボックスカーに乗り込んで、私のタクシーが着くのを待っていた。

国道のバイパス沿いに新しくできた店に予約を入れたという。

「地鶏を炭火で焼いて食わせる店なんよ。海鮮もなかなか活《い》きのいいネタを揃えとるけえ、使い勝手がええんよ」

ハンドルを握る一雄さんが言う。助手席の由香里さんが引き取って「ぜんぶ合掌造りの離れで、水車小屋もあって、田舎なりに凝っとるんよ」と言った。

一雄さんも由香里さんも、私を歓待してくれている。ただ、二人とも微妙に歯切れが悪い口調のような、そうでもないような……。私と母は二列目のシートに並んで座っていたが、挨拶《あいさつ》しかできていない。車の中で私を待っていたのは、もしかしたら、一雄さんが私と母を一対一で会わせまいとしていたのかも……さすがにそこまでは……ただ、絶対にないとも言い切れず……。

「宏子ねえちゃんが来るんは七時過ぎになるじゃろうけえ、先に始めといてもよかろう」

「ほんまにごめんなあ、カズさん、由香里さん、あの子はパッと思い立ったら止まらんけえねえ」

恐縮しきりの態《てい》で謝る母に、一雄さんは「なに言うとるん、わしもうれしいよ、ひさしぶりじゃけえ」と笑ってくれたが、由香里さんは「前もってわかっとったら、もう一回り大きな部屋にすりゃあよかったねえ」と、微妙なトゲを覗かせる。

姉が駆けつける口実は、私に初孫誕生のお祝いを渡すためということになっている。一雄さんたちが店を取ってくれた理由も同じ——本人たちは一人息子の貴大《たかひろ》くんが独身なので、まだ初孫を見る日は覚束《おぼつか》ない。そういうところが、とにかくやりづらくてしかたないのだ。

車窓からまだ陽《ひ》が暮れきっていない西の空を見上げて、ホテルに残した父の遺骨のことを思った。瀬戸内海を望む窓辺のテーブルに置いて出かけた。カーテンは開けてある。瀬戸の夕暮れを眺めるのは、父にとっては何年ぶりになるのだろうか……。

店に入ると、囲炉裏を切った離れに入って、まずはビールと前菜で乾杯した。一雄さんは私の初孫誕生を祝って、コース料理に加えて鯛《たい》の活けづくりの大皿も頼んでくれていた。

「鯛の一番ええ頃にはちいと遅《おせ》えかもしれんが、気持ちじゃけえ、食うてくれや」

「……ありがとうございます」

「なにを畏《かしこ》まっとるんよ、祝いごとなんじゃけえ、もっとざっくばらんでええがな」

一雄さんも由香里さんも悪いひとではない。少なくとも、姉が言うほど母をないがしろにしているとは思わない。

だが――。

「なんにせえ、一族郎党が増えていくのはええことじゃがな」

一雄さんのそういう発想は、やはり、私にはよく理解できない。地元の会社に勤めて、取締役まで出世をした一雄さんは、良くも悪くも備後市が自分のフィールド、大げさに言うなら「世界」だった。高校や中学の先輩後輩、親戚、地元の顔役からつながる人脈をとても大切にしているし、それがすべてだと言ってもいい。

そんな一雄さんにとって、血縁がなく、これから備後市を訪ねる機会も数えるほどしかないはずの遼星は、一族郎党に価するのか？

それ以前に、この家の未来はどうなってしまうのだろう。一雄さんには弟の雄二がいる。

だが、雄二の夫婦は子どものないまま五十代半ばに差しかかった。本人はなにも言わないが、どうも不妊治療が実らなかったらしい。一雄さんの一人息子の貴大くんも、いまの様子だと結婚は簡単ではあるまい。

ということは、つまり——。

長谷川家に、「次の次の世代」はいなくなってしまう。家や土地は処分できたとしても、墓はどうする？　いや、もっと前に問題はある。年老いて介護が必要になった「前の世代」の世話は誰が見る？「次の世代」になる貴大くんは、きちんと家や墓や親を守れるのか？

まさか、一雄さんはウチの美菜や航太、さらには遼星に「次の世代」「次の次の世代」を託そうとしているのか？　母が言っていた相談事とはそこ、なのか？

せっかくの鯛の刺身から味が抜けた。醬油《しょうゆ》をどんなにつけても、感じるのはワサビの刺激だけになってしまった。

食事を始めたのは夕方五時過ぎだった。姉の住んでいる芸備《げいび》市から備後市までは車で一時間ほどなので、出がけの身支度などを含んでも七時過ぎには顔を出すだろう。それまでなんとか相談事の本題に至らないよう、私は必死に話題をつないだ。

遼星のことや、美菜や航太のこと、夏子のこと、そしてハーヴェスト多摩の仕事のことも、なるべく軽い話、笑えるエピソードを選んで話していった。

だが、その時間稼ぎにも限界はある。

六時半少し前——乾杯のビールから進んだ日本酒の冷酒も杯を重ね、酒の好きな一雄さんが「吟醸が空いたら、どっしりした酒にするか」と言いだした。帰りは代行運転を予約しているらしい。

由香里さんは「ちょっと、飲みすぎんといてよ」と軽くにらんだが、そのまなざしは、お義姉《ねえ》さんが来る前になんとかしなさいよ、という目配せのようにも見えた。

一雄さんは何度か咳払《せきばら》いをしたあと、「洋さんからも、おかあさんに言うてくれんかのう」と口調をあらためた。

母は黙ってうつむいた。ほんの一瞬だったが、その表情に、頑《かたく》なさのようなものが覗いた。

「このまえ、おかあさんが急に、ワケがわからんいうか、わしらからすりゃあ『なんで?』いうことを、言いだしたんよ」

墓のこと——。

亡くなったあとの自分のこと——。

母は、長谷川家の墓には入らない、と言いだした。永代供養の合同墓がある霊園に入れてほしい、そのためのお金はもう用意してあるから、と一雄さんに頼んだ。

「……隆さんと一つ墓が嫌じゃけえ言うたんと違うんよ、長谷川のウチが好かんけえ入りとうない、いうんとも違うんよ」

母は切々と訴えるように、一雄さんと由香里さんに言った。

「ほいでも、わたしは、良江さん……カズさんや雄二さんのお母さんと一緒の墓には入れん。入ったらいけんじゃろう、隆さんが、嫁さんが二人もおったら困ってしまうじゃろう。あんたも……カズさんも、墓に入って『おかあさん』が二人もおったらいけんじゃろう」

だから自分は身を退《ひ》くんだ、と母は涙声で言ったのだ。

由香里さんは「おかあさん、まだホタルが飛んどるかもしれませんけえ、ちょっと見てみましょう」と母を外に連れ出してくれた。母も、ホタルが見たいわけではないだろうが、素直に由香里さんに手を引かれて離れから出て行った。ほんとうに体が小さくなった。自分が向き合っているよりも誰かと一緒にいるときの姿を見るほうが、母の老いをより深く実感してしまう。

離れに私と二人で残された一雄さんは、四合瓶に残っていた吟醸酒を私のグラスに注《つ》ぎながら、「難しいんよ」と言った。

一雄さんは母を決して邪魔《じゃま》にしてはいないし、恩を感じこそすれ実の母親と比べたことなど一度もないつもりだった。それでも、母はずっと、良江さんに対する引け目や負い目を背負ってきた。

「まあ……そりゃあ、わしが勝手に思うとるだけのことで、宏子ねえちゃんが思うとるとおり、わしゃ由香里にも至らんところは山ほどあるかもしれんよ。ほいでも、わしは、掛け値なしに、おかあさんはわしらとおんなじ墓でええと思う。おかあさんを入れてあげたい思うとる」

いまの「あげたい」は、姉貴なら、上からモノを言わないでよ、と立腹するところだな――。

心の半分ではそう思いながら、残り半分では、一雄さんに悪気などないことも、ちゃんとわかっている。

「よかれと思うて、いろいろやってきたつもりじゃけど、空回りしとったんかのう」

「いえ、そうじゃないですよ、絶対に」

「ほんまか？」

「はい、一雄さんには感謝してます」

ここで「お兄ちゃん」や「兄貴」と言える関係だったら、どんなにいいだろう。

私は一雄さんのグラスに酒を注ごうとしたが、もう四合瓶は空になっていた。そういうところを……一雄さんは「洋さんは間が悪いけえ」とへヘッと笑ってくれた。

四合瓶をもう一本は、さすがにキツい。私はウイスキーのハイボール、一雄さんは焼酎のお湯割りを頼んで、そこからしばらく、どうでもいいこと――地元のプロ野球やJ1のチームの成績や、最近話題のご当地アイドルの話、血圧と血糖値と尿酸値の「悪いほう自慢」で場をつないだ。

母の話は忘れていない。だが、へたには踏み込めない。私も一雄さんも、互いの距離を測りつつ、狭い道で身をかわしながらすれ違うのを延々繰り返すように、決して本題には触れずに時間稼ぎをしていたのだ。

だが、なかなか母は帰ってこない。一雄さんは「庭が広えけえ、道を迷うたんじゃろうか」と首をひねって由香里さんに電話をかけてみたが、離れに置いたままのバッグの中でスマホが鳴るだけだった。

「こげんときに手ぶらで外に出るところが、気が利かんのよ」

苦笑する一雄さんにどう応えるか困っていたら、コース料理のメイン——炭火焼き用の地鶏が、熾《おこ》った炭と一緒に運ばれてきた。作務衣《さむえ》姿の若い仲居さんは囲炉裏に炭を入れ、鉄網を五徳《ごとく》にかけた。網が充分に熱くなったら、串に刺した鶏を特製のタレで付け焼きにする。説明を終えた仲居さんが離れを出ると、一雄さんは「のう、洋さん……」と言った。

「おかあさんも、もう八十過ぎたんよ。洋さんらが正月に帰ってきたときより、やっぱり半年ぶんは歳をくうた」

私は黙ってうなずいた。

「洋さんはそっちの業界に詳しいけえ教えてほしいんじゃが……おかあさんは、わしらと一緒におるより、それなりの施設に入ったほうが幸せなんと違うかのう……」

ちょっと待ってよ、なんだよそれ——。

私と一雄さんが実の兄弟だったら、食ってかかることができた。あるいは、私がハーヴェスト多摩の施設長ではなかったら、「施設に入れる」ことに過剰かつ時代遅れに反発して、姥捨《うばす》て山に置いて行くつもりなのか、と気色《けしき》ばんでいただろう。

だが、現実の私は、「うん……」と肯定でも否定でもなく返したきり、腕組みをして黙り込むだけだった。

「わしや由香里が、おかあさんのことを重荷に思うとるわけじゃないんよ。わしらはおかあさんを、最後の最後まで、ウチで面倒を見させてほしいと思うとる。そこだけは洋さんにもわかってほしいんよ」

私はまた黙ってうなずいた。

「要は、おかあさんにとって一番幸せなんはどうすることなんじゃろうか、どうしてあげりゃあ喜んでくれるんじゃろうか……いうことなんよ」

「……うん」

「おらん間《ま》に言うのもアレじゃけど……おかあさん、少しずつ頑固になっとる。認知症とは思わんが、筋道を立てて説明してもわかってもらえんときが増えてきた」

だからおふくろを捨てるのか、と語気を強めて言い返したら、一雄さんはどうするだろうか。言い訳がましいことを口にするはずだ。目が泳いだ顔まで、ありありと想像できる。

けれど、それは決して百パーセントの言い訳ではなく、一雄さんにもスジの通った言いぶんがあるはずだ、というのもわかる。

ハーヴェスト多摩にも、「このまま子どもと同居してると、お互いに参っちゃって共倒れになるから」という理由で入ってきた人はたくさんいる。八十代の親と還暦前後の子どもが一つ屋根の下に暮らすというのは、そういうことなのだ。どちらも物わかりが悪くなり、堪《こら》え性がなくなって、ぶつかることが増える。しかも、「育つ」楽しみはそこにはなく、「老いる」ことしかないのだ。

幼い子どもを育てるのは、明るい未来を信じるということだ。実際には曇り空がせいぜいだとしても、未来の光を夢見るからこそ、できる我慢もある。だが、老いつつある子どもが、最後の日々を生きる親を看《み》るとき、未来のどこに――光がある？

一雄さんは焼酎のお湯割りを啜《すす》り、ふーう、と深々とため息をついて、「洋さんに一つだけ訊《き》きたいんよ」と言った。

「……なに？」

「おかあさんはウチの親父のことを、どない思うとったんじゃろう」

それがわからない、と一雄さんは言う。

「最後の最後まで、親父はおかあさんのことを好いとった。おかあさんも親父のことを大切にしてくれとった。ずうっと一緒に住んどったけえ、わしにはわかるんよ。あの二人は、ええ夫婦じゃった……」

だが、母が長谷川の家の墓に入らないと言いだしたとき、思った。

「あの二人は、惚《ほ》れて惚れて、惚れ抜いて一緒になったんとは違う。再婚同士、縁があって、間に立ってくれる人がおって、夫婦になったんよ」

だから、わからなくなった。

「親父は、わしや雄二に母親をつくってやろうと思うて、おかあさんは、洋さんや宏子ねえちゃんに父親をつくってやろうと思うて……オトコとオンナの惚れたはれたを考えずに一緒になったんかもしれん」

その不自然さのツケが、いまになって出てきたのではないか、と一雄さんは言う。母は隆さんと前妻の良江さんの邪魔をしたくないからこそ、長谷川家の墓に入らないと言い出したのではないか……。

「あんたと宏子ねえちゃんのお父さんは、カネやら嘘やら、いろいろあって、それでおかあさんは愛想尽かしたんじゃろう?」

否定はできない。私が「ええ……」とうなずくと、一雄さんは、さっき言った「訊きたいこと」をようやく口にした。

「おかあさんは、あんたらのお父さんのことを、どう思うとるんじゃろう、いま」

「――え?」

「愛想尽かしと嫌いになるんは、似とるようで違うけえ……ほんまは好きなまま別れたんじゃったら……そういうの、あんたはどない思う？」

なぜ、このタイミングで、この話になってしまうのだろう。

言葉に詰まった私が、ハイボールのグラスを口に運んだとき、外が急に騒がしくなった。

姉のとがった声が聞こえる。

「知らんわ、そんなん！」

あたふたする母と由香里さんを左右に従えるような格好で、引き戸を乱暴に開けて入ってきた姉の勢いは、「乗り込んできた」──いや、「殴り込んできた」のほうが近かった。

唖然《あぜん》とする一雄さんと私を尻目に、姉は囲炉裏の前に座って、まずは一雄さんに目をやった。

「いま、お母さんと由香里さんからもチラッと聞いたんだけど──」

方言をつかわないところに、言い訳無用の厳しさが、クールに覗く。

「お母さん、一雄さんと由香里さんに気をつかって、ワケのわからないこと言ってるの。悪気はないから、ほっとけばいい。ごめんね、墓に入れてあげてくれる？」

年下の一雄さんをあえて「さん」付けするのは、ピシャリと文句をつけたいときか、イヤミを言いたいときか、あえて下手に出てこっちの言いぶんを通したいときか……今回はどれも当てはまる。

母は由香里さんに誘われて外に出た。目当てのホタルは見つからなかったが、ついでに離れになったトイレで用足しをして、一雄さんと私が待つ部屋に戻ろうとした。そこで芸備市から駆けつけた姉と出くわしてしまったのだ。

母は援軍が駆けつけた思いで、墓の話を勢い込んで伝えた。由香里さんも、自分たちが一方的に悪者になってはたまらないと思ったのだろう、さっき一雄さんが私に言ったのと同じように、前夫──姉と私の父の話を持ち出した。

それはマズい。由香里さんの浅慮《せんりょ》が恨めしい。もともと実の父親を憎んでいる姉に向かって、なんの根回しや前置きもなく、しかも母の前で口にするのは……喧嘩《けんか》を売っているようなものではないか。

一雄さんも話の経緯を知ると、不本意そうに由香里さんをにらんだ。だが、由香里さんはひるむどころか、そうでもしなきゃあんたは話を先に進められないでしょ、と言いたげににらみ返す。

「ちょっと、一雄さん。せっかくあるんだから、鶏、焼こうよ。食べながら話そう」

姉は鶏肉の串に顎《あご》をしゃくって、「わたしはウーロン茶」──ノンアルコールを、ぴしゃりと指定した。ウーロン茶はすぐに届いたが、農具の鋤《すき》を模した南部鉄の分厚い網は、熱せられるまで時間がかかる。母の隣に座った姉は、囲炉裏を囲んだ私と一雄さんと由香里さんをグルッとにらみ回して、言った。

「お母さんは、長谷川の家のお墓に入る権利があります。だって、長谷川の家の人間なんだから。そうでしょ?」

一雄さんも由香里さんも、黙ってうなずくしかなかった。姉の言葉が「です、ます」体になっているところが怖い。方言をつかわないところは、さらに怖い。

「でも、入らない権利だってあるし、最終的には本人の意思が一番大事です。子どもはそれを無視できませんよね、ふつう、人間として、血縁があろうとなかろうと」

グイグイと押してくる。一雄さんたちも言い返したいことはありそうな様子だったが、また無言でうなずいた。姉は子どもの頃から、理屈っぽい口喧嘩がほんとうに強かったのだ。一雄さんもそれをよく知っているから、へたに言い返したりはしない。むしろ逆に、不服そうな由香里さんを、やめとけ、と目で制していた。

「八十を過ぎたおばあちゃんを、こんな場で問い詰めて、どっちにするんだ、なんて決めさせるのは、わたしにはできません」

よくもまあ、そんな恐ろしいことを……と、芝居がかった怖気《おじけ》をふるって母の肩に手を乗せ、「いますぐ決めなくていいから、ちょっとだけわたしの話を聞いててね」と優しい声で言ってから、キッ、と音が聞こえそうなほどの強いまなざしを私に向けた。

「わたしは嫁に行った身だから、嫁ぎ先のお墓にお母さんを入れるわけにはいきません。

でも、洋一郎は違うでしょ。洋一郎さえその気になれば、お母さんを東京のお墓に入れることはできる、よね？」

いや、それはいくらなんでも――。

困惑を超えて混乱しかけた私を見限ったように、姉は表情を変えずに顔をそむけ、一雄さんたちに続けて言った。

「長谷川のお墓って、五十年後や百年後まで持つんですか？　どうなんですか？」

一人息子の貴大がこのまま結婚できなくてもだいじょうぶなのか、と訊いたのだ。

「それは、任せておいてもらえますか。おねえさんに心配されるスジはありません」

由香里さんが間髪を容れずに返した。だからこそ逆に、痛いところを衝《つ》かれたんだな、というのが私にもわかった。

姉も、もちろん見抜いている。ふうん、とイヤミっぽく大きくうなずいて続けた。

「お母さんを入れてもらったはいいけど、いきなり墓じまいになって、永代供養で合祀になると困っちゃいますからねえ」

由香里さんはおっかない形相になって、一雄さんを見た。一雄さんはあわてて目をそらし、「そろそろええか」と串に刺した鶏を網に載せた。だが、まだ熱し方が足りないし、仲居さんが「先に皮のほうから炙《あぶ》ってください」と説明した手順を忘れ、肉の側を網に載せてしまった。この焼き方だと、肉はすぐに焦《こ》げてしまい、皮のほうはずっと生焼けのままだろう。

さすがに居たたまれなくなった私は、無理やり頰をゆるめて、母に言った。

「お母さん、だいじょうぶだよ。そこはちゃんとやるから、安心して」

すると、母の反応よりも早く、姉が「口先だけなら要らんよ」と言った。「ちゃんとできる見通しがないんなら、適当なことを言わんといて」

返す刀で、一雄さんに話を振る。

「お母さんに長谷川の墓に入ってもらうからには、ちゃんと責任を持ってください。その覚悟がないんだったら、お母さんが言うとおり、永代供養をしてもらえる霊園や納骨堂に入ったほうが、よっぽど幸せだと思いますけど」

「それは……わしも、由香里も……」

「わかってます。一雄さんや由香里さんはちゃんとやってくれます。信じてます。でも、問題は貴大くんでしょ。あの子が、もしも将来――」

由香里さんは「だいじょうぶです!」と話を先に進ませなかった。言いたいことを言えなかった姉も、「そこはそちらのウチの話だから放っておくとして」と負けずに切り捨てて、あらためて座を見渡した。

「じつは、洋一郎は、みんなに相談したいことがあって備後に帰ってきたの」

矛先《ほこさき》が、いきなり私に向いた。もういいから、あのひとの遺骨の話、ぜんぶしゃべっちゃいなさい、と姉の目が伝えた。

東京を発つときには、まさかこういう展開になるとは思ってもみなかった。だからこそ、話をごまかすシナリオをとっさに組み立てることはできなかったし、間を取って冷静になる余裕すらなかった。

私は姉の剣幕に呑まれたまま、正直に、というより愚直に、四月の終わりから今日までのあれこれを包み隠さず話した。

小雪さんのことも、神田さんのことも、川端さんや田辺さん親子のことも、古い知り合いが父をどう思っているかも……父が自分史を書きたがっていたことから、カレンダーにあった誕生日のマーク、さらには今年の姉と私の誕生日に、小雪さんに電話をかけてきたということまで……。

もっと整理すべきだっただろうか。伝えていいことと、よくないことを、しっかり分けてから話すべきだっただろうか。この場で、こういう形で話してしまったことで、よけいな厄介《やっかい》事を呼び寄せてしまったかもしれない。自覚はある。けれど、話すことで、文字どおりの胸のつかえが取れたのは確かだった。

だから、話し終えたあとは、自分でも驚くほどすっきりした気分になっていた。

逆に、話を聞かされたほうは――。

一雄さんと由香里さんは、驚いてはいたが、その驚きは「日本史の極秘資料が発見された」というニュースに接したときと変わらない様子だった。それはそうだ。そもそも二人にとって父の存在は歴史上の人物のようなものなのだから。

姉は私が話す間、何度も「うそっ」「え?」と声をあげた。言葉にならないショックを、こわばった頬で伝えたことも、二度や三度ではなかった。

母は黙っていた。父が急死して、遺骨の引き取り手がなかった、というところまでは驚いて、啞然としていたが、その後はずっとうつむいてしまった。反応はなにもない。それでも、私の話を無言で、しっかりと嚙《か》みしめるように聞いていることだけは、疑いようもなくわかった。

「……親父の遺骨は、いま、シーサイドホテルにあるから」

私は最後に言った。誰もが黙っていた。鶏が焦げてしまわなければ、ずっと沈黙のままだったかもしれない。

「それで、どうなったの?」

勢い込んで訊く夏子に、私は「大変だったんだよ」と言った。「囲炉裏から煙が上がって目がショボショボするし、肉は真っ黒焦げと生焼けが半々になって……」

コールボタンで呼んだ仲居さんに、一雄さんは無作法を詫《わ》びて食事の麦とろご飯とデザートを頼んだ。

「でも結局、メシにもデザートにも、誰もほとんど箸《はし》をつけなかった」

「それはそうよね、やっぱりショックだよね」

私はシーサイドホテルの部屋に戻って、東京の夏子に電話をかけたのだ。誰かとしゃべらずにはいられなかった。

「おかあさんとおねえさんは？」

「姉貴は一人で車で芸備に帰った。おふくろは一雄さんが代行運転を頼んだから、一雄さんと由香里さんと一緒にウチに帰ったんだけど……ずーっと黙ってた、みんな」

「だよね……」

「結局、なにも決まらなかったんだ。ただ俺は、明日の帰りの新幹線の時間を言って、チェックアウトの時間も言って、もしアレだったらおふくろや姉貴の都合のいい場所まで親父の遺骨を持って行くから、って言っておいた」

姉は不機嫌きわまりない顔でそっぽを向いて、「さっさと東京に帰ればええんよ」と言った。母はうつむいたまま、黙っていた。一雄さんと由香里さんも、どうしていいかわからず、困り果てている様子だった。

「でも、帰りぎわに一雄さんが俺の耳元でボソッと言ったんだよ」

おかあさんが行きたいんじゃったら、わは絶対に邪魔せんし、由香里にも言うとくけえ——。

た。

「意外といいひとじゃない、一雄さんって」

夏子の言葉に、私も「だよな」と笑って応えた。自分でも驚くほど素直に笑えた。

電話を終えて、シャワーを浴びても、妙に目が冴《さ》えてしまい、すぐには眠れそうになかった。

ルームサービスに内線電話を入れた。ぎりぎりで受付時間に間に合った。ウイスキーのハーフボトルと氷と炭酸水のセットを頼み、メニューからジャコ天を注文した。小魚のすり身を平べったい揚げものにしたジャコ天は、瀬戸内の特産で——親父はきっと喜ぶだろうな、と思ったのだ。

窓際の二人用のテーブルセットで、父の骨箱と向き合った。骨箱は向かい側の椅子の上に置いた。ハイボールをつくってテーブルに置き、「懐かしいでしょ」とジャコ天の皿を並べた。

さっきの店で酒を飲んだことは飲んだ。酔っぱらっているというほどではないが、シラフではない。その微妙な酔いかげんが、私をふだんより饒舌《じょうぜつ》にさせて、冷静なときよりも父との距離を詰めさせた。

「おふくろ、明日、来るかなあ。どっちなのか、全然わかんないよ」

骨壺は白いヌキナシ箱に入れてある。さすがに壺を剝《む》き出しで置く気にはなれなかったし、ましてや壺の蓋《ふた》を開けるというのは、御免蒙《こうむ》りたい。

それでも、窓のカーテンを閉めるのは、やめた。夜の海を往《ゆ》く貨物船や旅客船や漁船の灯《あか》りを、父に見せてやりたかった。

「おふくろがもし会いに来てくれたら、どうする？　うれしい？　困る？」

どっちなのだろう、ほんとうに。

「東京に帰ったら小雪さんに会わせるよ。それは素直にうれしいでしょう？」

グラスを口に運んだ。私のグラスは、ウイスキーを入れすぎてしまった。ダブルどころではない。トリプルの濃さだった。それでいい。ガツンとくる酒を飲みたかったのだ、とにかく。

「姉貴には……会いたい？」

ここで骨壺の蓋がカチッと鳴ったら、いくらなんでも嘘になる。だが、そうなってほしいと私が願わなかったと言えば、それも嘘になってしまう。

「俺ね、意外と、姉貴が会いたがるんじゃないかと思うんだけど……」

口にしたあと、姉にビンタされたつもりで、濃すぎるハイボールを呷《あお》った。

思いっきりむせ返った。

窓辺の椅子に座ったまま、眠ってしまった。美菜や航太の言い方に合わせるなら、寝落ちというやつだ。

明け方になって肌寒さに目を覚まし、いかんいかん、とベッドに移って潜り込んだ。ほとんど無意識のうちではあっても、窓の外に広がる瀬戸内海が朝もやに白く煙っていたのは覚えている。

ベッドに入る前に、習い性のようなものでスマートフォンをチェックした。電話の着信が一件——履歴を呼び出すと〈宏子〉とあった。着信時刻は日付が変わった少しあと。留守番メッセージは入っていない。

とにかく眠かったので、それを確認しただけで放っておいた。ただ、掛け布団を頭からすっぽりかぶって、あらためて眠りに落ちる寸前、なんともいえない幸せな気分に包まれた。

だろ？　な、そうだっただろう？　オレも思ってたんだよ、やっぱりそのとおりだったんだよなあ……。

目を覚ましたのは、六時半——ふだんの朝と変わらない。椅子で寝入ってしまい、明け方に二度寝をしてしまったので、質量ともに睡眠は不足していたはずだが、寝覚めは悪くなかった。

ベッドに起き上がって窓のほうに目をやると、父の骨箱はゆうべと変わらず、椅子の上にあった。

夢うつつの中で、少しだけ期待していたのだ。椅子に男の人が座っているんじゃないか。海を見ていたその男性は、私が声をかけたらパッと消えてしまい、あとには白いヌキナシ箱をかぶせられた骨壺があるだけ……というのも悪くないな、と思っていたのだ。

現実はそこまでドラマティックではなかったが、もやが薄れたなか、朝の陽光を浴びてオレンジ色に染まった骨箱は、なんだか命の温《ぬく》もりを注ぎ込まれたように見えなくもなかった。

第十五章　再会

朝食をすませたあと、ホテルの部屋で母と姉からの連絡を待った。ホテルのチェックアウトは午前十一時。もちろん、時間を遅らせることはできるが、それまでに二人から電話がなければ、潔くあきらめたほうがいいだろう。ゆうべ遅くに電話をかけてきた姉は、留守録でメッセージを残さずに電話を切ったきり、今朝もまだなにも言ってこない。

落ち着かないまま、窓から海をぼんやり眺めた。季節は梅雨のさなかだが、この週末は天気に恵まれた。陽光を浴びた海のまぶしさは、夏がもう、すぐそこまで来ていることを感じさせる。

このあたりの海は、島が多く、行き交う船も多い。沖をゆっくり進む貨物船や、島と島を結んで白波を立てて走る小型の連絡船を見るともなく見ていると、ふと、遺骨を海に撒《ま》くという手もあるのか、と思いついた。

釣りやヨットが好きだった著名人の遺骨を海に散骨したというニュースはときどき報じられるし、ハーヴェスト多摩の入居者にも海洋散骨を業者に生前予約している人がいる。

墓という形にこだわらなければ——いや、父の場合はむしろ墓が残らないほうが都合がいいわけだから……これは「あり」かもしれない。

ノブさんは海が好きだった、と神田さんは言っていた。小雪さんに訊《き》いたら、具体的なお気に入りの場所もわかるかもしれない。海岸で散骨するわけにはいかなくても、うんと沖に出て遺骨を撒いて、手を合わせれば、息子としての役目はまっとうできるし、父もきっと喜んで——。

あ、と声をあげそうになった。

浮かんだのだ、父の笑顔が。

はっきりとはしない。口元がかろうじてわかる程度だ。だが、間違いなく、これは父の笑顔だという手ごたえがある。父はこんなふうに笑っていた。幼い頃の私が見ていた父の笑顔は、確かに、こうだった。

思いがけないプレゼントをもらったような気分で、私まで笑顔になった。頬がゆるみ、肩の力が抜けた、そのタイミングでスマートフォンに電話が着信した。

一雄さんからだった。母と一緒にホテルのロビーにいるという。

やはり来てくれた。ほっとした。一雄さんが付き添ってくれているというのもうれしい。

だが、勢い込んでお礼を言う私を制して、一雄さんは困惑しきった声で言った。

「おかあさん、いまになって、やっぱり会わずに帰る言いだしとるんよ……」

ロビーに駆けつけると、母と一雄さんは窓際のベンチソファーに腰かけていた。

早めのチェックアウトをする客や土産物を買っている客でにぎわうロビーの中で、肩を落として座る母と、その隣の一雄さんは、明らかに雰囲気が違っていた。笑顔がない。華やぎや浮き立った明るさもない。なにより母は、ワンピースの喪服姿だった。遺骨との対面――弔事なので、喪のいでたちをしてくれたのだろう。

そこまでの覚悟をしていながら、なぜ急に「帰る」と言いだしたのか――。

「おかあさんは最初、一人でバスに乗って駅まで出て、駅からもまたバスでホテルまで行こうとしとったんよ」

一雄さんが、ため息交じりに教えてくれた。「ウチを出るところで、わしが声をかけさせてもろうた。バスを乗り継いで行くより、車で行ったほうが早《は》えけえ」

ホテルに行くか行かないか、ゆうべの時点では母はなにも言わなかった。だが、一雄さんと由香里さんは母が出かけるのに備えて、早朝から出かける支度をしていたのだという。

「おせっかいなことかもしれんけど、わしと由香里も、事情を知ってしもうたからには、なんもせんわけにはいかんじゃろう」

一雄さんの口ぶりに恩着せがましさはなかった。私も素直に「ありがとうございます」と頭を下げた。

玄関を出るところだった母に「おかあさん、送って行きますけえ」と声をかけた。母は恐縮しきって固辞しようとしたが、一雄さんが説き伏せて、車に乗せた。それも一雄さんの気づかいのうちだった。

車内では、とりとめのない世間話をするだけだった。それも一雄さんの気づかいのうち

「まあ、しゃべったんは、わしのほうばっかりで、おかあさんは相槌《あいづち》しか打ってくれんかったんじゃが……」と苦笑した一雄さんは、「ほいでも、おかあさんも車の中では平気じゃったんよ」と念を押した。

ところが、車を降りてホテルに入り、ロビーをしばらく進んだところで、母の足はぴたりと止まってしまった。

「ここまで来て、急に『会わんと帰る』言い出すんじゃけえ……困ってしもうた」

ですよね、と私もうなずいた。母は肩をすぼめ、うつむきかげんに座ったまま、ずっと押し黙っていた。

私は母の前にしゃがみ込んで、「どうしたの？」と努めて軽く訊いた。「行こうよ、お父さんも待ってるよ」

無言で、力なくかぶりを振る母は、膝《ひざ》に置いた手にハンカチを持っていた。ワンピースの黒とハンカチの白、そして、ハンカチを持つ手の甲の青白さが、くっきりと際立つ。あらためて見てみると、母の手の甲はずいぶん筋張って、やわらかさやふくらみはほとんど感じられない。かさついた肌には小さな染みもたくさん散っている。八十一歳の実年

齢よりも年老いて見える。若い頃に苦労をしたせいだろうか。その苦労の理由をたどっていけば、やはり、父に行き当たってしまうのだろうか。

「チェックアウトまで時間はあるから、急がなくていいよ。ゆっくり気持ちの整理をつけて、それからにしよう」

私が言うと、母は黙ってハンカチを握りしめた。うなだれた首筋には、老いだけでなく重たげな疲れも宿っていた。きっと、ゆうべはほとんど眠れなかったのだろう。

「おかあさん、もしアレじゃったら、そこのレストランでお茶でも飲もうか？」

一雄さんも言ってくれた。「わしはどうせ今日は暇じゃけえ、なんぼでも時間はある。あせらんでもええけえの」

ありがとうございます、と私は一雄さんに黙礼して、一雄さんも、かまわんかまわん、と目で応えてくれた。

すると、母がようやく口を開いた。

「散歩して、外の風に当たりたい」

ぽつりと言って、「蒸し暑うて、顔が火照《ほて》ってかなわんけえ」とハンカチを扇《あお》いで頬に風を送る。

うまい具合に、このホテルにはロビーから海岸に下りる遊歩道がある。

「よっしゃ、じゃったら、わしも付き合おうか。足元が悪いところもあるかもしれんし、疲れたらおんぶしてあげるけえ」

一雄さんの言葉に、母は申し訳なさそうに——けれど、きっぱりと言った。

「洋一郎と二人で歩きたいんよ」

岩場の上に立つホテルから海岸まで、遊歩道を下りていった。

母は途中で何度も立ち止まり、海を眺め渡しては深呼吸をした。最近、息がすぐにあがるようになったらしい。この様子だと正月に帰省したときにも動悸《どうき》がすると言っていた。不整脈の検査を勧めたのだが、まだ病院には行っていないのだろう。

遊歩道を下りきったところは、船着き場になっていて、ホテルの名前が入った小型のクルーザーが停泊していた。

母は船着き場のベンチに座ると、さっきロビーでもそうしていたように、ハンカチを持った手を膝に乗せた。

私は少し迷ったが、母の隣に座るのではなく、斜め前に立つことにした。母に対して、向き合うでもなく顔をそむけるでもない微妙な角度になって、海を眺めた。

「洋ちゃん」

やっと母が口を開いた。思いのほか、しっかりした声だった。

「洋ちゃんはお父さんのこと、なんも覚えとらんのじゃろう?」

「うん……ほとんど記憶にない」

答えたあと、もう少し話を先に進めた。

「まっさらな状態っていうか、懐かしさもないかわりに、昔のことを怒ったり恨んだりっていうのもないから……そこがお母さんや姉貴とは違うと思うんだけど」

母はうなずいて、「宏ちゃんは、つらい思いをしてきたけえ」と言った。

「お母さんは？　お母さんのほうが苦労してきたわけだから」

「うちは、もう、忘れてしもうた。四十年も五十年も前のことなんじゃけえね」

「でも、覚えてることもあるんでしょ？」

「……たいしたことは覚えとらんのよ」

ほんまに昔なんじゃけえね、と付け加えた母に、私は思いきって訊いた。

「お父さんを、許してる？」

母は少し間をおいて、「なにがあったんか、もう、忘れてしもうた」と苦笑した。

母はゆうべのうちに、父に会うことを決めていた。黒いワンピースも床に就《つ》く前に部屋の鴨居《かもい》に掛けておいた。

「洋ちゃんがわざわざ東京から持ってきてくれたのを、知らん顔はできんけえね」

ほら、だから言ったじゃない、あんたがよけいなことするから、お母さんもプレッシャー感じちゃったのよ――。

姉の怒った声が、どこかから聞こえる。

「それにやっぱり、最後は別れても、十年以上も連れ添うて来たんじゃけえ……」

縁あって夫婦になった相手なのだ。子どもを二人ももうけたのだ。母はゆうべ自分に言い聞かせ、手ぐらい合わせてもバチは当たらないだろう、と納得もしていた。

「ご先祖さまの墓参りとおんなじ。言いたい文句も、この歳《とし》になったら、もうありゃあせん。お疲れさまでした言うて手を合わせれば、こっちもすっきりするけえ」

「……だよね」

「じゃけど、やっぱりいけんなあ。ホテルに着いて、ああ、もうすぐ会うんじゃなあ思うたら……ご先祖さまとおんなじにはならんのよ、やっぱり、ならんのよ、なってくれんのよ……」

母は声を詰まらせた。細い肩が小刻みに震え、握りしめたハンカチに皺《しわ》が寄る。

ホテルのロビーで、家族連れとすれ違った。両親と姉弟の四人——お姉ちゃんは小学校高学年ぐらいで、弟のほうは小学校に上がったかどうか。お姉ちゃんはずいぶんしっかりしていて、弟にお説教しながら歩いていた。

「それを見とったら、昔のいろんなことが、いっぺんにあふれてきて……いけんのよ、もう、いけんの、お骨《こつ》と会《お》うたら、もう、どげんなるんかわからん……」

泣きだすのか、数十年越しに恨み言をぶちまけるのか、自分でも予想がつかない。ただ、どんな姿であれ、それを一雄さんの前で見せてはいけないんだというのは、強く、迷いなく思った。

「会うたらいけんのよ、会うちゃいけんのよ、やっぱり……」

ハンカチを目元に当てた母は、声をあげて泣きだしてしまった。

私は隣に座って、丸めた母の背中をさするしかなかった。


母はしばらく泣きつづけた。号泣だった。

しかし、それがかえってよかったのだろうか、ようやく嗚咽《おえつ》がおさまり、濡《ぬ》れたハンカチを目元から離して「ごめんなあ、洋ちゃん」と謝った顔は、意外なほど自然な微笑《ほほえ》みをたたえていた。

喉《のど》のつかえが取れたのか。頬のこわばりがほぐれたのか。今日の父の遺骨のことだけでなく、いままでずっと溜《た》め込んでいたものを、ようやく吐き出せたのか。

「洋ちゃんの前でないと、こがいに大泣きできんわ。宏ちゃんに見られたら、叱《しか》られてしまう」

確かに、姉なら叱るだろう。あんなひとのために泣かんといて、と一喝してから、私よりずっと強く母を抱き寄せるはずだ。

「お母さん……一雄さん、いいひとだよね」

「なにをいまさら言うとるん。そんなん、昔から変わりゃあせんよ、カズさんも由香里さんも、ええひとなんよ」

「……うん」

「隆さんも、ええひとじゃった。うちには過ぎた旦那さんじゃった。隆さんと一緒になって、うちは、ほんま、幸せやったんよ。ほんまのほんまに、ええひとに巡り会えて、添い遂げられて、幸せやった」

「うん……わかるよ、それは、絶対に」

「宏ちゃんや洋ちゃんには、つらい思いや寂しい思いをさせたと思うけど、うちは隆さんと再婚できて、よかった」

母の声には、涙の名残の湿り気がまだたっぷりあった。だが、声の響きは、いつものような遠慮がちなものではなかった。

沖のほうから貨物船の汽笛が聞こえた。島と島を結ぶ小さな渡し船のパタパタパタとい うエンジン音が続き、頭上ではカモメがのんびりと鳴いた。

私は空を見上げて、隆さんの顔を思い浮かべた。まだ出会ったばかりの若い頃、私が大学進学でウチを出る間際の、一番関係がぎくしゃくしていた頃、美菜や航太が生まれた頃、そして晩年……。どの顔も、懐かしい。血はつながっていなくても、やっぱりあのひとは俺の父親で、俺はあのひとの息子なんだな、と嚙《か》みしめた。一雄さんや雄二と母もそうであってほしい、と祈った。

「洋ちゃん」

「……うん?」

「お父さんに、会わせてくれる?」

私は黙って、大きくうなずいた。


ホテルのロビーに戻ると、一雄さんと一緒に姉がいた。

姉は私にも母にも連絡をよこさなかったのに、一雄さんには、ちょうど私と母が船着き場にいた頃にショートメールを送っていた。母がホテルに向かったかどうか尋ね、〈もしも万が一、母が前夫の遺骨に手を合わせると言いだしたら、何卒《なにとぞ》ご理解、ご高配ください〉と伝えていたのだ。

事務的な言い回しや、父を〈前夫〉と呼ぶあたりが、いかにも姉らしい。ただ、ショートメールはホテルに着く少し前に送ったわけだから、姉はたとえ自分だけでも父の遺骨に対面するつもりだったことになる。

「しかたないじゃろ、わざわざ東京から持ってきたんじゃけえ、あんたの顔ぐらいは立ててあげんと」

方言で言った。足元には、地元のデパートの紙バッグに入れた花束があった。アイリスとリンドウをメインにした、小ぶりではあっても美しい花束だった。

「あげるんと違うよ。パッとお供えしたあとは、すぐに持って帰るけえね。あんたも荷物が増えても迷惑じゃろ？」

早口にまくしたてる姉を、はいはい、と苦笑いでいなして、私は母に言った。

「部屋まで僕が一緒に行ってもいいし、お母さん一人でもいいけど……どうする？」

母は、ありがとなあ、と口の動きだけで応えて、「一人で会う」と言った。私からルームキーを受け取り、姉から花束を入れた紙バッグを預かって、エレベーターホールに向かう。

「カーッとなって、骨壺《こつつぼ》をひっくり返してやればええんよ」

母の姿が消えたあと、姉は言った。

私はその憎まれ口には取り合わず、「どうする？」と姉に訊いた。「姉貴も、部屋まで会いに行くの？」

すると姉は、私が東京に帰る時刻を訊いてきた。新幹線は午後三時頃の便だったが、それはいくらでも融通が利く。確か、東京への最終は夜の八時過ぎに備後を出るはずだ。そう答えると、ふうん、と面倒臭そうにうなずいて、もっと面倒臭そうに――どうでもいい口調で言った。

「お骨を連れて行きたいところがあるから、あとで一緒に行こう」

「どこ？」

「行けばわかる」

姉は一雄さんに向き直って「先にウチに帰っといてくれる？」と言った。「お昼前には、わたしの車でお母さんを送って行く」──私と二人で出かけるのか。

一雄さんは怪訝《けげん》そうな表情を一瞬だけ浮かべたが、「わかった」とうなずいてくれた。「考えてみりゃあ、お骨も入れて、ひさびさの水入らずじゃ。ゆっくりすりゃあええ。わしは先に帰るけえ」

歩きだした一雄さんを、姉は「カズちゃん」と呼び止めた。おとなになってからはほとんど聞いたことがなかったけれど、昔の姉は一雄さんをそう呼んでいたのだ。

「カズちゃん、お母さんを連れて来てくれて、ありがとうな」

一雄さんは照れくさそうに笑って、「ゆうべのアレじゃけど……」と言った。

「わしも由香里も、おかあさんには長谷川の墓に入ってほしいと思うとる。見栄《みえ》や体裁で言うとるんと違う。おかあさんは、わしのおふくろじゃ。産みの母もおって、育ての母もおって、それでええがな。わしゃあ、どっちも好きじゃ」

姉はまた「ありがとうな」と言った。さっきよりも小さな声だったが、さっきはなかった微笑みを浮かべていた。

「まあ、もちろん、おかあさんの気持ちが一番大事なんじゃけど──」

「だいじょうぶです」

私は言った。思わず口をついて出た言葉だったが、自分の声を自分で聞いて、そうだよな、絶対にそうだ、とうなずいた。

「一雄さん、おふくろを最後まで……よろしく、お願いします」

頭を下げた。最初に思っていたよりも深いおじぎになった。

こういうときには必ずあとで「なにペコペコしてるのよ」と怒りだす姉も、文句をつけなかった。代わりに、ホテルからひきあげる一雄さんの背中を見送りながら「洋ちゃんもおとなになったね」と、東京の言葉に戻して笑う。五十五歳の弟に言う台詞《せりふ》ではないが、正直、うれしかった。調子に乗って「お姉ちゃんもね」と子どもの頃のように呼んだら――さすがに叱られてしまうだろうか。

母が部屋に向かって十分近くたった。手を合わせるだけなら充分すぎるほどの時間だったが、まだ戻って来ない。

姉と私はベンチソファーに座って、お互いのウチの近況報告をぽつりぽつりと交わした。姉の三人の孫は、そろって遼星と会いたがっているらしい。

「今年の夏はどうするの？　遼星くんを連れて帰ってくるの？」

「僕は帰るけど、遼星はまだ小さいし、向こうのウチも楽しみにしてるし……」

姉は鼻白《はなじろ》んだ顔で「まあ、向こうにとっては内孫だから、しかたないか」と言った。「でも、孫からすれば、母方のおじいちゃんやおばあちゃんのほうが親しみがあるんだけどね。やっぱりママがリラックスしてるのって、赤ちゃんも敏感に察するから」

美菜と夏子の関係を見ていると、確かにそのとおりだと思う。母と娘には、やはり特別な絆《きずな》がある。姉の子どもの大輔《だいすけ》くんと華恵《はなえ》ちゃんも幼い頃から母方のおばあちゃん――つまり母になついていたし、おばあちゃんになった姉も、あからさまには言わないものの、息子――大輔くんのウチの孫よりも、娘――華恵ちゃんのウチの孫のほうを可愛がっている。

じゃあ、と考えが自分に向かう。父と息子の関係はどうなのだろう。

私は航太を可愛がってきたし、オトコ同士の絆もあるつもりだが、航太はどうなのか。さらに、私と父には、どんな絆があるのか。そんなものは最初からなくて、いまでもないままなのか。それとも、父の遺骨を押しつけられたことで、途切れた絆が結び直されたのか……。

孫をめぐる会話は、さほど盛り上がることもなく、姉が「でも、よく考えたら、外孫だの内孫だの、長谷川の家の墓だの合同墓だの、アホらしいね、もともとツギハギだらけのウチなのにね……」と苦笑したところで途切れてしまった。

だが、私はそれを別の話題につなげた。父の遺骨をどうするか。今朝思いついた海洋散骨の話を姉に伝えたのだ。すると姉は、思いのほか強く、深く、反応した。

「海は……いいかもね」

かえって私のほうが困惑して「そう？」と訊き返したとき――母からの電話が、私のスマホに着信した。

姉と二人で部屋に来てくれ、と母は言った。


母は、私たちをベッドの縁に並んで腰かけさせて、自分は窓辺の椅子に座り、テーブルを挟んで父の骨箱と向き合った。

椅子に置いた骨箱には、花束が立てかけられている。線香やロウソクはなかったが、卓上にはお茶があった。部屋の備品の電気ケトルで湯を沸かし、急須と湯吞《ゆの》みのセットでティーバッグの煎茶を淹《い》れたのだ。自分のお茶はない。母は父だけのためにお茶を淹れ、茶托《ちゃたく》まで敷いたわけだ。

それを見た瞬間、幼い頃の情景が浮かんだ。団地の部屋だ。座卓について新聞を読んでいる父に、母がお茶を淹れて持ってくる。小ぶりなお碗《わん》形の湯吞みではなく、もっとどっしりした、太い筒のような湯吞みを、父はいつも片手で持って口に運んでいた。ふーっふーっと息を吹きかけてお茶を冷ます音も、ずずずっと啜《すす》る音も、つい昨日聞いたばかりのように、鮮やかに記憶の底からよみがえってきた。

あとで知った。姉もすぐに卓上のお茶に気づき、それですべてを——母が父を、たとえ許していなかったとしても、もう憎んだり恨んだりはしていないんだ、と悟ったらしい。よかったね、と姉は心の中で声をかけた。父ではなく、母に。「あたりまえでしょ、誰のことも憎んだり恨んだりせずに死ねるんだから」と、妙に怒った声で言う姉に、私は訊いてみたのだ。「姉貴はどうなの？　まだ憎んで、恨んでる？」——姉はもっと怒った声で「許してない」とだけ言った。二時間後、母をホテルから一雄さんのもとに送り届けたあと、私と車中で二人きりになったときのことだった。

母は骨箱を見つめて、ぽつりと言った。

「いろんなことを思いだしたんよ。東京におった頃の、いろんなこと……もうみな忘れた思うとったけど、お骨を見とると、ぽろぽろ、ぽろぽろ、思いだすんよ」

だから私たちを呼んだ。思い出を聞かせて、受け継がせるために。

「お母さんが死んだら、あの頃のことを誰も知らんようになる。でも、あんたらに話して、あんたらがまた子どもや孫に話してくれたら、ずうっと残るじゃろう？」

ここにも、ひこばえがあった。

母は、父との思い出を、問わず語りに話してくれた。「ああ、そうだったね、あったよね」と思いだした話もないわけではなかったが、ほとんどは私がものごころつく前の話だったので、驚くことの連続だった。

たとえば――。

父は赤ん坊だった私をあやそうとして、口を金魚のようにパクパクさせ、上下の唇をぶつけて泡が弾《はじ》ける音を出した。私はそれを気に入って、やるたびに笑っていた。そのときに父が唇を当ててつくった音が「ポン」と聞こえたので、父はそのあとしばらく、晩酌でご機嫌になるたびに、私を「洋一郎」ではなく「ポン一郎」と呼んでいたらしい。

あるいは、たとえば――。

父は短気で不器用だったので、インスタントラーメンについているスープや具の小袋を開けるのが苦手だった。よく見れば切れ目が入っているのに、それを無視して、なおかつ指ではなく糸切り歯を立てて破ろうとするのだ。うまくいくわけがない。

特にだめだったのが『出前一丁』についていたごまラー油で、しくじるたびに口の中がラー油まみれになってしまい、袋に残ってラーメンに振りかけられるのは、ほんの一滴か二滴だった。

「ほいでも『出前一丁』が好きで、洋ちゃんがハシカで寝込んだあと、やっとふつうのごはんが食べられるようになったら、『出前一丁』を食わせてやるんじゃ、即席ラーメンはよう煮込んだら消化にええんじゃいうて、勝手な理屈をこねるんよ……」

「僕は、そのラーメン、食べたの？」

「レンゲですくうてあんたの口元に持っていったら、一口も啜らんうちに、湯気にむせ返ってしもうたんよ」

父はあわてて、レンゲにすくったラーメンとスープをふーっふーっと吹いて冷ました。ずっと、ずっと、ずっと。母が、もういいんじゃないかと声をかけるまで、父は私のために、熱々だったものを冷ましつづけてくれたのだ。

そんな父の思い出の数々に、姉は「覚えとるよ」と不機嫌そうに相槌を打ったり、「せっかく忘れとったのに、思いだしてしもうた」と口をとがらせたりしながら、それでも話を止めることはなかった。

母は他愛《たわい》のない思い出をたくさん話した。愚痴《ぐち》はなく、父を責めたり咎《とが》めたりするのでもない。たとえばとっくりセーターを二回に一回は後ろ前に着ていたとか、ライスカレーに生卵を載せて、さじで黄身を崩しながら食べるのが好きだったとか、夏場は香港シャツの前をはだけて外を歩くので、ガラが悪くて嫌だったとか、そんな話が多かった。さっきの即席ラーメンのような「昭和」半ば頃の語彙《ごい》が、ごく自然に出てくる。

ひとしきり話した母は、さすがに疲れたようで、少し間が空いた。私はこのあたりを潮時にするつもりだったが、姉は「お茶、淹れようか」と言った。「ひと息ついたら、また新しい話を思いだすんと違う？」

姉は腰を据えて、とことんまで母に付き合う覚悟を決めていた。母のためなのか。意外と、父のためだったりするのか。それとも――。

「洋ちゃんに聞かせてあげて、たくさん」

冗談や皮肉の口調ではなかった。


母はホテルに備え付けの湯吞みでお茶を啜った。結果的に、父とお揃《そろ》いの湯吞みになった。昔は、たしか、父の湯吞みよりも一回り小さな夫婦《めおと》湯吞みだった。ご飯茶碗《ぢゃわん》も夫婦になっていたと思う。

離婚したとき、父の湯吞みやご飯茶碗や箸《はし》は――当然捨てたはずだが、細かいところは覚えていない。ふつうに不燃ゴミとして捨てたのか、カナヅチかなにかで割ってから捨てたのか、地面や床に叩《たた》きつけて割ってしまったのか。服や布団の類《たぐい》はどうだっただろう。ハサミでざくざく切り裂いて捨てた……いくらなんでも、それはないか、母の性格なら……いや、母のようなひとこそ、意外と……。

母は両手で包むように持った湯吞みを見るともなく見ながら、「宏ちゃんは、お父さんに宝石箱を買《こ》うてもろうたんを覚えとる？」と訊いた。「まだあんたが小学校に上がるかどうかの頃」

ふと思いだして、そこから懐かしさがじわじわと湧いてきたのだろう、母の頰はやわらかくゆるんだ。

「お父さんが指輪やらネックレスを買うてくれたんよ。きれいな箱に指輪が何個も飾って入れてあって……覚えとらん？」

姉は顔を窓に向けて、「そんなんあったかなあ」と首をひねる。ぎごちないしぐさで、声も微妙に揺れた。「べつに思いださんでもええけど」と付け加えた一言で、かえってお芝居がきわだってしまった。

母は笑顔を私に向けて「洋ちゃんは赤ん坊じゃったけえ覚えとらんと思うけど」と言って説明してくれた。

宝石箱といっても、もちろん、オモチャ——それも、お祭りの夜店や駅前の路上で売っているような、ちゃちで怪しげなセットだった。ネックレスはビーズで、ティアラは金色のボール紙、指輪はプラスチックなのかアクリルなのか、赤や緑の色だけは鮮やかだった。

突然買ってきた。いまの言葉で言うならサプライズだった。宝石箱のときだけではない。私がもっと大きくなってからも、父はときどき、気まぐれのようにおみやげを買ってきてくれた。私はいつも無邪気に喜んでいたのだが、姉はそうではなかったことを、いま、思いだした。

「青い色の指輪がサファイアで、赤い色がルビーじゃったかなあ。ダイヤもあったんよ。色は付いとらんかったけど、本物みたいに細こうカットしてあるけえ、キラキラするんよ」

母は私に説明して、「なあ宏ちゃん、覚えとる?」と姉に声をかけた。

姉は窓の外の海を見つめたまま、「うん……」とだけ、気のない声で応えた。

母は最初からその反応が織り込み済みだったかのように、笑顔をまた私に向けて、「ほんまはね」と――笑顔では言えないはずの話を続けた。

父が姉と私におみやげを買って帰るのは、気まぐれではなかった。

博打《ばくち》の負けが込んで、タチの悪いスジから借金をした日に、姉に着せ替え人形を買って帰る。コマーシャルをやっている有名な人形によく似た、紛《まが》いものの人形だ。

同僚を誘い込んだ儲《もう》け話にしくじって、詐欺師《さぎし》扱いされて会社を辞めざるをえなくなった日に、私にゴム製のカエルのオモチャを買って帰る。ポンプを押して空気を送ると、ぴょこん、と跳《は》ねるオモチャだ。

親戚に無心したお金が郵便為替で送られてきて、それを郵便局で換金した帰り道に、バタークリームのショートケーキや薄くジャムが塗られたロールケーキを買う。

県人会の先輩たちに呼び出され、同郷の仲間から少額の借金を繰り返す生活をさんざん咎められた帰り道に、ボードゲームが何種類も入った家庭盤を買う……。

「お父さんはお父さんなりに、あんたらに申し訳ないと思うて、罪ほろぼしのつもりでおみやげを買うて帰ったんよ」

母は父を責めない。

「ときどーき、たまーに、お母さんに婦人雑誌やらお菓子やらを買うて帰ってくれたけど、たいがいはあんたらのおみやげ」

懐かしそうに言う。微笑みは消えない。むしろ深まってきた。

「……知っとったよ」

姉はそっぽを向いたまま言った。「あのひとがおみやげを買うて来た晩は、お母さん、よう泣いとったもん。うち、ずーっと布団の中で聞きよったもん、それ」

父が母に苦労をかけどおしで、身内にさんざん迷惑をかけていることを姉が知ったのは、小学五年生──家族四人の暮らしに「終わり」が見えはじめた頃だった。

「その前から、ちょっとおかしいなとは思うとったんよ。四年生……三年生の頃からかな。ふつうの夫婦喧嘩《げんか》じゃのうて、なんかあるんと違うかなあ、て」

母に尋ねたりはしなかった。ましてや父に問いただしたりなどは。

「まさか、と思ってたの？」

私が訊くと、姉は海に向かって「全然違う、正反対」と言った。「それなら、お母さんに訊く。早う安心したいけえ、すぐに訊いとる」

「……だよね」

「でも、逆なんよ。ほんまにそうかもしれん、ほんまのほんまに、お父さんは悪いひとかもしれん、身内に嫌われて、愛想を尽かされて、ひょっとしたら警察に捕まるようなことをしとるんかもしれん……そう思うから訊けんのよ、訊けんようになるんよ、訊いて、答えがわかるんが怖いんよ」

姉は堰《せき》を切ったように言った。声が急に高くなり、震えはじめた。

「二年生までは、そないなこと、夢にも思わんかった。お父さんの買うてきてくれるおみやげが素直にうれしかったんよ……」

その話を引き取って、母が言った。

「宏ちゃん、宝石箱のときは、ほんまに大喜びしとったもんなあ」

懐かしそうに、悲しそうに、姉を慰めるように、姉に詫《わ》びるように、何度もうなずきながら頬をゆるめる。笑顔なのに、泣きだす寸前の顔のようにも見える。

「あんた、全部の指に指輪をはめて、手を振ってキラキラキラキラさせて、自慢しとったんよ。あの頃は東京の言葉じゃけえ……見て見て、わたしはお姫さまよ、お姫さまは宝石をたくさん持ってるのよ、どう、きれいでしょう？……って」

姉は母を振り向かない。今度もまた海に向かって、「忘れた」と言った。「全然覚えとらん、そんなん……」

声の尻尾が大きく揺れて、湿って、やがて絞り出すような嗚咽が聞こえてきた。

母は黙って、微笑んだまま拍子をとるように何度もうなずき、姉の嗚咽が落ち着くのを待ってから言った。

「ええときもあったし、ええこともあったんよ」

父との暮らしについて――。

「悪いときや悪いことばっかりじゃったんとは違う」

母の目は姉に向いていたが、きっと、姉と私の両方に語りかけているのだろう。諭《さと》すような声だった。やわらかく、まるみを帯びていても、弱くはない。

「最後の最後は、一緒には暮らせんことになったけど、ずうっと最初から最後まで悪かったんとは違う。楽しかったことや、幸せじゃったことも、ぎょうさんある。お母さんはもうだんだん惚《ぼ》けてきとるけえ、全部を思いだすことはできん。でも、ほんまに、宏ちゃんや洋ちゃんがお父さんに可愛がってもろうて、あんたらもお父さんに甘えて、みんなで笑《わろ》うたことは、ぎょうさんあるんよ。あんたらが思うとるより、ずうっと、ずうっと、ぎょうさんあるんよ」

母は、こんなに凛《りん》とした口調で話せる人だったのか。

隆さんを亡くしてから数年来――いや、ほんとうはもっと以前から、母は誰に対しても遠慮のしどおしで、なにを話すにもおどおどしていた。母はとても優しいひとだったが、その優しさは、弱さや、はかなさや、もろさと、とてもよく似ていた。

ところが、いまの母の話しぶりは違う。優しくても毅然《きぜん》としている。心なしか背筋もピンと伸びて、体が一回り大きくなったようにも見える。

「ええこともあったんよ。東京におった頃は、みんながみんな悪い思い出とは違うんよ。宏ちゃんが小学生の頃に楽しそうに笑うとった思い出が、お母さんにはぎょうさんあるんよ。あんたは、お父さんのことを、最初から嫌《きろ》うとったんと違うんよ」

姉は洟《はな》を何度も啜って、「そんなん、どうでもええわ……」と言った。「どうせ最後は喧嘩別れしたんじゃけえ。ええ思い出がなんぼあっても、負け越しじゃあ意味がないじゃろ?」

するとと母は、ゆっくりと首を横に振って、「宏ちゃん」と語りかけた。

声はさらに優しく、強くなる。

「思い出を勝ち負けで分けたら、いけん」

「——え?」

「ええ悪いで分けても、いけん」

「……言うとる意味がようわからんけど」

「嫌な思い出があっても、そっちのほうがぎょうさんあっても、ええことも悪いこともひっくるめて、ひとはひとなんよ」

そっぽを向いたままだった姉が、ようやく母を見た。なにかを言い返しそうな気配はない。くちびるを結んで、赤く潤んだ目で、ただじっと母を見つめる。

母は話を続けた。

「あんたらのお父さんは、世間さまに褒《ほ》めてもらえるようなことは、なんもできんかった。

身内に顔向けできんことも、ぎょうさん、ぎょうさんしてしもうた。ええか悪いかで言うたら悪いし、幸せか不幸せかで言うんなら、やっぱり……洋ちゃんから聞いた話じゃと、あんまり幸せにはなれんかったんかもしれん」

私は黙ってうなずいた。眉間《みけん》に皺が寄る。一人きりで死んでいった父にはどんな心残りがあり、なにが無念だったのか。それを誰にも伝えられずに逝《ゆ》くことこそが心残りで、無念だったのかもしれない。

「でもなあ、宏ちゃん、洋ちゃん」

母は私の名前も呼んだ。二人いっぺんに呼ばれると、子どもの頃を思いだす。団地の居間の光景がふと浮かんだ。

「あんたらが幸せになって、あんたらの子どもも、孫も、みんな幸せになってくれればええんよ。それでお父さんも……お父さんが生きて、この世におったことが報われるんよ」

「――お母さんは？」

姉の声にまた涙が交じった。「お母さんは幸せになったん？　あのひとと離婚して、隆さんと再婚してからも……苦労して、気兼ねして、それでも幸せ？」

母は、まるでその問いを待っていたかのように、大きく、ゆっくりと、微笑みをたたえてうなずいた。

「苦労やら気兼ねやら、ぜーんぶひっくるめて、うちは幸せな人生じゃったよ」

姉は声をあげて泣きだした。

母は最後にあらためて父の遺骨に手を合わせた。頭を深々と下げた、長い合掌になった。なにを思い、なにを心の中で父に語りかけているのかはわからない。あとで訊くつもりもないし、母も答えてはくれないだろう。ただ、恨みごとではないはずだ。

体を起こした母は、ふう、と息をついた。肩の力が抜ける。笑顔で私に振り向いて、「洋ちゃん、お父さんを連れて来てくれてありがとうな」と言った。「あんたの親孝行のおかげで、いろんな胸のつかえがとれた」

何年か先、天寿をまっとうしたら、長谷川の家の墓に入る。

「お骨の前で言うたらいけんかもしれんけど、うちは前の旦那さんより隆さんのほうがずうっと、ずうっと好きなんよ。いまになって、やっと、それがわかった」

照れくさそうに笑う。帰宅したら、一雄さんと由香里さんにワガママを言いだして困らせたことを謝るから、とも言った。

いつもなら不服そうに口を挟んでくるはずの姉も黙っていた。ひとしきり泣いたあとはすっきりした様子だった。姉は姉で、胸の奥に長年溜め込んでいたものを、ようやく吐き出すことができたのだろう。

「それで、洋ちゃん。お父さんのお骨、霊園で永代供養を頼むにしても納骨堂に納めるにしても、お金がかかるじゃろう？」

「まあ……それはね、しかたないけど」

「そのお金、あんたさえよかったら、お母さんに出させてくれん？」

自分の遺骨を霊園で永代供養してもらうために用意したお金がある。それをつかってほしい、と言う。

「いや、でも、だいじょうぶだよ、お父さんが自分で貯《た》めてた金もあるし……」

「そっちはあんたと宏ちゃんで分けんさい。迷惑をかけてきた子ども二人に、ほんのちょっとでものこしてやれるもんがあるんなら、あのひともうれしいやろう？」

　思いがけない申し出に、私は「いや、でも……」と困惑するばかりだったが、そこに姉が――。

「そのお金で、うちは安物でええけえ指輪を買おうっと」

　いたずらっぽく笑って言った。

「お母さん、全然泣かなかったね」

　母を家に送り届けたあと、姉は車を運転しながら言った。ふるさとの方言が消え、また東京の言葉に戻る。助手席の私に――というより、私が膝に抱いた父の遺骨に合わせてくれたのかもしれない。父は、姉や私が方言をつかっているのを聞いたことがなかったはずだから。

「わたしが泣きすぎたから、お母さん、自分が泣くタイミングを逃したのかもね。もしそうだったら、悪いことしちゃったな」

「そんなことないよ」

私は苦笑交じりに返す。姉がホテルに来る前に母が船着き場で号泣したことは、少し迷ったが、姉には黙っておいた。家族ではあっても、それぞれに小さな秘密はあっていい――家族だからこそ、だろうか?

小雪さんに言われた「思い出は身勝手なものに決まってるじゃないか」の一言を、ふと思いだした。「思い出を勝ち負けで分けたらいけん」という母の声も、耳の奥からよみがえる。二人はまったく別々のことを言っているようでいて、じつは根っこの部分がつながっているのかもしれない。

そこに神田さんが加わる。「どんな親だろうと、親は親だ」と私を諭した言葉が、そのときの口調とともによみがえった。母がさっき言った「ええことも悪いこともひっくるめて、ひとはひとなんよ」の一言を伝えると、神田さんはどんな反応になるだろう。目から火花が飛びそうなほど強く私の背中を叩いて、「偉いっ! おまえのおふくろはよくわかってる!」と褒めてくれる声も、実際には聞いたことなどないのに、確かに耳の奥で響いた。

小雪さんや神田さんと、さらに川端さんや田辺さん親子、さらにさらに言うなら真知子さんとも、私は父を通じて出会った。出会ったときには父はもうこの世にいなかったのに、あのひとたちを通じて、父の存在は私の中でどんどん大きくなってきた。これも、ひこばえなのだろう。

車は高速道路を通って、西北に向かった。目的地の比婆市には一時間ちょっとで着く。

父は、半世紀ぶりに帰郷する。

「町なかをぐるっと回るだけだからね」

姉は高速道路に乗る前も、乗ってからも念を押して私に言った。「誰にも会わないし、車も降りないから」

「誠行《まさゆき》さんにも？」

「あたりまえでしょ。元はと言えば、あのひとが遺骨を引き取ってくれなかったから、こっちに押しつけられたんだから」

父の実家は、いまは長兄の勝一《かついち》さんの息子――父にとっては甥《おい》に当たる誠行さんが継いでいる。家の建物は当然建て替えられていても、仏壇には父の両親や勝一さんの位牌《いはい》がある。

だが、確かに勘当同然の扱いだった父が実家で歓迎されるとは思えないし、生きているのならともかく、遺骨になってから家に上げてもらってもしょうがない。仏壇の前に骨箱を置いても、父にはもう、詫びることも手を合わせることもできないのだ。

「どうせお父さんも田舎なんて好きじゃなかったわけで、だから東京に出てきたわけなんだし……ほんとうは、いまでも帰りたいとは思ってないかもしれないけどね」

姉はそう言って、「罰ゲームだよ」と笑った。「出て行きたくてしかたなかった田舎に、最後の最後に帰ってきちゃうの、お父さん……ざまーみろ、ってことだよね」

最後の一言は、いかにも取って付けたような、憎まれ口を演じる口調だった。いままで「あのひと」だったのも、「お父さん」に変わっていた。そしてなにより、姉はホテルで父の遺骨と対面する前に、遺骨を連れて行きたい場所がある、と言ったのだ。頑《かたく》なだった心がほぐれたすえに思いついたのではなく、最初から、父をふるさとに帰らせるつもりだったのだ。

私は姉に言った。

「お父さん、すごく喜ぶんじゃないかな」

「……そう？　なんで？」

姉は意外そうに訊き返す。

「なんでって言われても困るんだけど……やっぱり、喜ぶと思う」

骨箱をさすった。刺繍《ししゅう》を模したヌキナシ箱の模様を、指先でなぞった。骨箱をスポーツバッグに入れなくて正解だった。とは言いながら、じゃあ骨壺をじかに膝に抱けるかと問われたら困ってしまう。そういう微妙な関係が俺たち親子なんだな……と苦笑できる程度には、私と父は近くなったのだろう。

比婆市は、平成の大合併で面積こそ広くなったが、市街地は昭和の頃のまま――というより、むしろ寂れて、静かに日曜日の昼下がりを迎えていた。

衛星写真では、山々が連なる中にぽっかりと穴が穿《うが》たれたように見える、典型的な盆地だった。江戸時代には城下町としての石高は少なかったものの林業や畜産で栄え、その後も山あいの県北地域の中核を担ってきた。だが、備後など瀬戸内海に面した県南地域のにぎわいとは比べものにならないし、いまはもう寂れる一方だった。バブル景気の頃には石垣しか残っていないお城の復元計画もあったらしいが、バブルがはじけるとそれも立ち消えになってしまい、今後も二度と声があがることはないだろう。

「洋ちゃんは、何年ぶり？　十年や二十年じゃきかないでしょ」

「そんなレベルじゃないよ。もっと、ずーっと長い。少なくとも就職してからは一度も来たことがないから……もう三十五、六年になるし、こっちにいた頃も、二、三回しか来たことがないと思う」

両親が離婚をしたあとも、父の身内がまったくの赤の他人になるわけではない。父の両親は、姉と私にとっては、血のつながった祖父母になる。ふだん行き来をすることはなくても、二人の葬儀には参列した。それが中学や高校時代のことだ。

どちらのときも焼香だけすませると、精進落としの席には残らず、早々にひきあげた。気まずさやぎごちなさは、姉と私を連れた母よりも、むしろ長兄の勝一さんをはじめとする父の身内の側にあった。おとなになってから気づいた。それはつまり、父が母の身内にさんざん迷惑をかけていたせいなのだろう。

「じゃあ、洋ちゃんは、昭和の頃しか知らないんだ」

「そうだね、うん」

「あの頃はまだよかったのよ。JRっていうか、国鉄の汽車もたくさん走ってたから、駅前もにぎやかだったし」

比婆は、国鉄の三つの路線が交わる県北随一の交通の要衝でもあった。だが、いまはもうどの路線も二時間に一本あるかどうかで、いつ廃線になってもおかしくない。

「昔は、大阪まで直通の急行も一日に何便も走ってたのよ」

その急行に乗って、高校を卒業したばかりの父は大阪経由で上京し、就職先の家電工場で母と知り合ったのだ。

姉は比婆の町なかを細かく巡った。もっとも、どこを目指しているというわけではない。古びた町並みを探して、当てずっぽうで右折や左折を繰り返しているだけだった。

「わたしもおばあちゃんの三十三回忌に来て以来だから、十何年ぶりで、ぜーんぜん土地勘がないんだよね」

　実際、細い小路で車のすれ違いに難儀したこともあったし、行き止まりの道に入り込んでしまって何十メートルもバックで引き返したこともあった。

　だが、そんな苦労の甲斐《かい》あって、昭和の残り香を感じられる一角が意外と多いことを知った。

「まあ、要するに、時代に取り残されちゃっただめな町ってことだけどね」

　キツいことを言いながらも、姉は年季の入った建物に差しかかると、車をうんと徐行させた。

「さすがに、お父さんが子どもだった頃の建物はほとんど残ってないと思うけど……」

　父は、母と離婚をした数年後――すなわち昭和四〇年代の半ば過ぎには、ふるさとには帰省できない境遇になっていたという。逆に言えば、それまでは盆や正月には家族を連れて帰省していたことになる。西暦では一九七〇年代前半だから、いまから四十数年前。それなら、当時の建物はまだ残っているだろう。

　姉は「あ、この銀行、けっこう古そう」「この八百屋さん、たぶん昔からあったんじゃないかなあ」と、いちいち口に出して車のスピードをゆるめる。

　最初はきょとんとしていた私も、そういうことが何度か繰り返されると、ああそうか、と遅ればせながらわかった。姉は、父に故郷を偲《しの》ばせるために町なかを縫うように走り、父が見ていたはずの、そして幼い頃の私たちも目にしたことがあるはずの古い建物を探しているのだ。

姉の狙いを察してからは、私も車が徐行するたびに膝に抱いた骨箱を目の高さに掲げて、父の遺骨と一緒に車窓からその建物を眺めた。

姉は「優しいじゃない、洋ちゃん」と笑ったあと、ふっと真顔になって、さっきの私の言葉をなぞるように言った。

「お父さん、喜んでるよ、絶対に」

市街地をひとわたり巡ったあと、姉はメモ書きしていたいくつかの場所の住所をカーナビに入れた。

父の卒業した高校、中学校、小学校、父の両親や長兄の勝一さんが眠る菩提《ぼだい》寺に、実家――その順番で回る。中学校や小学校は、ゆうベインターネットで調べたのだという。

「このルートをグルッと回って、備後に戻るから。道が混んでなかったら、夕方のちょっと遅めとか、そんなに遅くない夜の新幹線で東京に帰れるよ」

車からは一度も降りない。学校もお寺も通り過ぎるだけで終わる。実家はともかくお寺で墓参りぐらいはするのかと思っていたが、姉はきっぱりと言い切った。

「そこまで甘やかさなくていい。調べるの大変だったんだからね。車の中から見せてあげるだけでも充分だし、お父さんも『それでいい』って言うよ、絶対に。いろんな人にメーワクかけてきて、顔向けできない立場なんだから、いまさらゼータク言うなってこと」

私が膝に抱いた骨箱を横目で見て、「文句言わせないからね、悪いけど」と笑う。

姉が父のことをどこまで許し、どこから先は決して許さないのか、私にはよくわからない。

ただ、姉はもう、父を「あのひと」とは呼ばなくなった。気づいているのだろうか。あんがい無意識なのかもしれないし、そのほうが私も、なんとなくうれしい。

学校を回った。父の卒業した県立の工業高校は、生徒数を確保するために、いまは普通科高校になっている。中学校は隣の学区の学校と統合して、校舎は当時と同じ場所にあったが、校名が変わっていた。数年前に廃校になった小学校の校舎は、いまは合宿などに使う宿泊施設としてリノベーションされたのだという。

「知ってる? お父さんって、小学校のときは級長で、中学校のときは郡の合同運動会のマラソンで二位だったんだって。勝一伯父さんが昔そんなこと言ってた」

わたしもいま急に思いだしたんだけど、と姉は言い訳するみたいに付け加えて、さらに続けた。

「東京に行かなかったら、全然別の人生があったのかもね、お父さんにも……」

父のゆかりの場所を巡りながら、姉は父の思い出を話した。さっきの母と同じように問わず語りに、父の記憶を持たない私に思い出のバトンを渡してくれた。

離婚のあと、何年もたってから母に教えてもらったこともあれば、姉がじかに父から聞いた話もある。

「子どもの頃のお父さん、ほんとうに海に憧れてたんだって」

一度だけ親戚に連れて行ってもらって、日本海で海水浴をした。そのときの海と空の広さが忘れられない、と父は繰り返し母や姉に話していたらしい。

瀬戸内海ではないところが、山間部ならでは――実際、中国山地にある比婆から海までの距離は、日本海でも瀬戸内海でもほとんど変わらない。

「比婆って盆地でしょ？　四方が山だから夜明けが遅くて日暮れが早いの。それがずっと嫌だったんだって」

東京で就職した数年後、休みの日に社員寮の友だちと連れ立って、完成してほどない東京タワーに登った。展望台から東京の景色を眺めて、関東平野の広さを実感して、涙が出そうなほど感動したのだという。

「そのときの話は、わたしもお父さんから聞いてるのよ。東京の夕陽《ゆうひ》は、地平線のぎりぎりまで沈まないから、すっごく大きくてきれいなんだ、って……自分がやったわけでもないのに、得意そうに自慢してて、笑っちゃったなあ」

実際に、あはは、と声をあげて笑ったあと、姉は「懐かしいなあ……」とつぶやいて、小さく、小さく、洟を啜った。

父の両親が眠るお寺の前で、しばらく車を停《と》めた。本堂は長い石段の上にあり、檀家《だんか》の墓地はその裏だったが、姉は「ここでいいよね」と言って、車から降りることはなかった。代わりに、石段を数段上ったところにある仁王門を指差して、「あの仁王さまを見て、洋ちゃん、泣いちゃったんだよ」と教えてくれた。

まだ小学校に上がる前のことだ。夏休みに家族で帰省して、墓参りに出かけた。「お父さんが洋ちゃんを肩車して、右側の仁王さまの前に立ったの。ちょうど仁王さまと同じぐらいの背丈になって、正面からにらみつけられたわけ。そうしたら、洋ちゃん、怖がってわんわん泣いちゃって……お父さんの肩から落っこちそうになって、お母さんがあわてて後ろに回ってお尻を支えて、大変だったんだから」

まったく記憶に残っていない。

「ちょっと降りて、見てきていいかな」

「また泣いたりしないでよ」

からかって笑った姉は、「お父さんにも見せてあげれば?」とも言った。「仁王さまに叱ってもらえばいいわよ」

「うん……そうする」

骨箱を抱いて外に出た。一対の仁王像のうちの向かって右側――右手を突き出して通せんぼうをする仁王さまの顔は、確かに幼い子どもが見たら泣きだしてしまいそうなほどの迫力だった。

父は東京での暮らしがうまくいかなくなったとき、帰郷することは考えなかったのか。里帰りはしても、こんな山あいの田舎に骨を埋《うず》めたくはなかったのか。どうしても東京でなくてはいけなかったのか。どんな夢を持って東京に出てきたのか。どんな家庭を築こうと思って結婚をして、どんな親になろうとして子どもを持ち、家族を喪《うしな》ったあと、なにを思っていたのか……。

骨箱を両手で捧げ持った。その手をゆっくりと上げ、頭よりも高くして、仁王さまににらみつけてもらった。父も子どもの頃に、この仁王さまに泣かされたことがあったのかもしれない。ふと、思った。

父の生家の前を通るのが、短い帰郷の旅の締めくくりだった。ただし、生まれ育った家屋はとうに建て替えられ、前庭や植え込みの様子も、姉に言わせると昔とはまったく違っているらしい。

「まあ、だから行ってもしかたないんだけど、せっかく来たんだから、ついでにね」

ガソリンスタンドや郵便局やバス停がある小さな集落を抜け、農家が点在する田園地帯に入った。カーナビの画面では、あとわずかで生家に着く。

両脇に用水路が流れる道を車は走る。父は夏休みに帰省すると、幼い私と姉を連れて、この用水路でフナやドジョウをすくってくれたのだという。小さなクサガメを父が捕まえて、浦島太郎の亀だと言ったら、私はそれを信じて大はしゃぎしたらしい。

カーナビの音声案内が目的地周辺に着いたことを告げても、姉は車のスピードをゆるめない。

「その先の左側の家だよ」

私は父の骨箱を膝から持ち上げて、少しでも外の様子を見せようとしたが、姉はむしろ逆にアクセルを踏み込んで、一気に、至極あっさりと通りすぎてしまった。

「はい、おしまい」

「ねえ、ちょっと待ってよ。それって、いくらなんでも……」

「いいの。もしお父さんが生きてて、どうしてもウチの前を通らなきゃいけない事情があったら、顔を隠して、こそこそ逃げるように通りすぎるわよ。だから、それをやってみただけ。ゆっくり通ったら、かえってお父さん困ると思う。比婆に連れて来るのだけでも、大きなお世話だったのかもしれないんだから」

私は父の骨箱を膝に戻し、軽くポンポンと叩いた。姉の言葉に納得したわけではなかったが、言い返すこともできない。

「まあ、でも、これで終わりっていうのも少しかわいそうだよね」

「——え？」

「ちょっとだけ寄り道しよう」

そう言って姉が向かったのは、町を貫いて流れる比婆川に架かるアーチ橋だった。たもとで車を停め、「降りて、橋の真ん中まで行こう」とシートベルトをはずした。「お父さんのお骨も忘れないで持って来て」

アーチ橋は、昭和十一年に架けられた。昭和九年生まれの父とは、ほぼ同い歳ということになる。その縁もあるのか、父はこの古い橋がお気に入りだった。私の記憶には残っていないものの、帰省のたびに家族を連れて散歩がてら渡っていたのだという。

「耐震工事や補強工事は何度もしてるんだけど、アーチは架かった頃のままだから、建築マニアにはけっこう人気があるのよ」

父が姉に語った思い出話の中にも、この橋のことはよく出ていたらしい。姉がいまでもよく覚えているのは、父が子どもの頃の、こんな話だった。

「戦争が終わった頃、橋の真ん中で欄干にもたれて、足をぶらぶらさせてたら、草履《ぞうり》が脱げて川に落としちゃって、おじいちゃんにすごく叱られたんだって」

間抜けでしょ、ほんとに、と言いながら私の抱く骨箱に目をやった姉は、一瞬だけ照れくさそうに笑ってから、ぷい、と顔をそむけた。

橋は車道と歩道に分かれている。行き交う車も歩行者もいないなか、私は剝《む》き出しの骨箱を抱いて、先を歩く姉についていった。

橋の真ん中まで来ると、姉は立ち止まった。私も足を止める。川の水面までは、意外と距離がある。戦争が終わった頃——十一歳の父は、ここから草履を落としてしまったのだ。ゴム草履なのか。藁《わら》で編んだ草履なのか。とにかく履き物が足から脱げて、川に落ちていくのを為《な》すすべなく見送るしかなかった父の、あっ、あっ、あーっ……という困惑が、自分でも意外なほどリアルに感じられた。

「ねえ、洋ちゃん。もしアレだったら、ここから落としちゃう？」

「なにを？」

「お父さんの骨箱」

「——え？」

「ここから川に落としちゃえばいいんじゃない？　そうすれば、お墓のことを考えずにすむでしょ。いまなら誰も見てないし、あんがい、お父さんも喜ぶかもしれない」

悪趣味な冗談を言っているのか。

「この高さから落としたら、骨壺は絶対に割れるよ。お骨や灰が川の水に溶けて、流れていって、ちょっとぐらいは海にたどり着くでしょ。憧れてた広ーい世界に着いたら、お父さん、うれしいと思うよ」

姉は、真顔だった。

私は父の骨箱をしっかりと両手で抱きかかえたまま、言った。

「それはできないよ、いくらなんでも」

「いまなら誰も見てないよ」

「……そういう問題じゃなくて」

「骨壺が割れるのに抵抗があるんなら、蓋《ふた》を開けて、お骨だけ捨てれば？　水に溶けちゃえば証拠も残らないし、海に散骨するのと理屈は同じじゃない」

姉はさらりと言う。私は返す言葉に詰まって、ただじっと姉を見つめるしかなかった。

しばらく沈黙がつづく。橋を渡る車はない。自転車や歩行者の姿もない。上流の浅瀬から、水音が絶え間なく聞こえる。

「嘘《うそ》よ、うそ」

姉は軽く言って、私の緊張をからかうように笑う。私はほっとしながらも、笑い返すことはできなかった。

「ねえ、洋ちゃん、お父さんのお墓、ほんとうにどうするつもり？　わざわざ霊園にお墓を建てるようなことはしないよね？」

「うん……それは、無理だと思う」

私自身はともかく、のちのち夏子や美菜や航太に背負わせるわけにはいかない。やはり永代供養を頼んで、最終的には合祀《ごうし》してもらうしかないだろう。

「人間って、最後の最後に骨が残っちゃうんだね。きれいさっぱり消えてなくなることって、できないんだね。わたし、今回のことで初めて実感した気がする」

「うん……」

「ほら、死ぬ気でがんばれっていうときに『おまえの骨は拾ってやる』とか言うじゃない。それって、よく考えたら幸せだよね。骨を拾ってくれる人がいるんだから」

そうかもしれない。父の遺骨は、たらい回しのすえではあっても、いま、実の息子に抱かれている。それは幸せなことなのだと、思いたい。

「洋ちゃん、わたしにも抱かせてもらっていいかな、それ」

姉は両手を私に差し出した。私を見つめる目が涙で潤みはじめる。骨箱を渡すと、姉はそれを胸に押し当てるように抱きしめて、目を閉じた。微笑みを浮かべた。その笑顔に言葉を添えるなら――「お帰りなさい」という姉の声が、どこかから聞こえたような気がした。

姉は、骨箱を橋から川面に投げ捨てることはなかった。目をつぶったまま黙って骨箱を抱きしめて、目を開けて、小さく何度かうなずいてから、私に返した。

帰路についてからは、姉はもう父の話はしなかった。私も黙って助手席からの眺めをぼんやりと目に流し込むだけだった。

帰りの高速道路も空《す》いていた。単調な景色とスピードに眠気を誘われ、つい、うとうとしてしまった。

「だいじょうぶ？　洋ちゃん、骨箱落としちゃったら大変よ」

苦笑交じりに私を起こした姉は、「でも、まあ……」と続けた。「親に抱っこされて眠ってた赤ちゃんが、親の遺骨を抱っこしてうたた寝するようになるのが、人生ってことなのかもね」

そうかもしれない。

「わたしは来年還暦だし、洋ちゃんも定年が見えてきて、孫もいて……なんだかんだと長く生きてきたよね、わたしたちも」

ほんとうに、そうだ。残された時間はあとどれくらいあるのか。二十年、三十年、もしかしたらそれ以上……来た道を振り返ると充分に長かったが、これからもまだ長い。

私はどう老いて、どう死んでいくのだろう。

残念ながら「わくわく」ばかりというわけではなく、不安な「どきどき」、さらには暗《あん》澹《たん》たる「げんなり」の部分も少なからずあるのだが、それでも――。

死ぬまで生きていかなきゃな、と骨箱をそっと撫《な》でた。

夕方、備後駅に着いた。姉はロータリーで車を停めると、「じゃあ、ここで」と言った。見送りなど、もちろん要らない。ただ――。

「もういいの？」

私は骨箱を膝から持ち上げて訊いた。

「なにが？」

「だから……お別れっていうか……」

最後の最後にもう一度、骨箱を抱くだろうかと思っていたのだ。だが、姉はフフッと笑って、「もういいから」とかぶりを振った。「うん、ほんとに、もういい……ありがと」

強がったり意地を張ったりしているわけではなさそうだったので、私は骨箱をスポーツバッグにしまった。

「合祀とか、散骨とか、とにかくどうするかが決まったら、また連絡するから」

「でも、わたしは東京には行かないからね。お母さんも行かないと思う」

表情や口調に依怙地《いこじ》さはない。やはり、母も姉も、それぞれのやり方で父との別れをすませたのだろう。

「洋ちゃんに押しつけて悪いけど、長男なんだから、よろしく」

「……わかった」

「あと、合祀でも散骨でもいいけど、できれば、なるべく海のそばで、広いところにしてあげて」

「うん……探してみるよ」

車を降りた。姉は運転席から小さく手を振っただけで、すぐにアクセルを踏んだ。ロータリーを半周した車が外の通りに合流したのを見届けて、私は駅舎に向かう。

うまい具合に、数少ない備後駅停車ののぞみ号が、十数分後に到着する。東京駅からの乗り継ぎもうまくいけば、それほど遅くならないうちに帰宅できるだろう。

売店に寄って、夕食用の駅弁と缶ビールを買い、我が家とハーヴェスト多摩へのおみやげを見つくろっていたら、レジ前の新聞ラックにふと目がいった。

スポーツ新聞の見出しに、人気女優の名前と〈W不倫?〉の文字が躍っていた。〈お相手は東大卒のIT起業家〉ともある。ふだんなら「へえー、そうか」で終わるところだが、なにか引っかかるものを感じて、ラックから新聞を抜き取った。

既婚者の女優と密会していた〈東大卒のIT起業家〉の名前は、後藤将也——後藤さんの一人息子だった。

第十六章　スキャンダル

週明けのワイドショーの話題は、後藤将也さんのスキャンダルで持ちきりだった。朝刊のラテ欄によると、どの番組も、芸能ニュースのトップで騒動を扱っている。

もちろん、将也さん自身は、起業家として成功はしていても一般的な知名度はほとんどない。ニュースの主役は、相手の女優——椎名真梨恵《しいなまりえ》。二十代の頃は主演した民放のドラマで何作もヒットを飛ばし、仕事で知り合った広告代理店の社員と三年前に三十二歳で結婚してからも、情報番組や街歩き番組、さらにＣＭなどで幅広く活躍している。飛び抜けて美形というわけではないが、好感度は高い。結婚する前にはネットの『息子のお嫁さんにしたい芸能人』のアンケート調査でベストスリーに入ったこともあるし、最近ではインスタグラムに投稿する手作りスイーツの写真が人気を集めているらしい。

だからこそ——。

「不倫はマズいわよ、イメージぶち壊しじゃない。コマーシャルも全部降ろされるわよね。違約金とか、すごいことになっちゃうんじゃない？」

夏子は朝食の後片付けをしながら、眉をひそめて言った。私が起き出す前、朝一番の情報番組で騒動を知った。七時からは私の流儀に合わせてチャンネルをＮＨＫにしていたが、もっと詳しい経緯を知りたくてしかたない様子だった。おそらく、私がウチを出たら、すぐさまチャンネルを変えるのだろう。

「子どもはいないんだよな、彼女」

「うん、まだいない。そこがせめてもの救いなんだけど……相手のほうはいるのよ、小学生の男の子なんだって」

「そうか……」

「なに考えてるのかしらねえ。東大を出て、起業して、成功して、四十二歳で資産何十億っていうじゃない。やっぱりそういう人って世間の常識がないのよね」

不倫相手の後藤将也さんが、ハーヴェスト多摩の後藤さんの息子だということは、まだ夏子には伝えていない。後藤さんのトラブルの数々と、今回の将也さんの騒動とをつなぎ合わせると、話がさらに厄介《やっかい》になりそうな気がして、夏子に教える以前に私自身があまり考えたくなかった。

ハーヴェスト多摩に出勤すると、あんのじょう事務室でも将也さんのスキャンダルは大いに話題になっていた。もちろん、こちらは世間一般の野次馬《やじうま》のような無責任な立場ではいられない。

席に着くと、備後のおみやげを渡す間もなく、さっそく本多くんに訊《き》いた。

「後藤さんの部屋って、テレビはあるんだっけ」

「あります。4Kの最新型、ウチに入るときに息子さんが買ってくれたみたいです」

「観《み》るのはNHKだけ、とか……」

「全然そんなことないです。ワイドショー、大好きですよ。コメンテーターの誰それがナマイキだとか、誰それの意見はスジが通ってるとか、食堂でしょっちゅう言ってますから」

一縷《いちる》の望みがあっさり打ち砕かれた。

さらに若手スタッフの福井《ふくい》くんが話を引き取った。

「芸能人がくっついたとか別れたとか、僕らよりも詳しいですよ、あのひと」

「じゃあアレか、不倫のニュースなんかのときは……」

私が訊いた意図を察して、福井くんの表情が曇った。

「厳しいです。人間のクズ扱いですから」

入居して間もない五月下旬に、妻子ある若手政治家と女性キャスターの「お泊まりデート」が発覚した。その夜、いつものようにほろ酔い加減で食堂に現れた後藤さんは、口を極めて二人を罵《ののし》り、居合わせた皆さんを辟易《へきえき》させていたらしい。

「身の回りのことはルーズなのに、そういうところは意外と潔癖なんですよねえ」

「後藤さん、今朝はどうだった？」

「七時過ぎに食堂に来て、朝ごはんも普通に食べてましたけど……ああ、でも、やっぱり元気なかったかなあ……」

「息子さんのこと知ってる感じだった？」

「ええ、なんとなくですけど」

福井くんの答えにかぶせるように、本多くんが「どっちにしても、遅かれ早かれ知っちゃうでしょう」と言う。

後藤さんは朝食後すぐに部屋に戻ったという。ICタグボックスと連動した在室モニターで確かめると、九時を回ったいまも室内にいる。ワイドショーを観ているのか。テレビを点《つ》ける気にはなれないのか。自慢の一人息子にプレゼントされたテレビで、その息子のスキャンダルを観るのはつらいよなあ、と私はため息をつくしかなかった。

ハーヴェスト多摩として、この件については静観することに決めた。入居者自身のトラブルならともかく、こちらが手や口を出す筋合いのものではない。

「ただ、火の粉が飛んでくる可能性は考えておいたほうがいいんじゃないか」

柘植《つげ》さんが言った。将也さんを追いかけるマスコミの中には、父親からもコメントを取ろうと考える人もいるかもしれない。後藤さんがハーヴェスト多摩にいることを突き止めた記者やレポーターが事務室に電話をかけてきたら、どう対応するのか。

「電話なら、まだいい。いきなり取材に来ることだってありうるだろう」

実際、よその施設で、汚職疑惑のかかっていた官僚の母親に直撃取材を試みた記者が、セキュリティシステムに引っかかって大騒ぎになったことがあるという。

経験豊富で同業他社にも伝手《つて》が多い柘植さんの言葉には、やはり説得力がある。

「それに、後藤さんがウチに来る前のことまでほじくられると、話がよけい厄介になるぞ」

「……ゴミ屋敷のことですか」

「ああ。ご近所に訊いて回ったら、もっとヤバい話も出てくるかもしれないし」

私は、万引き事件のことを思いだして、黙ってうなずいた。さすがにその話をスタッフで共有するのはためらわれ、私一人の胸に納めておいたのだが、こうなってみると、判断ミスだったかもしれない。

「ウチに来てからのことだって、入居者の話し方やレポーターの伝え方しだいでは、ヒンシュクだけじゃすまない。立派なトラブルメーカーだ」

「ですね……」

とりあえず、事務室に電話があっても後藤さんには取り次がず、電話番号や部屋番号の問い合わせにも一切応じないよう、スタッフに徹底した。さらに、当面は建物周辺の巡回を念入りにおこない、場合によっては本社と相談して、警備員の特別配備も考える。

午前十一時に、後藤さんから内線電話がかかってきた。今日の昼食と夕食は要らないから、という連絡だった。用件を一方的に伝えたあとは、応対したスタッフが私に代わる間もなく電話を切ってしまった。間違いなく、将也さんの騒動を知っている。

「どうします？　このまま放っておくわけにもいかないんじゃないですか？」

本多くんが心配顔で言う。「これだけ騒ぎになってるわけですから、知らん顔もできないと思うんですけど……」

確かに、午前中のワイドショーはどの局も椎名真梨恵と将也さんのW不倫をトップで扱っていたし、インターネットのニュースサイトでもトピックスの上位を独占する勢いだった。特に将也さんについては、知名度が低かったことが逆に世間の好奇心を煽《あお》ってしまったのか、会社のことから私生活に至るまで、ろくに裏取りもしていないような話が続々とアップされている。

「いや、しかし——」

柘植さんは本多くんとは反対の意見だった。「あの人は意外とプライドも高そうだから、たとえ慰めとか励ましでも、身内の恥をこっちから言うのはまずいだろう。かえって逆効果になりそうな気もするぞ」

副施設長とケアの主任の意見が分かれてしまったなら、施設長の私が決めるしかない。

こちらからわざわざ部屋を訪ねるというのは、やはりスジが違うだろう。だが、館内で見かけたときに素知らぬふりをするのも、おかしい。スタッフに、在室モニターをこまめにチェックするよう指示を出した。在室中は、主電源のスイッチを兼ねたボックスにＩＣ

タグを必ず置くことになる。その間は事務室のモニターパネルが点灯しているので、部屋にいるかどうかがわかるのだ。

「後藤さんが部屋を出たら、うまくつかまえて、話しかけてみるよ」

外に出かけるのなら、一緒にチューハイを飲んだファミレスで話してもいい。館内なら、中庭の喫煙コーナーになるだろうか。いまの後藤さんが煙草《たばこ》なしでいられるとは、とても思えない。部屋で煙草を吸って煙感知器を鳴らすのだけは勘弁してほしいのだが……。


午後になって、テレビやネットの報道の潮目が変わった。

将也さんへのバッシング――それも、W不倫騒動とは直接関係ないはずの、会社でのふるまいやIT業界での立ち位置や酔ったときの言動などが、詳細かつ悪意に満ちて報じられるようになった。

「マズいですよ、この流れ。完璧に後藤将也さんが悪者で、椎名真梨恵は女好きで嫌われ者のIT起業家にだまされて、弄《もてあそ》ばれて……っていう構図になってますよ」

スマートフォンでネットの動きをチェックしていた若手スタッフの矢野《やの》くんが言った。

「椎名真梨恵の事務所って力ありますから、真梨恵を守るためなら、印象操作でもレッテル貼りでも、なんでもやるんじゃないですか？」と、同じく若手の清田《きよた》くんも言う。

ワイドショーで、数年前に将也さんと袂《たもと》を分かった、起業当時の盟友という男性が、モザイク処理に音声加工のインタビューを受けていた。

「後藤は、できちゃった婚なんですよ。そうじゃなかったら結婚するわけない、って言ってました。若い頃から、結婚とか家庭とか、すげえ否定してましたから」

さらに、その男性は続けた。

「あいつ親父《おやじ》さんのことが大嫌いで、心底軽蔑してて、おふくろさんは犠牲者だとか言ってて。だから、家庭を壊したくなっちゃう衝動っていうか、そういうのもあるんじゃないですかね。ある種のビョーキかも、ですよ」

それを受けて、スタジオに三人並んでいたコメンテーターの一人は「自分の育った家庭を愛せなかったら、自分のつくった家庭も愛せないはずですし、付き合う相手の家庭のことも顧みないいんじゃないですかねえ……」と、大げさなため息をついた。

二人目は「いや、でも、それは身勝手な理屈ですよ」と将也さんをさらに責めた。「彼には息子さんもいるんですから」

そして三人目は、何年か前に将也さんが受けたインタビュー記事の拡大コピーをフリップでカメラにさらした。

その記事のタイトルは〈親父みたいな社畜人生はまっぴらゴメン〉——。

「どのツラ下げて言ってるんだ、って話ですよね」とコメンテーターは言い捨てた。

一緒にテレビを観ていた本多くんが「マズいですね……」と舌打ち交じりに言った。

「この番組、後藤さんもいま観てると思いますよ」

保守的な論調のコメンテーターを揃《そろ》えているところが、私には若干の抵抗や反発があるのだが、後藤さんは、だからこそ気に入っているらしい。

「特に月曜日のコメンテーターのことは、三人ともかなり褒《ほ》めてたんですよ。だから、この三人に息子さんをボロクソに言われたらキツいんじゃないかなあ」

しかも、この話の流れだと、父親は明らかに悪者で、視聴者も父親のことを知りたくなるのは当然だろう。

「じゃあ、調べますよね、マスコミ」

「だよな……」

「ゴミ屋敷の話が出るかも」

それ以上に万引きの話が明るみに出てしまうのが、怖い。

外線電話が鳴った。私と本多くん、そして柘植さんは思わず顔を見合わせた。

電話に出た福井くんは、二言三言のやり取りのあと、「長谷川さん、そっちに回します」と言った。「自分史教室の話で、ライターの西条さんという女性からです」

ああそうか、と思いだした。がくん、と力も抜けた。先週、真知子さんに、ハーヴェスト多摩の入居者にも自分史づくりの面白さを伝えてあげてほしい、と全三回の講座を頼んであったのだ。

「どーも、西条です、真知子でーす」

あいかわらずノーテンキに明るい。「えーと、自分史の話は、ノブさんとは関係ないんで、長谷川さんのスマホじゃなくてオフィシャルな番号に電話しました。ケジメ大事でしょ？

わたし、そーゆーところビッとしてるんですよ」

若い連中の言う「空気が読めない」「天然」のニュアンスが、なんとなくわかったような気がした。

後藤さんのことを知る由もない真知子さんは、のんきに「予定どおりでいいんですよね？」と訊いてきた。「今週の金曜日の午後イチに行きますから」

「ああ、うん……よろしく頼むよ」

「あれ？　なんか元気ないですけど、だいじょうぶですか？」

そういうところの勘だけは、鋭い。

「ひょっとして、週末に田舎に帰って、いろいろマズい展開になったんですか？」

しかし、ここでズレてしまう。

「まあ、でも、それはそうですよね。困っちゃいますよね、田舎のお母さんとかお姉さんも。わかります、うん、わかります」

ズレたまま、どんどん先に行く。

いちいち訂正するのも面倒なので、「金曜日はよろしく」とだけ言って電話を切ろうとしたら、「あ、それで——」と引き留められた。話を聞く人数を知りたい、という。配布する資料のコピーの枚数を決めたいし、ココロの準備もしておきたい。

それはそれでわからないでもないので、福井くんに金曜日の参加希望者のリストを持ってきてもらった。

申し込みをしたのは、現時点で十五人。初めての試みにしてはそこそこの人数だが、十五番目に記された、つまり最後に申し込んだひとの名前を見たとき、思わず声が出そうになった。

そこには、後藤さんの名前があったのだ。

自分史に興味があった——？

書きたいと思っている——？

親としての歳月を私に話したときには、物語りたいどころか、むしろ自虐して、否定したいような思いを感じていたのだが、そうではなかったのか。ほんとうは、私の父のように、後藤さんも自分の歩みを書きのこしたいと思っていたのか。

「もしもし？　もしもーし……長谷川さーん、生きてますかー？　やっぱりノブさんの遺骨のこと、大変なんですか？」

「そんなことない、まったくＯＫ」

父の遺骨は、ゆうべ帰京した足で照雲寺に持って行った。道明和尚《おしょう》はなにも訊かず、なにも言わず、ただ私の顔を見て、よかったですね、というふうに微笑《ほほえ》んで合掌してくれたのだ。

真知子さんは遺骨の話をもっと詳しく知りたがっていたが、私は早々に電話を切った。

正直に言って、遺骨については一つのヤマを越えた気がする。細かい埋葬先など決めなくてはならないことはたくさんあるが、なにより大事な、家族の思いが――一つになるのは無理でも、お互いの思いの居場所がわかった。それで充分ではないか。

せっかく四月以来の重荷を下ろす目処《めど》がついたのに、なぜこんな面倒な展開に……と将也さんのスキャンダルを恨めしく思いながらも、じつは、このタイミングだからこそ、後藤さんに対して親身になれそうな気もしているのだ。

あの人はだめな父親だ。間違っていることをたくさんやっている。それは確かだ。けれど、だめだったり、間違っていたりしても――親は親なんだな、と思う。私自身が生前の父の横顔や足跡を知らされて、あきれたり、情けなくなったり、もどかしさに地団《じだん》駄《だ》を踏みたくなっても、ぎりぎりのところで嫌いにはなれないように。

「――長谷川さん」

在室モニターパネルのすぐ前の席から、森平《もりひら》くんに呼ばれた。「901号室、ランプが消えました」

後藤さんが部屋を出た。私も事務室を飛び出して、エレベーターホールに向かった。三台あるエレベーターの一台が、いま、九階から下降を始めたところだった。私はホールの隅の観葉植物の陰に身を隠した。

一階に着いたエレベーターから出てきたのは、やはり後藤さんだった。ここから右に向かえば中庭に出るし、左に向かえば事務室の前を通って玄関へと至る。後藤さんが進んだのは、左――私は背中を追う格好になる。

荷物を持っていた。キャスター付きのキャリーバッグだった。足取りが怪しい。体がふらついている。まさか……と思いながら様子を見ていたら、肩が不意に上がり、ひっく、という甲高いしゃっくりが聞こえた。それだけで体のバランスをくずして膝《ひざ》が折れそうになり、バッグのハンドルも手から滑り落ちてしまった。

酒を飲んでいる。それも、かなり――。

たまらず駆け寄った。

振り向いた後藤さんと目が合った瞬間、ああ、これはだめだ、と悟った。

泥酔している。目は赤く血走り、とろんと据わって、吐き出す息を嗅《か》ぐだけで、こっちまで酔ってしまいそうだった。

「施設長さん……どうも……です」

幸い、話す言葉はなんとか聞き取れる。

「後藤さん、だいじょうぶですか」

「はい、もう、ええ、まあ……」

あははっ、と気の抜けた顔で笑う。

私は倒れたキャリーバッグを起こしながら、「買い物ですか？」と訊いた。後藤さんはうつむいて首を横に振る。わかっている。近所のコンビニやスーパーマーケットに出かけるには荷物が大仰すぎる。バッグも重い。

「ご旅行ですか？」

悪い予感を胸に訊いた。「もし泊まりがけなら、事務室に一言お声がけいただけますか？」と続けると、後藤さんはうつむいた顔を上げずに、くぐもった声で言った。

「施設長さん……いままで、いろいろ、お世話になりまして、ほんとうに、ありがとうございます……」

当たってしまった。

「ちょっと待ってください、どうしたんですか、いったい」

困惑を必死に押し隠し、「いきなり言われてもびっくりするじゃないですか」と無理やり笑ったが、後藤さんは「ご迷惑をかけてばかりで……もう、これ以上のご迷惑はかけられませんから……」と顔を上げない。

ただし、酔った足は体を支えるのがせいいっぱいで、前に進むことはできない。

「すみません……すみません……ありがとうございました……」

頭を何度も下げた。最後のお辞儀は深すぎて、そのまま前のめりに倒れかかる。私はあわてて抱き止めて、事務室のスタッフを呼んだ。

寝入ってしまった後藤さんを、数人がかりで二階のクリニックに運び込んだ。ここまで泥酔していたら万が一の事態もありうるし、ホールのベンチでも事務室のソファーでも、とにかく人目につく場所はだめだと、とっさに考えたのだ。これ以上後藤さんにトラブルメーカーの汚名を着せたくない。さらに言えば、かねて後藤さんを快く思っていない人がたまたま通りかかって、スマホで撮影して、その画像をポイッとインターネットの世界に放り込んでしまったら……というところまで案じなければならない時代なのだ、いまは。

提携する大学病院から派遣されている当番医に「すみません、ちょっと部屋で飲みすぎたようなので、休ませてください」と休養室のベッドを借りた。

酒臭さに露骨に嫌な顔をした若い医師は「ここはそういう場所じゃないんですけど」と言う。事情を細かく話すわけにもいかず、平身低頭、後藤さんが目を覚ますまで私が付き添うことで、なんとか話をまとめた。

ベッドの脇に置いた折り畳み椅子に座って覗《のぞ》き込むと、後藤さんはなんの夢を見ているのか、頬をゆるめ、ムニャムニャと寝言を言いながら、派手な音をたてておならまで一発――。

やれやれ、と脱力したところに、本多くんが部屋に入ってきた。

「後藤さんのキャリーバッグ、中身をチェックしたんですが……そこらにあった服を手当たり次第にバッグに詰め込んだだけ、っていう感じですね。着替えどころか、何日も穿《は》いて、臭くなってる靴下まで入ってるんですから」

予想どおりだった。衝動的というか酔った勢いで、ここから出て行かなくてはならない、と思い込んでしまったのだろう。

「あと、アルバムがありました」

「アルバムって、写真の？」

「ええ……家族のアルバムです」

後藤さんに目を覚ます気配はない。今度は歯ぎしりが始まった。

キャリーバッグに入っていたのは、プリントショップでもらうような、安手のポケットアルバムだった。

すべてのポケットに、将也さんがまだ幼かった頃の家族の写真が入っている。最初の一枚は、分娩台《ぶんべん》でお母さんに抱かれた将也さんの写真で、次の写真は〈命名　将也〉の半紙が掲げられたお七夜のお祝いのときのものだった。そこから先は、多少の前後はあっても、将也さんの成長を縦軸に、家族の思い出が切り取られている。遊園地、動物園、水族館、海水浴、バーベキュー、運動会、クリスマス、海外旅行、飛行機の機内、空港、節分、七夕……。

どの写真にも、将也さんがいる。お母さんと将也さんのツーショットも数多い。それに対して、後藤さん本人はほとんど登場しない。家族三人が揃って写った写真が数枚あるだけで、将也さんと二人の写真は、遊園地のメリーゴーラウンドの馬にまたがった一枚きりだった。

我が家でもそうだった。写真を撮ったり8ミリビデオで撮影したりするとき、私は張り切って――もしくは夏子にうまい具合におだてられて、撮影係を買って出る。それはつまり、自分のいない一家団欒《だんらん》の光景を記録しつづけるということになる。家族みんなで昔のビデオを観て、「このときお父さんいなかったっけ?」「いたよねー」「どこにいたの?」「カメラのこっち側だよ、誰が撮影したと思ってるんだ」「あ、そっか」「でも、いまの言い方って恩着せがましくない?」……そんなやり取りを、いままで何度も繰り返してきたのだ。

後藤さんのいびきを聞きながら、写真をあらためて順に見ていった。どの写真も、構図や情景に珍しさはない。ありふれていて、平凡で、だからこそ懐かしい。同じような写真は我が家のアルバムにもある。母が持っている昔の我が家のアルバムにも、きっとあるだろう。家族の幸せというのは、時代は変わっても、根っこがずっとつながっているのかもしれない。

最後の写真は、小学校の入学式――お母さんと並んで気をつけをしている将也さんは、父と別れる一年と少し前の私自身でもあったし、写真には写っていない後藤さんは、美菜や航太の子育て真っ最中だった頃の私自身でもあった。

目を覚ました後藤さんは、私が差し出したスポーツドリンクをがぶ飲みして、ようやく人心地付いた顔になった。眠っていたのは三十分ほどだったが、なんとかまともに話せる程度には酔いが醒《さ》めてくれたようだ。

「今日はもう、部屋に戻って、ゆっくり休んだほうがいいと思います。風邪をひいたことにして、夕食も部屋まで運ぶように手配しますから」

「……施設長さん」

「はい？」

「ウチの息子、警察はだいじょうぶですよね？　逮捕なんてされませんよね？」

それはない、と思うのだが。

「息子さんと連絡は取ったんですか？」

訊き返すと、力なくかぶりを振る。

将也さんに直接連絡するすべは、そもそも持っていない。ゆうべから社長室の細川室長に何度も電話をかけているが、ずっと留守番電話になっていて、コールバックもないのだという。

「それはそうですよね、こんな大変なときに、私なんかのことに構ってる場合じゃありませんから……」

後藤さんはしょんぼりと言う。

さすがに可哀相《かわいそう》になった。いや、同情というより義憤に駆られた。

自慢の一人息子の不祥事に、後藤さんはどれほど心を痛めていたことだろう。その気持ちが細川室長にはわからないのか。ほんの一言、できるなら伝言ではなく将也さん自身が、「だいじょうぶだよ、心配要らないから」と告げるだけでいいのに、その余裕すらないというのか。

「後藤さん、もう一度電話をしてもらえますか。留守番電話になっていたら、私に代わってください」

最初はひるんだ後藤さんだったが、私が重ねて「電話をしてください」と強く言うと、「じゃあ、すぐ代わりますからね、お願いしますね」と念押しして、スマートフォンを操作した。

電話はすぐにつながった。留守番電話ではなく、細川室長が応答したのだ。ただし、二言三言のやり取りのあとは、後藤さんはずっと聞き役に回っていた。ときどき「あの——」「いや、でも——」と声をあげても、その先が続かない。向こうが一方的に話しつづけているようだ。

後藤さんは助けを求めるように私を見た。うなずいて、目配せとともに手を差し出すと、ほっとして、スマホを放るように渡した。一言、電話を代わることぐらい言ってくれてもいいのだが。

しかたなく、「お電話代わらせていただきました、ハーヴェスト多摩の長谷川です」と言うと、細川室長は不服そうに「ちょっと待ってください、私は後藤さまとお話をしてるんですが」と返した。もちろん、そこまでは想定済みだ。

「じつはいま、後藤さんは体調を崩されてクリニックのベッドでお休みになってるんです。電話でのお話は私が承ります」

「体調って……だいじょうぶですか？」

「ええ、やはり、息子さんのことで心労が溜《た》まってらっしゃるんでしょう。ゆうべからほんとうにご心配なさって、ご連絡もいただけなかったようですので」

精一杯の皮肉を込めた。だが、細川室長は「すみません、留守電はいただいていたんですけど、連絡が欲しいとは言われなかったものですから」と、悪びれもせずに言った。「ひたすらお詫《わ》びをおっしゃるだけでしたので、こちらとしてもお答えのしようがなくて」

目に浮かぶ。電話だから伝わるはずがないのに、ぺこぺこと頭を下げるのだ、後藤さんというひとは。

「まあ、でもちょうどよかった。こっちからもお電話しようと思ってたところでしたし、どうせ施設長さんにもお伝えしなくてはいけなかったので」

いま、迎えの車がハーヴェスト多摩に向かっている。

「しばらく、後藤さまはこちらのほうでお世話させていただきます」

将也さんの家に呼ぶのではない。

「セキュリティのしっかりしているホテルを用意しましたので、そちらに」

電話を終えた私に、後藤さんは「すみません、施設長さんにご迷惑ばかりおかけしてしまって……」と肩をすぼめた。

「ホテルに行くんですか？」

「ええ、それは……息子がせっかく部屋を取ってくれたんですし……」しぼんでいく語尾をグイッと持ち上げて「一度泊まってみたかったんですよ」と笑う。「出来たてホヤホヤの、超高級ホテルですからねえ」――将也さんが用意したのは、半年ほど前に開業したばかりの外資系ホテルだった。

腹が立ってしかたない。細川室長の、というより将也さんの冷たさが悔しく、情けなく、なにより悲しい。

この状況で後藤さんの存在を隠したい気持ちはわからないでもない。ハーヴェスト多摩には置いておけない、というのも百歩譲って認めよう。だが、ならば将也さんの自宅に向かえばいいではないか。「親父、とりあえずウチに来てくれ」の一言で、後藤さんは大いに安堵《あんど》するだろう。いや、たとえ向かう先がホテルだとしても、「悪いけど、しばらく身を隠してほしいんだ」と将也さんからじかに言われたら、後藤さんも納得するはずなのに、それがなぜわからないのか。

「ホテルに行って……いいんですか？」

後藤さんは一瞬だけ、なにか言いたそうな顔になったが、へへっと笑って言った。

「老いては子に従え、ってことですよ。とにかく私が息子の足を引っぱるわけにはいきませんから、もう、ぜんぶお任せです」

迎えの車は、あと二十分ほどで着く。引き下がるべきなのか。赤の他人の私が出しゃばる筋合いはないのか。

それでも、ここで黙って見送るわけにはいかない。私は無意識のうちに、両手を握って開いて握って開いて、を繰り返した。手のひらに、父の骨壺《こつつぼ》を抱いた感触がよみがえっていた。

後藤さんは「息子はどうなっちゃうんでしょうか……」とスキャンダルの続報を案じる。

私も後藤さんが眠っている間にネットを確認していた。話の流れは将也さんバッシングに完全に傾いてしまい、W不倫の相手だった椎名真梨恵の名前は、不自然なほど出てこなくなった。代わりに、将也さんの公私両面での悪評が、次から次へと——真偽定かではないままに暴かれ、無責任な「いいね！」とともに拡散されていた。

もちろん、それをバカ正直に伝えるわけにはいかない。「そういえば」と話題を変えて、後藤さんの気をそらそうとしたが、新たな話題がとっさには見つからない。

「金曜日の自分史教室、申し込まれたんですね」

口にしたあと、この話題はマズいかも、と気づいたものの、もう遅い。

後藤さんは「ええ……書けるかどうかわからないんですけど」と照れ笑いを浮かべてうなずいた。

「だいじょうぶですよ」

「そうですか？」

「講師の先生は、まだ若いライターさんなんですけど、経験は豊富ですから」

真知子さんにこれくらいの下駄《げた》は履《は》かせても、バチは当たるまい。

「一回目の講座は、年表づくりになると思います。後藤さんが生まれてからいままでの節目節目の出来事を、まずは年表にして整理するところから始めるみたいです」

「……生まれたときから、ですか」

後藤さんは複雑な表情になって、「それって、途中からでもいいんでしょうか」と訊いてきた。

「途中から？」

「ええ……私、息子が生まれてからのことを書きたいんですよ。それでいいというか、それだけでいいというか……女房も亡くなって、マサくんは一人息子ですから、私しかいないんですよ、あいつが子どもの頃のウチの話や、あいつがどんなふうに大きくなっていったかを話してやれるのは」

一息に言って、「ずうっと迷惑をかけてきたんですから、それくらいは最後に息子にのこしてやりたくて」と笑う。その目尻に光るものが見えた——と気づく間もなく、肩を震わせて嗚咽《おえつ》した。

泣くだけ泣かせたほうがいいだろう。

ハンカチを渡しただけで、声をかけるのはやめた。後藤さんはハンカチに顔を押しつけて、子どものように泣きじゃくる。ゆうべからの心労に加えて、いままでの、何十年分ものさまざまな思いが噴き出してしまったのだろう。丸めた背中が波打つように揺れて、ひと揺れごとにしぼんでいくようにも見える。

内線電話が鳴った。事務室の本多くんからだった。

「施設長、電話……来ちゃいました」

あせった声を聞いて、すぐに事情を察した。取材だ。やはり嗅ぎつけられてしまった。

しかも、部屋番号までぴたりと言い当てて、電話を取り次ぐよう求めている。

「とりあえず電話は保留にしてるんですけど……どうしましょう……」

「俺が相手をするよ」

施設長としての責任——というより、もっと強い意志をもって応えた。号泣のヤマを越えた後藤さんは、派手な音をたててハンカチで洟《はな》をかむ。他人のハンカチでそういうことをしてしまうのが、なんというか、つまり、この人の困ったところではあるのだが……とにかく、守るしかない、守り抜いてみせる、とあらためて誓った。

本多くんに休養室に来てもらって後藤さんのフォローを任せ、入れ替わって事務室に向かい、電話を取った。

先方は週刊誌の記者だった。

「後藤将也さんのお父上……義之《よしゆき》さん、そちらの901号室にお住まいですよね。電話を取り次いでいただきたいんですが」

言葉づかいは荒くはない。ただし、太い声はいかにも押しが強そうで、簡単には引き下がってくれそうにない。

「もしアレでしたら、いま、すぐ近くにいますので、直接お目にかかれれば一番ありがたいんですが、たしか、そちらはロビーに談話コーナーもありますよね?」

ウェブサイトで調べたという。この様子なら、すでに入居者の何人かに後藤さんの評判を訊いているかもしれない。

後藤さんからあらかじめ電話の取り次ぎは断られている、と言えばいいのか。あるいは、いったん電話を保留にして、本人に確認して断られた、という段取りを踏んだほうがより確実なのか。しかし、それで「ああ、そうですか、じゃあしかたありませんね」と話が終わるはずもない。ねばられて、明日からも……いや今夜のうちに、何度もしつこく電話をかけてくるかもしれないし、電話では埒《らち》が明かないと考えて、建物のすぐ外で張り込むというのもありうる。

とっさに考えて選んだのは——。

「すみません、いまお留守なんです。息子さんの会社からお迎えにいらっしゃって、しばらくこっちにはお帰りになりません」

どこに向かったのか。

「いや、申し訳ありませんが、そこは私どもにもわからないんですよ」

何時に迎えに来たのか。

「さあ、どうでしょうねえ、私も別件ではずしてましたから、何時だったかまでは、どうにも……はい、頼りない話で恐縮ですが、ひとつご理解のほどを……ははっ」

取材記者が納得していないのはわかっていたが、強引に話を締めくくった。

「とにかく、詳しいことは会社の社長室に問い合わせていただけませんか」

それくらいの押しつけは、許してもらうしかあるまい。

電話を切ったあと、いまハーヴェスト多摩に来ている業者さんを確認した。うまい具合にリネン清掃の業者さんがシーツ類の集配で来訪中だった。大型のワゴン車を駐車場に停《と》めているので、その車に便乗させてもらえば、なんとかなる。

もうじき細川室長が差し回したハイヤーが来るはずだ。本多くんをダミーで乗せ、どうせこちらの説明を信じずに張り込みを続けているはずの取材記者をぬか喜びさせて、そちらを追わせればいい。

後藤さんをワゴン車に乗せて連れて行く先は、前もって考えていたわけではないのに、自分でも驚くほどすんなりとアイデアが出た。

和泉台ハイツ205号室──。

業者さんに無理を言って、最寄り駅から二つ先の駅まで車に乗せてもらった。JRの路線が三つ交差する大きな駅なので、夕方の人混みに紛《まぎ》れてしまえば、もうだいじょうぶだろう。

新宿までJR、新宿からは武蔵野急行に乗り換えて、多摩ケ丘駅に向かった。

「ほんとうにいいんですか？　施設長さんにご迷惑をかけることになりませんか？」

電車の中で後藤さんに訊かれた。「だいじょうぶですよ」と笑って応えても、顔から不安は消えない。記者が早くもハーヴェスト多摩を嗅ぎつけたことにショックを受けている様子だった。

「……会社のほうは平気でしたか？　あとでマズいことになったりしませんか？」

なるかもしれない。細川室長に電話で記者のことを伝え、迎えの車でホテルに向かうのは危険だと諭《さと》した。「とりあえず今夜は私のほうで後藤さんをお預かりさせてください」と訴えて、なんとか聞き入れてもらったが、どこまで納得してくれたのかはわからない。ここで電話がかかってきて「やっぱり予定通りホテルに向かってください」と言われたら、従わざるをえない――一介の施設長と大手町案件の力関係からすれば、当然のことだ。

だが、それでも、抗《あらが》いたい。将也さんの自宅ならともかく、ホテルに籠《こ》もって身を隠すというのは、どうしても受け容《い》れたくない。たとえ後藤さん本人がかまわないと言っても、とにかく、私が、嫌なのだ。

多摩ケ丘駅前のコンビニに寄って、夕食の弁当と酒とツマミを買い込んだ。後藤さんにはチューハイ、私はウイスキーのハイボール、そして、紙パックの麦焼酎も。

酒盛りになるとは期待していなかった後藤さんは、カゴにチューハイの缶を入れるだけでご機嫌になり、舌も滑《なめ》らかになって、笑って訊いてきた。

「施設長さん、焼酎なんて飲むんですか」

「205号室のひとが、好きなんですよ、麦焼酎」

「あれ？　空き部屋なんでしょう？」

「ええ、誰もいません。でも、いなくても、いるんです」

「はあ……」

父のことは部屋に着いてから話そう、と決めていた。

ひさしぶりに訪ねた和泉台ハイツ205号室には、じっとりとまとわりつくような湿り気が澱《よど》んでいた。

窓を開け、網戸にして、空気を入れ換えた。部屋にまだ染みついているはずの、生前の父の残り香のようなものが外に流れ出てしまうのが、少しだけ残念だった――いままではそんなことは露ほども思わなかったのだが、やはり週末の帰省が、私と父の関係を変えてくれたのだろう。

この部屋をなぜ私が借りているのか、そもそも誰が住んでいるのか、事情がさっぱり呑《の》み込めていない後藤さんに、「酒のサカナと思って聞いてください」と、父の話を伝えた。

あらためてたどってみると、父が亡くなったのが四月二十一日で、姉からそれを知らされたのが二十八日――今日が七月二日なので、まだ二ケ月ちょっとしかたっていない。その間に、遼星が生まれて私はおじいちゃんになり、川端久子さんや道明和尚や田辺さん親子と知り合い、真知子さんと神田さん、さらには小雪さんとも出会って、そこに、業務上とはいえ後藤さんまで、からんできて……。

「いろいろありすぎて、なんだか、もう、ワケがわかりません」

話の締めくくりを冗談に紛らせた。後藤さんは少しだけ笑い返したが、すぐに真顔に戻り、部屋を見回して言った。

「とてもきれいに住まわれてたんですね、お父さん」

「ええ……まあ、私が片付けたっていうのもあるんですが、わりとこざっぱりと、整理整頓して住んでたみたいです」

なるほどなるほど、とゆっくり何度も相槌《あいづち》を打った後藤さんは、缶チューハイを一口、ちびりと啜《すす》ってから、言った。

「じゃあ、お父さんは幸せに暮らしていらしたんですよ」

穏やかに微笑んで、「部屋の掃除ができるのは、幸せな証拠です」と続けた。「反面教師の私が言うんですから、間違いありません」

自宅をゴミ屋敷にしてしまい、万引きで捕まり、アルコール依存症気味の、どこからどう見てもだめな独居老人の代表のような、後藤さんが——だからこそ、私を慰め、励ましてくれているのか？

後藤さんは缶チューハイの最初の一本が空いたあと、「私も焼酎をお湯割りでもらってもいいですか」と言った。

父の遺骨は照雲寺にある。さすがにわざわざお寺まで行って骨箱を持ってくるのはやり過ぎだと思い、卓上カレンダーを遺影代わりにして、その前にお湯割りのグラスを置いておいたのだ。

「お湯割り、だいじょうぶですか？」

「いや、もう、大歓迎ですよ。私ね、もともとは焼酎なんです。麦じゃなくて芋が好きなんですけど、お湯で割って、梅干しも入れて、ちびちびちびちび飲《や》るんです」

将也さんがまだ小学生や中学生だった頃は、ずっとそうだった。お湯を入れたポットと、ホットドリンク用の取っ手のあるタンブラー、そして梅干しを二、三個入れた小皿をトレイに載せたのが、「晩酌セット」だったのだという。

「息子を車で塾まで迎えに行って、本日の任務は終了……って感じで、晩酌を始めるんですよ」

焼酎の飲み方は、夏の盛りのよほど蒸し暑い夜以外は、お湯割りにする。そのほうが芋の甘い香りを愉《たの》しめるらしい。

「お湯を沸かすところから始めるわけですから、一手間かかるじゃないですか。面倒は面倒でも、その一手間がいいんです」

「……なるほど」

「でも、いまは、チューハイでもハイボールでも、缶の蓋《ふた》を開けるとすぐ飲めるでしょ？簡単でしょ？　それはそれでいいんですけど……なんかねえ、昔は、酒に酔っぱらう前に、その一手間と同じように、ちょっとワンクッションあったような気がして、そのワンクッションが、なんていうか、一家団欒っていうか、ウチの晩酌っていうか……昔はほろ酔いが長く続いたんですけど、最近は、ほろ酔いからベロンベロンまで、あっという間で……それがどうも、要するに、歳《とし》をとると酒が弱くなるっていうことなんでしょうかねえ……」

理屈が通っているかどうかは知らない。ただ、言わんとすることは、伝わる。偉くなった息子に見切りをつけられ、奥さんにも相手にされなくなった後藤さんが、お湯割りの一手間よりもチューハイの手軽さに惹《ひ》かれた気持ちも、胸が痛くなるほど、よくわかるのだ。

ゆっくりとしたペースで酒を飲みながら、とりとめのないおしゃべりを続けた。

昔のプロ野球や大相撲や芸能界の話、さらにはハーヴェスト多摩の食堂のご飯の硬さが日によってまちまちだとか、中庭のアジサイがきれいだとか、アジサイの花が赤かったり青かったりするのは土壌がアルカリ性だからなのか酸性だからなのか、それとも土は関係ないのか、などなど……。

私は、話題が後藤さん自身のことに寄りすぎないよう注意していた。将也さんの不倫騒動を思いだすと、また落ち込んで、酒が度を超してしまうかもしれない。後藤さんもそれを意識しているのだろう、ふだんは辟易するほどの息子自慢を繰り返すのに、今夜は将也の「ま」の字も出ない。

話はたいしてはずまない。笑い声があがるわけでもない。

それでも、さっきから私は不思議な心地よさを感じていた。いままで想像がほとんどできなかった、生前の父がこの部屋で暮らしていた日々が、ようやく、おぼろげながらも浮かんできた。

遺品の整理でこの部屋を訪ねるときはいつも一人きりで、誰かと話すことはない。沈黙のなかで片付けをつづける部屋は、ただの抜け殻《がら》だった。

だが、いま、後藤さんの話す声を聞き、食卓の向かい側に座った後藤さんの姿を見ていると、部屋がひさしぶりに暮らしの温《ぬく》もりを取り戻したような気がする。

父は外出先で倒れ、そのまま亡くなり、病院から斎場へ直接移送された。やむをえないこととはいえ、ほんとうは帰りたかったかもしれない。

後藤さんは、父が使っていた湯呑みで焼酎のお湯割りを飲み、父と同じハイライトを吸う。灰皿に捨てた吸い殻のフィルターのひしゃげ具合も、父と後藤さんはよく似ている。まるで父のたましいが、後藤さんの体を借りて、部屋に別れを告げに戻ってきたように……。

なんてな、と苦笑した。子どもじみた妄想を断ち切りながらも、これでようやく、すっきりとした気分で部屋を引き払うことができそうだな、とも思った。

もうすぐ七時半になろうとする頃、私のスマホに細川室長から電話がかかってきた。迷ったが、テレビを観ている後藤さんには告げずに電話に出た。

「施設長さんにご報告だけしておきます」

細川室長は事務的な口調で、将也さんの動静を伝えた。「社長は、今夜からシンガポールに出張されます」——帰国は未定。

逃げたのだ。子どもでもわかる。

「ほとぼりが冷めるまで帰ってこないということですか」と私が言うと、後藤さんは肩をピクッと跳《は》ね上げてこっちを見た。だいじょうぶです、心配しないで、と私は手振りで伝えて目を伏せる。

「お父さまについては、しばらくそちらにお任せしますので、よろしくお願いします。当然のことですが、充分にお礼はさせていただきますので」

「見捨てるんですか」

返事もなく電話は切れた。

入れ替わるように、またスマホが着信音を鳴らした。

今度は、川端久子さんから——。

「長谷川さん、こっちに来てたの?」

川端さんは、一人暮らしの住人の孤独死チェックのために、毎晩、和泉台の賃貸物件を見回っている。

「部屋に明かりが点いてるから、片付けに来てるのかなあって。週末、田舎に帰ってたのよね。遺骨、どうなったの？」

和泉台ハイツのすぐ前から電話をかけているらしい。

ならば、と部屋まで来てもらった。

いきさつを説明して、しばらく後藤さんを部屋に泊めることを認めてもらい、さらに、後藤さんをマスコミから隠さなければならない理由——ゴミ屋敷の一件も、言葉を選びながら伝えると、川端さんは「なるほどねえ」とうなずいて、後藤さんに目をやった。

眉をひそめていた。ただし、決して咎《とが》めるようなまなざしではない。むしろ同情して、
あなたも大変だったわね、と語りかけるような温かさがある。

「部屋をゴミ屋敷にしちゃう店子《たなこ》さんは、わたくしも何人か知ってるのよ。いろいろ苦労させられたんだけど……」

でもね、と視線を私に移して、言った。

「ゴミ屋敷に溜まってるのは、ゴミやガラクタじゃなくて、寂しさなのよね」

その言葉を聞いた瞬間、後藤さんの表情の奥の奥——目には見えないところが、パッとほころんだのが、私にもわかった。

「この部屋の賃貸契約は今月いっぱいまで残ってるから、その間は泊まってもらってもだ

いじょうぶよ」

礼を言う私と後藤さんに、川端さんは「でもね」と続けた。

「お父さんが息子さんにしてあげられるのは、ほんとうは身を隠すことじゃないような気がするけどね」

後藤さんは黙ってうなずいた。いつになく真剣な顔をして、力強く。

川端さんがひきあげたあとも、その表情は変わらなかった。


将也さんと椎名真梨恵の不倫騒動は、翌朝のスポーツ新聞とワイドショーでは、さらに局面が大きく変わった。椎名真梨恵の名前が消え、不倫の話もどこかに行ってしまい、将也さん一人が成り上がり者の虚業家としていっそう激しいバッシングを浴びることになった。

反社会勢力との交遊や、政権与党の大物への幇間《ほうかん》同然の接待、株価を上げるための不正経理……真偽定かではないままに、顔をモザイクで隠し、声を加工された「将也さんをよく知る友人」のコメントが続々と報じられる。

追い打ちをかけるように、将也さんがシンガポールに出国したという最新情報も出た。スタジオのコメンテーター陣は口々に「逃げたと言われてもしかたありませんよ」「誠意を見せてほしいですね」と将也さんを非難した。この調子なら、木曜日発売の週刊誌でも、将也さんをめぐる「砲」が、ワイドショーに立ち遅れたぶん、満を持して炸裂《さくれつ》するだろう。

一方、後藤さんは、火曜日から木曜日までの三日間、多摩ケ丘で過ごした。昼間は仕事がある私に代わって、川端さんが世話をしてくれた。

火曜日は、和泉台文庫に案内した。田辺麻美さんに紹介された後藤さんは、『カロリーヌ』シリーズが父の愛読書だったと知ると、「じゃあ、私も読んでみます」と——田辺さんや川端さんが伝えたわけではないのに、生前の父がお気に入りだったラウンジチェアに座って、棚にあった全巻を読破したらしい。

「でも、正直なところ、どこが面白いのかわからなかったみたい。人間のカロリーヌちゃんとワンちゃんやネコちゃんが友だちだっていう設定から、無理みたいで……」

川端さんの報告を、私は苦笑交じりに納得して受け止めた。そういう感受性のなさが、むしろ後藤さんらしくていい。

水曜日は、照雲寺に出かけた。

「あなたのお父さんのご遺骨にお線香をあげたいって言ってるんだけど……いい？」

そこは後藤さんには関係ないでしょう、と言いたい気持ちはある。けれど、その思いもわからないではないので、「親父も喜ぶと思います」と言った。

私は、少しずつ、後藤さんのことを好きになっているのかもしれない。父の代わりに——？　それは、わからないけれど。

木曜日の朝刊に、この日発売の週刊誌の広告が出た。案じていたとおり、将也さんの記事がワイド特集に組み込まれていた。

〈ゴミ屋敷の主だった父親とは絶縁状態。お騒がせ社長のリアル『楢山節考《ならやまぶしこう》』〉

見出しの文言に、私は思わず舌打ちをした。やはりゴミ屋敷のことが明るみに出てしまった。『楢山節考』のところで、ハーヴェスト多摩も出てくるだろうか。たとえ施設の名前は隠してあっても、後藤さんの巻き起こしたヒンシュクやトラブルが書かれていたらアウトだ。

和泉台ハイツへの新聞の配達は止めてあるが、後藤さんが絶対に広告を目にしないという保証はない。出勤前に和泉台ハイツに寄って、後藤さんの様子を確かめるか。いや、それはヤブヘビにならないか……。

迷っていたところに、川端さんから電話がかかってきた。お年寄りらしく早起きの川端さんは、配達されたばかりの朝刊で記事のことを知り、近くのコンビニまで出かけて週刊誌を買ってきたのだという。

「ゴミ屋敷の話だけじゃなくて、奥さんが亡くなったときの話まで出てるわよ」

奥さんが突然死して、それに何時間も気づかずにいたことを——ご近所の人の「警察も最初は殺人を疑ってたみたいですよ」というコメントを添えて報じていた。

「あと、ハーヴェスト多摩の写真と最寄り駅も出てたから、名前はなくても、見る人が見ればわかっちゃうんじゃない？」

さらに、記者はハーヴェスト多摩の入居者のコメントも取っていた。

「いつも酔っぱらって、みんなに迷惑をかけてる、って。あと、部屋で煙草を吸って煙感知器が鳴って大騒ぎだった、って」

それが悲しい。入居者の皆さんに口止めをしていたわけではなくても、そういう話を明かす人がいる、というのがツラい。

「後藤さんの性格だと、放っておくと、またお酒に逃げちゃうんじゃない？」

「ええ……」

「でも、長谷川さんには申し訳ないけど、あなたの立場でなにか言っても、あのひと、逆に恐縮しすぎちゃうかもしれないわね」

「……ですよね」

「もっと身軽な立場から、ポンポン言ってくれるひとのほうがいいんじゃない？」

相槌とともに、浮かんだ顔がある。川端さんが「たとえば――」と口にしたのも、そのひとの名前だった。

「神田さんにお願いするとか」

留守電に入れたメッセージに神田さんがコールバックしてくれたのは、その日の昼過ぎだった。

「悪い悪い、ここのところ忙しくてな。今日も夜明け前から仕事だったんだ」

土曜日の七夕を前に、茨城県や群馬県から七夕飾り用の笹《ささ》を、東京や横浜にピストン輸送しているのだという。

母の日のカーネーションと同様、七夕の笹も、いわば短期決戦の商品——神田さんのような「流し」のトラックドライバーにとっては書き入れ時なのだ。今日もいまから夕方まで仮眠を取ったあと笹の産地に向かい、明日の早朝に東京の市場に納入するらしい。

「そっちの職場も七夕をやるんだろう？　老人ホームなんて、そういうのがいかにも似合いそうだもんな」

そのとおりだった。七夕飾りは大事なイベントの一つだ。今年も火曜日にロビーに笹を置き、短冊とペンを用意した。さっき見たら、すでに三十枚近い短冊が飾られていた。入居者の皆さんの願いごとは、自分の健康や家族の幸せが大半だが、ときどき〈ピンピン、ころり〉〈相続で争わないように〉〈延命拒否〉というメッセージが交じるのでドキッとさせられる。

「で、なんなんだ？　相談って。週末に田舎に帰ったんだろ？　ノブさんの遺骨のことで揉《も》めたのか？」

「いえ……それは、なんとかなりそうなんですけど……」

将也さんのスキャンダルを伝え、後藤さんのことを、酒癖やゴミ屋敷、そして万引きも含めて、包み隠さずに話した。

神田さんはその一つひとつに「なんだ、それ」「おいおい、冗談やめろよ」「しかし、親も親なら息子も息子だな、ひでえ話だ」と声をあげて反応していたが、私が最後に「川端さんとも話したんですが、こっちがなにか言っても、むしろ逆効果のような気がするんです。神田さんはどう思われますか？」と訊くと、じっと黙り込んでしまった。

焦《じ》れるほどの沈黙のあと、神田さんは思いのほか落ち着いた声で言った。

「後藤っていうじいさん、ちょっとノブさんに似てるかもしれんな……」

会ってみてもいいぞ、とも続けた。

第十七章　わたしは今日まで

金曜日の自分史教室は、二十名近い参加者を得て、好評のうちに終わった。口コミで評判が広がれば、二回目、三回目と参加者はさらに増えるかもしれない。

講師を務めた真知子さんもすっかりご機嫌で、応接室でふるまった水ようかんをぱくつきながら言った。

「やっぱり三回じゃ足りませんよ、追加の二回分はノーギャラでいいですから、五回にしませんか？」

「うん……」

私の相槌《あいづち》は微妙に煮え切らないものになってしまった。

「どうしたんですか？　長谷川さん、元気ないみたいですけど」

後藤さんのことを考えていたのだ。

週刊誌が発売された昨日もまた、後藤さんのフォローを川端さんにお願いした。

昼間は運動不足を案じて多摩ケ丘市内のあちこちを回る散歩に連れ出し、夜も自宅に招いて、夫や息子一家と一緒に野菜たっぷりの食事をふるまった川端さんは、「いずれわかっちゃうことだし、一人でいるときに読むとキツいでしょ?」と、あえて週刊誌を後藤さんに渡したのだ。

川端さんの目の前で記事を読んだ後藤さんは、顔を上げると「まいっちゃいますね……」と力なく笑って、反応は、ただそれだけだったという。

私が予想していたのは、不自然に饒舌《じょうぜつ》になったり、無理に明るくふるまったりする姿だったが、そうではなかったというところに、悲しみの根の深さを感じた。川端さんも「世の中っていろいろあるわよね」と苦笑いを返すのがやっとだったらしい。

そんな後藤さんから、今朝になって電話がかかってきた。「自分史教室、今日からですよね。私、申し込んでますから、行っていいですか?」——前向きになってくれたのはうれしいのだが、すでに将也さんのスキャンダルはハーヴェスト多摩の入居者にも周知の話になっている。しかも、週刊誌の取材に応えた入居者もいるのだ。このタイミングで後藤さんを迎えるのは、あまりにもリスクが大きすぎる。

なんといっても大手町案件なのだ。今回の件についても、本社から「くれぐれも物件のステータスを損ねないように」という強い指示を受けている。ここで対応を誤ってしまうと、間違いなく施設長を更迭《こうてつ》される。いや、まあ、それはそれでいいにしても……よくないのだが、とにかく、いまは後藤さんを守り抜くことが、私に課せられた最大のミッションなのだ。

丁重に断った。後藤さんも「まあ、それはそうですよね……」と落ち込みながらも納得してくれた。それでも、やはり、楽しみにしていたイベントに参加させてあげられなかったことは、いまになって、じわじわと私の胸を締めつけてくる。

「今日は、このあと予定があるの？」

水ようかんを私のぶんまで食べてお茶を啜《すす》る真知子さんに、訊《き》いた。

「暇に決まってるじゃないですか、出版不況、大変なんですからね」

「じゃあ、じつは、きみに自分史の個人授業をしてもらいたい人がいて……」

そこから、後藤さんにまつわるすべてを話した。真知子さんも、将也さんのスキャンダルは知っていたが、その先の話はさすがに想定外で、「ちょっと濃すぎませんか、いろんな意味で」と目を丸く見開いた。

「まあ、濃いか薄いかで言ったら濃いし、正しいか間違ってるかで言ったら間違ってるんだろうけどな……」

「――はあ？」

すると、真知子さんは目を見開いたまま、「いいっ！」と快哉《かいさい》を叫んだ。「最高ですっ！」

「間違いだらけ、ウェルカム、大歓迎です」

「いや、だって……」

「そこがいいんですよ。間違いだらけの人生だから、自分史が盛り上がるんです。だって、正しさしかない自分史なんてただの自慢話じゃないですか」

確かに——。

「人生とは後悔なんですよ。やり直しができない人生で、どんな後悔があるのかが、自分史のキモなんです」

そうかもしれない。

「本音では、自分史の授業っていうよりライターとして、後藤さんにぜひ話をうかがいたいぐらいです」

本人の意向はまだわからないのに、どんどん先走って、「七章構成ぐらいで、第四章あたりのタイトルは『暗転』なんです。それとも『誤算』のほうがいいかなあ」などと一人で盛り上がっている。

おまけに——。

「もしかしたら二冊同時進行になったりして」

「もう一冊って？」

「馬場町の小雪さん、自分史を申し込んでくれたんです」

売れっ子ライターですよ、とVサインをつくって笑った。

さっそく川端さんに電話をかけて、後藤さんの様子を尋ねた。

自分史教室への参加をあきらめて手持ちぶさたになった後藤さんは、川端さんに「じゃあ、今日は気分転換に外で体を動かしてみる？」と誘われて、午前中から、夫が経営する観光農園『かわばたフルーツ＆バーベキュー園』の手伝いをしていた。

サクランボやビワなどの初夏の味が終わり、いまは桃やプラム。もうじきスイカが始まり、さらに秋にかけては梨とブドウが旬を迎える。もっとも、郊外とはいえ東京の農園なので、規模はたいしたことはない。客の一番のお目当ても、収穫体験のあとの食事――季節を問わず人気なのはバーベキューだが、夏休み限定の流しそうめんも家族連れを中心にウケているらしい。

ちょうどこの日は、間近に迫った夏休みを前に、十数台の流しそうめん器を倉庫から出すことにしていた。分解してあったパーツを組み立てて、試運転する。後藤さんはその仕事を任され、お昼も流しそうめんを試食した。

「後藤さん、流しそうめんは生まれて初めてなんですって。大喜びして、子どもみたいにはしゃいで、お代わりまでしたのよ」

うれしそうに言った川端さんは、ほっとする私に「もちろんお酒は一滴も飲んでないわよ」と付け加えて、さらに安堵《あんど》させてくれた。

自分史教室の特別授業も、「いいじゃない、すてき」と大歓迎された。後藤さんに頼んだ仕事はあと二時間足らずで終わるので、いまからハーヴェスト多摩を出ればちょうどいいタイミングになる。

「じゃあ、農園に来て、ちょっと早めの晩ごはんで、バーベキューなんていかが？　後藤さんも、アパートに帰って一人になるより、にぎやかなほうがいいわよ」

電話をいったん保留にして川端さんの提案を伝えると、真知子さんは「最高！」と声をはずませた。「美味《おい》しいごはんを食べてると、忘れてた思い出がどんどんよみがえって、自分史が充実するんです！」

自分がバーベキューのご相伴にあずかりたいだけじゃないのか――という疑念を脇に置いて、私は苦笑交じりにうなずいた。


午後から年休を取った。週末の明日とあさってを挟み、場合によっては月曜日も年休を取ることになるかもしれない。本多くんや柘植さんは、困惑しながらも「確かに大事なところですよね」「丁寧にやるしかない場面だもんなあ」と納得して、留守中の負担を引き受けてくれた。

真知子さんと電車で多摩ケ丘に向かう道中、神田さんの動静を伝えた。

神田さんの仕事は、今日――七月六日の朝に七夕の笹を納入して、一段落つくらしい。いまごろは、仕事を請け負った運送会社の寮か事務所の仮眠室で横になって、この数日の疲れを癒《い》やしているだろう。

「だったら神田さんも呼びませんか？」

「バーベキューに？」

「ええ。神田さんみたいに空気が読めなくて言いたい放題の人がいたほうが、かえって後藤さんもリラックスできていいんじゃないですか？」

その役目はきみ一人で充分だと思うぞ、と心の中で返しながら、「まあ……着くまでに考えとくよ……」と応えた。

「なんか、煮え切らない言い方ですけど」

「後藤さんは、とにかく打たれ弱いから」

きっと神田さんは後藤さんを一喝するだろう。ハッパをかけたつもりでも、後藤さんはそれを受け止めきれずに、意気消沈してしまうかもしれない。

ましてや、真知子さんが一緒なのだ。天真爛漫すぎる彼女の言動に神田さんが不機嫌になるのは必定《ひつじょう》で、後藤さんへの言葉や態度も八つ当たりまがいに、よりいっそうキツくなってしまうのではないか。

だが、真知子さんはさっさと神田さんにショートメールを送った。〈おヒマなら来てね♡〉

――起き抜けにこれを読まされる神田さんに同情した。

電車の中では、真知子さんから小雪さんのことも聞いた。

小雪さんと出会ってから、今日でちょうど三週間——。

「わたし、五回会ってますから」

真知子さんは得意そうに言った。「あさっての日曜日が六回目で、すごいんです」

あさってては『シェアハウスこなゆき』のOBやOG、さらにはスナック時代の『こなゆき』の、かつては若手だった常連客も集まって、小雪さんの自分史づくりにエピソードを提供するらしい。

「日曜日に集まるっていうのが、たいしたものなんです。要するに、エピソードの証言者が、皆さん現役で、日曜日しか時間が取れないっていうことなんですよ」

八十代の小雪さんが、現役——ざっくり言えば六十歳以下、シェアハウスの面々なら三十歳以下と付き合っていることを、真知子さんは「最高ですよ」と讃《たた》えた。

「自分史に登場するのがぜーんぶ同世代って、寂しくないですか？　結婚して、子どもがいて、孫もいて……ならいいんですけど、いまはお孫さんがいるのが当たり前にはなりませんから。若い人と接点があるだけですごいと思います」

「だよな……」

「ただ、身内じゃないんですよね」

小雪さんに結婚歴はない。親やきょうだいとの関係も、語ってくれない。「ふるさとで、いろいろあったみたいです」と真知子さんは言って、「わたしがノンフィクション作家だったら、ここからが取材の腕の見せどころなんですけど……」と苦笑した。自分史はあくまでも「自分が語る自分の歴史」――小雪さんは、それを「スナックのママがお客さんに楽屋裏を見せたら興醒《きょうざ》めじゃないか」と言い換えて、さばさばと笑っていたらしい。

「わたしも、その気持ち、自分史の仕事を始めて少しずつわかってきました。人間って、誰かにずっと覚えておいてほしいものもあるけど、さっさと忘れてほしいものもあるんですよ。大事に持っておきたい思い出があって、でも逆に、なかったことにしたい思い出もあって、人生って、その両方なんだと思いませんか？」

自分史は、公平かつ冷静な第三者の記す伝記ではない。ただし、決して、手柄話や自慢話や言い訳だけの自叙伝でもない。

「うまく言えないんですけど……誰かの人生ってそんなに深掘りしなくていいんじゃないかな、って……正確な記録も大事なんだけど、けっこう身勝手な記憶のほうが、ほんとうは大事なんじゃないかな、って」

身勝手――という言葉が出てくれたおかげで、かえってすんなり、そうだな、とうなずくことができた。父は真知子さんに、身勝手な自分史を語ろうとしていたのかもしれない。ただし、それは、嘘《うそ》や偽りの自分史とは微妙に違うような気もする。私は嘘は嫌いだ。偽りも許したくない。けれど、身勝手であることは、それはそれで「あり」かもなあ、と思うのだ。

真知子さんは話を戻して、「小雪さんとノブさんも、入籍しなかったじゃないですか」と言った。「二人とも、それでいい、って決めてたみたいです」

子どもも持たなかった。そもそも出会ったときに、すでに小雪さんは四十代の終わり頃だったので、望んでも難しかっただろう。

「でも、昔、小雪さんはときどき思ってたみたいですよ。もしも、もっと若い頃に出会っていたらどうだっただろう、って」

父は、小雪さんとの間に子どもが欲しかったのかどうか——。

「小雪さん、ノブさんにもそれを冗談交じりに訊いたことがある、って言ってました」

父の答えは早かった。迷いもなかった。

もう娘と息子がいるから、あの二人以外に子どもを持つ気はなかったし、想像したこともないし、いまでも考えたくない——。

真知子さんに教えてもらった瞬間、小雪さんには心の底から申し訳ないと思った。だが、同時に、いまの言葉を姉貴に聞かせてやりたいなあ、とも思ったのだ。

「展開として一番盛り上がるのは、小雪さんがノブさんの住んでたアパートを訪ねる場面なんですけど……ちょっと、もう、外出は難しいんです」

肺ガンは、三週間でさらに小雪さんから体力を奪った。医師は「この夏を越えるのは難しいだろう」と本人に告げている。

だからこそ、小雪さんは自分史の出版を申し込んだ。

本が出来上がるのは、どんなに早くても秋になる。おそらく、小雪さん自身が手に取ることはできない。それでもいい。つくるのは、父と同じように一冊だけ――『シェアハウスこなゆき』に置いておけば、若者たちが読む。生前の小雪さんを知らない世代も、本を通じて、かつてこの家にはこんなおばあさんが住んでいたんだ、と小雪さんに思いを馳《は》せることができる。

「そういうのを想像するだけで楽しいって言ってました、小雪さん。ノブさんが自分史を和泉台文庫に置きたかった理由も同じかもしれませんよね」

「ああ……そうだな」

和泉台文庫の本棚を思い浮かべた。三千冊近い蔵書の中には、著者がすでに亡くなっている本もたくさんあるだろう。もう著者に会うことはできなくても、本がのこる。それを思うと、あの本棚の一冊一冊すべてが、ひこばえなのかもしれない。

「日曜日、俺も一緒に行っていいかな。取材の邪魔《じやま》はしないけど、親父の骨箱を持って行って、会わせてあげたいんだ」

もちろん、と笑ってうなずいた真知子さんは「だったら後藤さんもどうですか？」と言いだした。

「――え？」

「後藤さんとノブさん、似てるんでしょ。じゃあ、せっかくだから、小雪さんにも会わせてあげたいじゃないですか」

「神田さんが電話で言ってただけだよ。まだ会ってるわけでもないし、見た目じゃなくて性格の話だし」

そもそも「せっかくだから」の理屈がわからなかったが、真知子さんは「小雪さん、喜ぶと思いますよ」と真顔で言った。


『かわばたフルーツ&バーベキュー園』に着いたのは、午後四時半を少し回った頃だった。後藤さんはバーベキュー広場で、ガーデンチェアとテーブルの水洗いをしていた。流しそうめん器のオーバーホールを終えたあと、後藤さんはさらに「なにか仕事をやらせてください」と言いだしたのだという。「体を動かすと気分がいいんです」

実際、それは言葉のアヤではなかった。

「やあ、施設長さん、もうちょっと待っててくださいねえ」

ホースを持ったまま振り向いて会釈した笑顔は、これまでになく晴れやかだった。声も明るいし、しぐさの一つひとつも潑剌《はつらつ》としている。

広場のテーブルは十卓、椅子は四十脚ある。ホースの水流で埃《ほこり》をざっと洗い流すだけならたいして時間はかからないが、後藤さんはホースだけでなくブラシや雑巾を使って、外からは見えないところの汚れも落としている。このペースだと、あと三十分近くはかかりそうだ。それでも、お手伝いを申し出るのもスジが違う気がするし、とにかく後藤さんが楽しそうにやっているのなら、それを邪魔することはあるまい。

屋内の食堂に移って、後藤さんの仕事が終わるのを待った。

「後藤さんってすごく丁寧にやる人なんですね。ゴミ屋敷の話とか老人ホームに来てからの話と全然つながらないっていうか、なんか信じられない感じ……」

首をひねる真知子さんに、川端さんが「わたくしもびっくりしたんだけど、もともとは几帳面《きちょうめん》できれい好きな性格だったんですって」と応えた。

「それが歳《とし》を取って、変わっちゃったんですか？」

「いや――」

私が横から言った。「年齢っていうより気持ちの張りがなくなると、生活の細かいところが少しずつゆるんでいくんだ」

いままでは使った食器や脱いだ服をすぐに片付けていたのに、それが億劫《おっくう》になって「あとでいいか」としばらく放っておくことが増える。その「あと」が、やがて「明日」になり「今度」にもなって、気がつくと部屋中が汚れ物だらけになっている。ゴミ屋敷は、そうやって生まれてしまうのだ。

せっせと働く後藤さんの姿を窓越しに眺めながら、真知子さんは言った。

「気持ちの張りがなくなった、って……それ、贅沢《ぜいたく》なんじゃないですか？」

たとえば、どんなにがんばっても不運の連続で報われない人がいる。愛する家族を無念とともに亡くした人がいる。信じていた相手に裏切られてしまった人がいる。

「そういう人の心が折れて、もういいや、となるのはわかるんです。でも、後藤さんの場合は違いますよね」

長年勤めていた証券会社が廃業するという不運はあっても、せっかく再就職できたのに、そこで仕事に打ち込めず、酒に逃げるようになったのは、自業自得——。

奥さんを突然死で亡くしたのは同情に価するものの、すでに愛想を尽かされて家庭内別居の状態だったのだから、亡くなったからといって、いまさら——。

今回の不倫スキャンダルこそあっても、将也さんがいわゆる「勝ち組」であることは間違いない。幼い頃から期待をかけてきた一人息子が、親をはるかに超えて大きくなったのだから、息子に見限られるのは、むしろ喜ぶべきことではないか——。

「だいいち、老後のお金の心配も要らないし、さしあたって体の具合が悪いわけでもないし、ハーヴェスト多摩に入ってしまえば、もう毎日のごはんとかお風呂もお任せでいいわけだし……わたし、後藤さんってすごく恵まれてると思うけどなあ」

私も認める。六十歳の定年前にリタイアして、その後はなにも仕事をしなくてもかまわない。そんな老人が、この国にいったい何パーセントいるというのか。

「わたし、悪いけど、後藤さんは人間として弱いんだと思います」

「うん……」

「神田さんが来たら、キレて、思いっきり怒りだすんじゃないですか？」

むしろそうしてもらったほうが、私自身もすっきりすると思うのだが――。

洗い終えたテーブルを片付けていた後藤さんと窓越しに目が合った。食堂での会話の内容を知る由もない後藤さんは、がんばってますよ、と手を振って笑った。

私は手を振り返して応え、真知子さんに言った。

「悠々自適って、難しいんだよ」

ハーヴェスト多摩の入居者の皆さんを見ていると、老いることの難しさを思い知らされる。

老い方にもコツがあり、努力が必要で、上手《うま》い下手の差が出てしまう。

真知子さんは「そうなんですか？」ときょとんとしていたが、「そうなのよねえ」としみじみうなずく川端さんには、私の言いたいことが通じているようだ。

入居者の皆さんは、現役をリタイアして移り住んできた。趣味や小遣い稼ぎ程度の感覚で書きものをしたりパソコンをいじったりする人はいるが、外に勤めに出ることはない。入居時の審査が厳しいぶん、月々の費用を心配する必要はない。生活のために働かなくてもいいわけだ。家事も必要最小限でかまわない。余暇を過ごすためのプログラムは私たちが用意しているし、「こういうのをやってみたい」というリクエストにも極力応えている。

まさに悠々自適。ハーヴェスト多摩での暮らしに、守るべき規則はあっても、やらなければならないことはなにもない。もしあるとすれば、それはただ一つ——「老いる」ことだけなのだ。

「赤ん坊や子どもは『育つ』ことが仕事だよな。それと同じで、悠々自適になったお年寄りの仕事は『老いる』ことなんだよ」

真知子さんは「はあ……」と要領を得ない顔で応えた。

「子どもの育ち方って一人ひとりで違うだろ？　老い方もそうだ。人によって違う」

「アンチエイジングですか？　けっこういますよね、八十歳に見えない若々しいおじいちゃんとか」

「いや、そういう違いももちろんあるんだけど、見た目とか体の若々しさとかじゃなくて、もっと内面的というか、気持ちのありようというか……だから、つまり……」

川端さんが話を引き取って、「きれいに歳を取っていく人と、それがうまくいってない人がいるのよ」と言ってくれた。

まさに、そう。援軍を得た私は、勢いを取り戻して続けた。

「歳を取るのをよく『枯れる』っていうだろう？　水分とか脂ぎったところがきれいに抜けていって、枯淡の境地になるのが、うまい老い方だと思うんだ」

だが、それが難しいのだ、ほんとうに。

「なんとなくわかります、それ」

真知子さんは、なるほどなるほど、とうなずいた。「干物とか燻製《くんせい》って、水気の抜き方がポイントなんですよね」——ひとさまの老後をアジのひらきと一緒にするんじゃない、と言いたいのをこらえて、私は話を先に進めた。

「現役の頃の感覚が抜けずに、若い職員に横柄に接したり、職歴や学歴を相手と比較して、勝ち負けにこだわる人もいる」

「イバるってことですか？」

「そういう人もいるし、逆に、自分を負けの側に置いて、どうせ私なんか……って自嘲する人もいる」

「うわっ、そっちのほうが面倒くさそう」

まったくなのだ。後藤さんが、まさにそうだった。

「あと、アクティブ・シニアライフなんていう言葉も、クセモノなんだよ」

ハーヴェスト多摩でも、入居した早々からいろんなイベントに参加したり、外のカルチャーセンターに出かけたり、街歩きをしたりする人がいる。

「だけど、自分がイメージしてるようには体や頭の働きがなかなか追いつかない。どうしてもギャップが出てくるんだ。そうなると、最初に張り切ってたぶん、かえって落ち込んだりして」
「要するに、年寄りの冷や水ってやつですね」――どうして、こう、いちいち……。
「でも、一番厄介《やっかい》なのは、拠《よ》って立つものがなくなって、それに耐えられない人たちなんだ」

たとえば、屈強な体格を武器にコワモテの押しの強さでやってきた人が、歳を取って体のあちこちにガタが来ると急に弱気になってしまうことはよくある。

ワーカホリックだった人がハーヴェスト多摩に来て、のんびりした生活を満喫するどころか、自分のアイデンティティを失って心身の不調に陥ってしまった例も、枚挙にいとまがない。

後藤さんも、そう。あのひとの拠って立つ場は、「父親」だった。一人息子の将也さんに期待をかけ、だからこそ厳しい父親でありつづけた後藤さんは、その将也さんにあっさりと追い越され、早々に見切りをつけられて……自分の居場所をなくしてしまったのだ。

きれいに枯れるのは難しい。

幸いにしてハーヴェスト多摩ではまだ一度もないが、同業の連中からは、ボスの座をめぐって入居者同士が真っ二つに分かれて揉《も》めに揉めた話や、色恋がもつれて警察沙汰になってしまった話を、しょっちゅう聞かされる。

人の上に立ちたい野心が、脂っ気。

異性でも同性でも、とにかくモテたい思いが、水っ気。

その両方をすべてなくして、からりと枯れていくのが、老いの理想なのか――。

「でもね、みんながみんな、霞《かすみ》を食べてる仙人になるっていうのも、ちょっとヘンじゃない？」

川端さんはそう言って、十年ほど前に和泉台ハイツに住んでいた七十代半ばの男性の話を教えてくれた。若い頃に離婚をして以来、四十年以上も一人暮らしだったその人は、建設会社のアルバイトで働きながら、月に一度、いわゆる「風俗」のお店に行くのが楽しみだったらしい。

さらに、川端さんが管理している別の物件に住んでいた一人暮らしのおばあさんは、九十歳近くになるまで、年金や子どもからの仕送りをコツコツ貯《た》めて、競馬の天皇賞とダービーと菊花賞と有馬記念で勝負していたのだという。

「風俗だって、ギャンブルだって、やりたければやればいいのよ。ストレス解消ができて、まわりに迷惑をかけないんだったらいいじゃない。欲望をなくして達観するのは素敵だけど、それは結果論でいいのよ。無理やり枯れなくてもいいんだと思えることが、きれいに枯れてる証《あかし》なのよ」

川端さんは、私と真知子さんを交互に見て、諭《さと》すように言った。

「だから、わたくしは、石井さん……あなたのお父さまが、最後の最後まで働いてたっていうのが、すごくよかったと思うの」

毎月何万円の収入があったのか。家賃や生活費を除いたお金を、どんなことにつかっていたのか。なにもわからない。手がかりをのこさずに、父は逝《い》ってしまった。

ただ、父はぎりぎりまで働いて、自分の力で生きていた。それをいま、私は息子として心から誇りに思うし、だからこそ、年老いた父になにもしてやれなかったことを、心から申し訳なくも思った。

「後藤さんもそうよ」

窓越しに後藤さんを見やりながら続ける。

「今日は朝からいろいろ手伝ってもらって申し訳なかったんだけど、でも、後藤さんにもよかったんじゃないかな、って」

確かに外でガーデンチェアやテーブルを洗っている後藤さんは、表情はわからなくても、とても楽しそうに見える。ホースの水で汚れを洗い流し、雑巾やブラシや軍手で細かいところを拭く姿は、鼻歌が聞こえそうなほど潑剌としている。

「あのひと、誰かになにかをお願いされたことって、もう、ずうっと、何年もなかったんじゃない？」

私はうなずいて、真知子さんに言った。

「やり甲斐《がい》とか生き甲斐っていうのは、誰かに『ありがとう』と言われることなのかもしれないよな」

ハーヴェスト多摩も含めて、高齢者施設は「なにもしなくていいですよ」というのを最大の謳《うた》い文句にしている。だが、ほんとうにそうなのだろうか。「なにもしなくていい」とは「誰からも感謝されない」と同じ意味ではないのか。

父が和泉台文庫で子どもたちの朗読劇の手伝いをしたことが、いま、あらためて胸に染みる。父は子どもたちに口々にお礼を言ってもらって、喜んでいたらしい。それが私にも誇らしくて、うれしい。

真知子さんは「うわー、歳を取るのって難しすぎますー」と顔をしかめた。無理もない。二十代の彼女には、老いることへのリアルな想像はできないだろう。それでいい。私だって、五十代になってこの仕事に就いてから、ようやく自分の老いが現実のものとして視野に入ってきたのだ。

「悠々自適のユウって、ほんとうはヨユウのユウじゃなくて、憂鬱《ゆううつ》のユウなのかもしれませんね」

真知子さんは得意そうに言った。「うまいこと言うた」というやつだ。ただし、「ヨユウ」は「余裕」なのだから、ユウの字が間違っているのだが……。

後藤さんがガーデンチェアの最後の一脚を洗い終えたタイミングで、私たちも食堂からバーベキュー広場に出た。

「お疲れさまです！」

声をかけると、後藤さんは照れくさそうに笑って応えた。いい笑顔だった。

川端さんは「ありがとうございました、おかげで助かりました」と、あらたまった言葉づかいで、きちんとおじぎをして労《ねぎら》った。後藤さんはいっそう照れくさそうに、けれどうれしそうに、顔をくしゃくしゃにした。それを見て、川端さんも笑顔でうなずき、そこからはいつもどおりのざっくらばんな口調に戻った。

「汗をかいたでしょ。よかったらシャワー浴びる？　狭いユニットバスだけど、お風呂もあるのよ、ここ」

事務所を指差して、「シャワーを浴びてる間に、わたくしたち、バーベキューの支度をするから」と言う。

最初は遠慮していた後藤さんだったが、真知子さんの「シャワーを浴びてさっぱりしたあとのビール、最高ですよ」の一言に背中を押されて、恐縮しながらも事務所に向かった。その後ろ姿は、いままでより一回り大きくなったように見える。いつも丸めていた背中がピンと伸びているからだろうか。仕事をやり終えた充実感がみなぎっているせいなのだろうか。

「後藤さーん、あとで背中を流しに行きますねーっ」

真知子さんがよけいな冗談を言うものだから、後藤さんはせっかく伸びていた背筋を縮め、ひゃあっ、と逃げるように事務所に駆け込んでしまった。

「……いまの、セクハラだぞ」

軽くにらんでたしなめると、真知子さんは「すみませーん」と、たいして反省していない様子で笑う。まだ後藤さんとは初対面の挨拶《あいさつ》さえろくに交わしていないのに、物怖《ものお》じしないというか、人なつっこすぎるというか……困ったものなのだが、父をめぐる話も含めて、この明るさに何度も救われてきたことは確かだった。

電話が鳴った。神田さんからだった。

「おう息子！　なんなんだ、ねえちゃんのあのふざけたメール！」――本人に直接怒っていただきたいものである。

神田さんは、怒りながらも、多摩ケ丘に向かっている。

「おう息子、おまえはあんな生意気なねえちゃんを許すのか？　あれでいいのか？　あんなのばっかりになってニッポンはだいじょうぶなのか？　うん？　そこのところを今日はじっくり聞いてやるからな……」

文句ばかり言いながら、真知子さんに誘われれば来るのだ。わざわざ仕事先に頭を下げて商用バンまで借りて――。

「えーっ？　神田さん、車で来るんだったら、お酒飲めないじゃないですか」

真知子さんはがっかりして、急に元気をなくしてしまった。ケンカしながらも、なんだかんだといいコンビなのだ。

「お酒を飲めないのは神田さんも残念がってたけど、どうしても車に載せて持って来たいモノがあるらしいんだ」

「なんですか？」

「俺にも教えてくれなかったんだけど、とにかく旬の中の旬のモノ、らしい」

「はあ……」

その正体がわかったのは、小一時間たった頃――シャワーを浴びてさっぱりした後藤さんが戻ってきて、バーベキューの準備も万端ととのい、あとは乾杯の瞬間を待つだけ、という最高のタイミングで神田さんが農園に着いた。

「おう、これだよ、これ、これを持ってこなくちゃと思ってよ！」

荷台から出したのは、七夕の笹《ささ》だった。北関東で伐採された笹を東京の市場まで連日ピストン輸送してきた神田さんは、最後の便を届けた問屋さんに頼んで、笹を一本お裾分けしてもらったのだ。

「本番は明日だけど、まあいいだろ、星の話だ、宇宙のスケールから見れば、一日や二日、似たようなもんだ！」

願いごとを書いて結《ゆ》わえる短冊も、問屋さんならではの単位――百枚あった。

「せっかくだから、飯を食いながら、みんなで書こう。いろんな願いごと……昔の願いごとも、ぜんぶ書いちゃえばいいんだ」

「うわっ、面白そうっ！」

歓声をあげたのは真知子さんだったが、黙って、しみじみ、誰よりも深くうなずいたのは後藤さんだった。

昔の願いごとを書く——というのが、神田さんのアイデアのミソだった。

「こういうのは歳をくうと変わっていくんだよ。十代のガキにはガキなりの、二十代の若造には若造なりの……で、ジジイにはジジイの、ババアにはババアの願いごとってのがあるんだ。せっかくなんだから、いままでの願いごとをぜんぶ書いて、笹に飾っちまおうぜ、ってことだ」

最年長の川端さんも「ああ、それ、いいわねえ」と賛成して、事務所からサインペンやボールペンを持ってきてくれた。

缶ビールの蓋《ふた》を開け、ガーデンテーブルに置いたコンロで牛肉や豚肉やウインナーが香ばしく焼かれていても、主役はすっかり短冊になっていた。

この場にいるのは五人。一人につき二十枚の短冊がノルマだった。

私は大学入試の頃の〈現役合格〉をスタートにして、〈恋愛成就〉〈就職できますように〉

〈夏子さんと結婚したい！〉と願いごとを重ね、〈夏子が元気な赤ちゃんを産んでくれますように〉〈美菜と航太が仲良しのきょうだいになりますように〉と続けた。仕事にまつわる話はさすがに書きたくない。代わりに最後の一枚には〈遼星くんが幸せな人生を歩みますように〉と、初孫への思いを託した。

川端さんの短冊の中に〈核兵器のない世の中になりますように〉とあるのは、七十五歳という世代ならでは、かもしれない。

一方、真知子さんは〈25メートル泳げますように〉〈給食を残さず食べられますように〉あたりから始めていた。こんなので足りるのかと案じていたが、よく考えたら彼女の人生は私の半分ほどしかないのだから、それで充分間に合うのだ。

言い出しっぺの神田さんは、「オレは若い頃からアンチ・ジャイアンツだから」と前置きして、〈村山がんばれ〉〈江夏、ONをオール三振！〉〈祈・田淵ホームラン王〉〈赤ヘル優勝祈願〉〈泣くな清原〉と……あなたの人生はそこだけですか、と心配になってくるような偏《かたよ》りぶりで、終盤は〈FA反対！〉〈ドームの野球は野球ではない！〉〈闘将・星野仙一、永遠なれ！〉〈松井、無理して戻ってこなくてよし！〉と、もはや願いごとではなくなっている。

そして、後藤さんは——。

〈とにかく元気で生まれてくれ〉

それが、後藤さんが一枚目の短冊に書いた言葉だった。将也さんはひどい難産だったらしい。一時は母子ともども命の危険まであったのだという。

〈マイペースで大きくなれ〉

生まれたあとしばらくＮＩＣＵ――新生児集中治療室で過ごした将也さんは、退院後も、発育が全般的に遅かったらしい。

〈優しい子になってくれますように〉

幼稚園の頃の将也さんは、もともと体がじょうぶでなかったせいもあって、いじめっ子に泣かされどおしだったという。

〈マサくんが、自分の輝ける場所を見つけられますように〉

小学校に入ったばかりの頃は、まだ将也さんはひ弱ないじめられっ子だった。ただし、勉強はできる。それがわかった後藤さんは、「早すぎるんじゃない？」という奥さんの心配をよそに、さっそく将也さんを塾に通わせた。

〈マサくんの努力が報われますように〉

塾に通いだすと、将也さんの成績はめきめき上がった。テストの順位が上がると本人もうれしい。「次はもっと上げよう」と張り切るし、逆に「今度のテストで順位が落ちたらどうしよう」と不安にもなる。

〈マサくん、自分を信じろ！〉

信じた結果、人もうらやむ中高一貫制の私立に合格した。

〈文武両道！〉

中学生になると体力がつき、背丈や体重も増えて、ひ弱なガリ勉クンから、勉強もスポーツも……という少年になった。

〈てっぺんを目指せ！〉

中学時代は「中の上」クラスだったが、高校になると、試験のたびに順位が上がり、「上の上」をうかがうまでになった。

〈模試全国一位！〉

高校二年生の秋に、実現した。

〈東大現役合格！〉

これも実現した。

後藤さんは続けて〈一部上場企業に就職！〉と短冊に書いたあと、「まだ学生のうちからそんなことを願ってるのを、息子に笑われました」と私に言った。「親父って、つまんない発想しかできないんだな、って」――ほどなく、後藤さんの勤めていた証券会社は廃業してしまったのだ。

「なあ……」

神田さんが、後藤さんに声をかけた。

「俺はずーっと独り身で、ふらふらしたまま還暦を過ぎた奴《やつ》だから、偉そうなことを言えるような立場じゃないし、年上のあんたにモノを言うスジもないんだけどよ」

なんでもかんでも言いたい放題の神田さんが、珍しく、ためらいながら続ける。

「七夕の願いごと、昔から、ぜんぶ息子さんのことなのか？」

実際、いま後藤さんが書きかけていた短冊には〈マサくんの会社が成〉とある。将也さんが起業したときの願いごとを書いていたのだろう。

「ええ、そうなんです」

ペンを止めて神田さんを振り向いた後藤さんは、笑顔で言った。「親バカっていうのはわかってるんですけど、やっぱり応援してやりたいじゃないですか、息子なんですから」

――きっぱりと、迷いなく言い切って、短冊の願いごとの残りを書いた。

〈マサくんの会社が成功するように！〉

しっかりした大きな文字だった。チューハイでほろ酔いになったせいなのか、バーベキューの肉を食べて元気が出たのか、過去にさかのぼって短冊を書いているうちに父親としての生き甲斐を取り戻したのか、また新しい短冊を取って、迷いもためらいもなく、願いごとを書いていった。

〈社員さんを幸せにして、お客さんを幸せにできますように〉

〈目立たなくていい。地道にがんばれ〉

〈結婚おめでとう！　お金でも地位でもなく、いつまでも二人で幸せに！〉〈パパになったな！　よくやった！　よき父親、よき夫になってください！〉〈なにごとも勇気を持って立ち向かえますように。お母さんも天国からマサくんを見守ってくれています〉

具体的なメッセージはそのあたりまでで、あとは〈がんばれ！〉〈荒波や逆風を乗り越えろ！〉〈永遠にマサくんはお父さんの誇りです！〉と、ひたすら息子を応援する言葉が続いた。

ノルマの二十枚にはそこで達していたが、打ち止めの気配はない。私が自分の短冊をすべて差し出すと、それを当然のように受け取って、あとはひたすら〈幸せに！〉の一言だけを繰り返した。神田さんは、もうなにも言わない。川端さんも、真知子さんも、もちろん私も、気《け》おされてしまって後藤さんを見つめるだけだった。

ようやく得心してペンを置いた後藤さんは、ガーデンテーブルに並べた二十数枚の短冊を――将也さんへの思いを、感慨深そうに見つめながら、言った。

「夢中になって書いたんですけど……自分でも驚きました。神田さんに言われたとおり、ほんと、私、ずうっと息子のことしか考えてなくて……女房にも申し訳なかったし、その息子に見切りをつけられると……なんだったんでしょうね、私の人生って……」

いつもの自嘲した言い方ではない。もっと素直に、むしろ将也さんに捧げた四十年を超える歳月を愛《いと》おしむように、「まいっちゃうなあ」と苦笑する。

「いいじゃないですか！」

真知子さんが言った。「わたしが息子さんだったら、マジ、うれしいです！」

「わたくしもそう思う」

真知子さんの言葉を引き取った川端さんは、「わたしは今日まで生きてみました……よね？」とメロディーをつけて続けた。私にもわかる。私自身大好きな吉田拓郎の『今日までそして明日から』だった。

「後藤さんは将也さんを思って、今日まで生きてきたのよ。明日からも、こうして生きていくのよ。それでいいんじゃない？」

「いいんですか？」

身を乗り出して訊く後藤さんに、川端さんは「いいに決まってるじゃない」と応えた。「いままでそうしてきたんだし、これからも……どこでどうなっちゃうかわからないけど、わからないまま生きていくしかないのよ、みんな」

おっ、と私は頰をゆるめた。いまのフレーズはまさに拓郎の『今日までそして明日から』の終盤ではないか。

さすがスタンダード、神田さんも冒頭のフレーズ「わたしは今日まで生きてみました、時にはだれかの力を借りて、時にはだれかにしがみついて」をさらりと口ずさんで、トングで挟んだ肉を網に載せた。

「その『だれか』が息子ってわけか、うん、いいな、それ、いいよなあ、染みるぞ、おい……」

照れ隠しなのか、どんどん網に肉を載せていく。食べるほうが追いつかないので、どんどん焼けて、焦《こ》げて、煙がたちのぼって……胸ではなく、目に染みていく。

後藤さんは焦げ気味のカルビを口に放り込み、チューハイで冷ましつつ嚙《か》みながら、「でもねえ……」と言った。「息子はいつか、親父を抜くんですよ」

子どもは親を抜く。親は子どもに抜かれる。その感覚は私にもわかるし、後藤さんは私よりもずっと、せつないほど痛切に実感していたのだろう。

「子どもを思う親心っていうのは、途中からは、おせっかいになるだけなんです」

いつもの自嘲した言い方ではない。だからこそ私も、いつものような慰めや励ましは口に出せない。

「すみません、短冊、余ってるのがあったら、もっといただけませんか?」

最後まで残っていたのは、真知子さんの手元の五枚。それを渡すと、後藤さんはすぐさま、文面を考える間もなくサインペンを走らせた。

〈マサくんの邪魔をしないように〉

さらに、もう一枚——。

〈マサくんに迷惑をかけずに死にたい〉

サインペンにキャップをはめて、「私自身の願いごとなんて、結局、それしかないんですよ」と苦笑する。「それすらできないのが、情けないんですけどね……」

真知子さんは、違いますよ、と訴えるように、川端さんは眉をひそめてかぶりを振った。

もっとはっきりと「えーっ？」と不満そうに口をとがらせた。

神田さんは、中ジョッキのウーロン茶を一気に飲み干した。「くそっ、酒じゃねえと勢いがつかねえよな」と悔しそうに言って、ジョッキを乱暴にテーブルに置くのと入れ替わりに、後藤さんが新たに書いた二枚の短冊を手に取った。

「後藤さん、あんたの願いは大事だ。それは俺にもよくわかる、わかるけどよ……違うんだよなあ」

二枚の短冊を重ね、ためらいなく真ん中から破って、続けた。

「親子だろうと夫婦だろうと、なにかと面倒だ。そりゃあもう、どうしようもない。オレは面倒臭いのが嫌だから結婚しなかったんだが、でも……面倒と迷惑は違うぞ」

そうだろう？　と後藤さんを見つめた。

面倒をかける。迷惑をかける。

神田さんの言うとおり、二つは似ていても、微妙に、しかし確かに違う。

「家族ってのは面倒で、手間暇がかかる。夫婦仲もそうだし、子育てもそうだし……歳を取るのや死んでいくのも、おそらく子育て以上に面倒で、手間暇がかかるんだ」

神田さんの言葉に、真知子さんが「干物も、ほんとうに美味しいのを天日干しでつくろうとすると、すっごく大変みたいですよ」と応えた。どうして彼女は、老いていくことをすぐに干物に譬《たと》えるのだろう。

話の腰を折られた神田さんから、川端さんが「だからね」と引き取って、後藤さんに諭すように続けた。

「家族でも世の中でもいいけど、胸を張って手間暇をかけさせましょうよ。面倒臭いことをやってもらいましょうよ」

なぜなら――。

「わたくしたちみんな、手間暇かけて、面倒臭い思いをして、子どもを育ててきたんだから。子育てだけじゃなくて、世の中を……前の世代から引き継いで、手間暇かけて、面倒臭い思いをして、それでも、自分なりに精一杯に良くしたつもりで、次の世代に引き継いだんだから」

「そうだ！」

神田さんが声を張った。「箱根駅伝を観《み》たことあるだろ。中継所でタスキをつないだランナーは、ぶっ倒れても、抱きかかえてもらえるんだ。俺たちもそれと同じだ。若い連中に世話になって、手間暇かけさせて、悪いなあ、すまんなあって感謝するのは大事だ。でも、絶対にそれは迷惑なんかじゃない。お礼は言ってもお詫《わ》びを言うことはない。迷惑だなんて若い連中に言わせちゃいけないし、そもそも俺たち本人が思ってちゃいけないんだよ、絶対に……」

まったくそうです、そのとおりです、と心の中で応えながら、私は脚立に乗って短冊をせっせと笹に結わえた。九十八枚。一本の笹には多すぎて、ほとんど短冊に覆われてしまい、離島のお祭りで練り歩くマレビトのいでたちみたいになってしまった。

最後に残っていた三枚の短冊には、私がこっそり願いごとを書いた。

〈おふくろが長生きしますように〉

〈姉貴がいつまでも元気でいますように〉

〈親父が安らかに眠れますように〉

百枚近い短冊がついた笹飾りは壮観だった。枝が深くしなる。短冊の数が多いせいだけでなく、五人が人生の折々に祈った願いごとの重みなのだろうか。

「笹飾りって、七夕が終わったらどうするんですか?」と真知子さんに訊かれた。

「ウチは短冊だけ取って、笹のほうは可燃ゴミで出してたな」

私が答えると、後藤さんも「ウチもそうです」とうなずいた。

「なんだなんだ、風情《ふぜい》のないことをするんじゃねえぞ」

不服そうな神田さんだったが、おとなになってからはずっと七夕とは無縁だった。笹飾りの後始末も、半世紀以上さかのぼった子ども時代の記憶に頼るしかない。

「ウチの田舎は、灯籠《とうろう》流しみたいに川に流してたけどなあ」

「そうそう、七夕送りよね」

川端さんが懐かしそうに言った。川端さんも、幼い頃は家族で多摩川の河原に出かけて笹を流していたのだという。

「でも、さすがにいまは川に流すわけにはいかないから、最近はゴミで出してるけど……これだけの願いごとを捨てるのは、やっぱり忍びないし……」

川端さんの気持ちはよくわかる。

ですよねー、と相槌を打った真知子さんは「なにか手がないか、ちょっと調べてみますね」とスマートフォンを取り出した。

すると、神田さんが「お焚《た》き上げってのはどうだ？」と言った。「人形とかお守りをお寺や神社で燃やしてもらうのって、よくあるだろ。それと同じでいいんじゃないのか？」

「そうね、じゃあ照雲寺に相談してみようかしら」

川端さんはさっそく照雲寺の道明和尚《おしょう》に電話をかけて、事情を説明した。話が終わって返事を待つ間もなく、指でＯＫマークをつくって笑う。さすが道明和尚、すぐさま快諾してくれたようだ。

笹の後始末の道筋がついて安堵した私たちに、スマートフォンで調べものをしたまま黙っていた真知子さんが、「あのー、一瞬いいですかあ?」と、言いづらそうに口を開いた。

「ニュースサイトの速報なんですけど……後藤さんの息子さん、羽田空港でケガをして、救急車で病院に運ばれた、って……」

第十八章　親父と息子

シンガポールに緊急出張――という名目でマスコミから身を隠していた将也さんが、なぜこのタイミングで帰国したのか。

昨日発売の週刊誌で「砲」が炸裂《さくれつ》したのを知らなかった？

「いや、それはないだろ」

商用バンを運転しながら、神田さんが言った。「ですよね……」と私も助手席でうなずく。だとすれば、古傷を暴かれた父親を案じて、善後策を講じるために急いで帰ってきたのか？

「そんなタマじゃねえだろ、あいつは」

神田さんは苦々しげに言い切った。「会ったことはなくても、わかるんだよ」

「裏をかこうとしたのかもしれませんよね。まさかこんなに早く帰国するとは誰も思ってないだろう、って」

真知子さんがリアシートから身を乗り出して言った。「だから会社から出迎えの人もいなかったんですよ」――あんがい、それが正解かもしれない。

「でも……こういうのを、まさに独り相撲っていうんですね」

真知子さんは、同情するような、あきれているような、複雑なため息をついた。

実際、ネットで報じられた事の経緯は、あまりにもお粗末だった。

空港の到着ロビーに姿を見せた将也さんは、帰国の情報をつかんだ取材記者が張り込んでいるかもしれないと警戒していた。最初はモノレールの駅に向かっていたのだが、人混みの中に不審な男たちの姿を見つけたのか、あわてて踵《きびす》を返し、タクシー乗り場に直結する下りのエスカレーターに乗った。あせりすぎていたのでスーツケースを提《さ》げたままエスカレーターを駆け下りて、途中で体のバランスをくずし、転げ落ちてしまったのだ。

ただし、それは絵に描いたような独り相撲——真知子さんが知り合いのテレビ関係者から電話で聞いたところによると、そもそも取材陣など誰も来ていなかったらしい。

「賞味期限切れなんですよ。わざわざ記者やカメラマンに張り込みをさせるほどじゃなくなったんです」

つまり、将也さんがあのままモノレールに乗っていれば、なんの問題もなかったのだ。勝手に待ち伏せされていると思い込んで、あわてて逃げだして、ケガをして大騒ぎになった。そこに日本に来たばかりの外国人旅行客に密着取材を試みる人気テレビ番組のスタッフがたまたま居合わせ、ワイドショーで見覚えのある顔だと気づいてカメラを向けて……という顚末《てんまつ》だった。

「不幸中の幸いは、落ちる途中に誰かにぶつかったりしなかったことですよね。これでも、巻き添えでケガをした人でもいたら、不倫どころの話じゃないですから」

真知子さんの言葉に、隣の後藤さんが無言で身を縮める。

将也さんは右の前腕を骨折し、あばらにもヒビが入った。頭も打ったので、念のために今夜は病院で過ごすことになった。私たちは、その入院先に向かっているところだった。

「まあ、でも、文字どおりケガの功名だよな、おかげで親父と息子がひさしぶりに会えるんだから」

神田さんはそう言って、高速道路のランプウェイに車を入れ、加速した。

ネットニュースで将也さんの事故を知ったあと、私はすぐに社長室の細川室長に電話をかけたのだ。最初はいつものように木で鼻を括《くく》ったような対応だった。羽田空港でケガをしたことまでは認めても、運び込まれた病院については一切教えてくれなかった。

ところが、しかたなく電話を切った数分後、コールバックが来た。

「少しだけなら親父《おやじ》と会う、とおっしゃっています」

その言葉を厳密に解釈すれば、病院に向かうのは後藤さんだけで、百歩譲って「一緒に来てください」とすがられた私まで、五百歩譲ったとしても運転する神田さんまでだろう。川端さんもバーベキューの後片付けを一人で引き受けて、「とにかく早く行ってあげて」と言ってくれたのだ。しかし、なぜ、真知子さんまで当然のような顔をして車に乗り込んでいるのか。

あきれはてている私に、真知子さんはすまし顔で言った。

「だって後藤さんの自分史のヤマ場ですよ。ライターとして立ち会わないわけにはいかないじゃないですか」

実際にはハーヴェスト多摩の自分史教室に参加申し込みをしただけで、正式に仕事を発注したわけではないのだが——当の後藤さんはそれを聞き咎《とが》めるどころか、「よろしくお願いします」と頭を下げた。ただし、その口調やしぐさは、いつものような卑屈なものではなかった。堂々と、まではいかなくても、背中に芯が一本通ったのがわかる。


将也さんが入院しているのは、羽田空港からほど近い、大森の救急病院だった。

「だいじょうぶか？ マスコミの奴《やつ》らがずらーっといるんじゃねえのか？」と案じていた神田さんは、病院の車寄せに入ると、「誰もいねえな……」とつぶやいて肩の力を抜いた。半分は安堵《あんど》していたが、残り半分は、誰もいないことを悔しがって、憤っているようでもあった。

「それはそうですよ」

真知子さんが笑って言った。テレビや週刊誌の世界では、もはや将也さんは「自意識過剰なマヌケ起業家」のポジションで決まってしまったらしい。

「まあ、もともとカリスマってほどの存在感もなかった人なんで、会社の株価とかにはたいして影響はないみたいですよ」

慰めなのか励ましなのか、私には失礼な言い方にしか思えないのだが、後藤さんは反論はせず、むしろ救われたように「じゃあ、よかったです」と言った。「会社に迷惑をかけて、社員を困らせたら、ほんとうに大変なことですから……」

その言葉が、神田さんのツボに入った。正面玄関前で車を停《と》めると、サイドブレーキをかけ、体をリアシートに向けて、後藤さんに言った。

「そうだぞ」

自分のほうが年下でも、イバる。

「あんたの息子は、みっともないことはやったけど、会社をどうしようもないぐらいに困らせたわけでもないし、社員や取引先に死ぬほどの迷惑をかけたわけでもない」

「……ええ」

「じゃあ、叱《しか》ってやれ。親父に叱られて、謝って終わりだ。その程度の話だ、うん」

いや、W不倫はマズいでしょう……と思ったが、割って入るのはやめた。神田さんの言いたいことは私にもわかるつもりだ。

「ひさしぶりだろう、息子を叱るのは」

「……はい」

「しっかり叱れ」

　神田さんはそう言って、「うらやましいぞ」と続けた。「所帯を持たなかったことを、いま、初めて悔やんだぞ、俺は」

　叱る家族がいない――。

「意外とそれは寂しいんだからな」

　言葉どおり寂しそうに笑って、早く行けよ、と手の甲を払った。

　神田さんは車に残った。万が一、取材記者が押しかけてくるようだったら、ここで食い止めるという。

「まあ、だいじょうぶだと思いますよ。もともと『砲』っていっても水鉄砲程度だったんだし」

　そう言う真知子さんは、当然のように後藤さんと私と一緒に車を降りて、先頭に立って病院の中に入った。

　後藤さんは私に向き直って、「まだなにを言うか決めてないんです」と苦笑した。

「やっぱり私が息子の足を引っ張ったのは事実ですし、叱るより謝るほうが先かもしれません」

　いや、それは……と言いかけた私を制して、「でも、叱ります」と続けた。「神田さんが言ってくれたように、叱る子どもがいるのは幸せなことなんですから」

その瞬間、私の脳裏に一人の男性の顔が不意に、くっきりと浮かんだ。

三十代半ばの——父だ。

腕組みをして、怖い顔で、まだ小学生になったかどうかの私をにらんでいた。イタズラだろうか。嘘《うそ》でもついてしまったのか。とにかく父に叱られているところだった。

私は謝った。べそをかきながら、「ごめんなさい、もうしません」と言った。

すると、父は「よし」と言って、笑顔になった。許してもらって涙が止まらなくなった私の頭を手で乱暴に撫《な》でながら「いい子だ、洋一郎、おまえはいい子だ」とうれしそうに言ってくれた。

五十五歳の私が、やっと父に会えた。

エレベーターを待っているとき、後藤さんに「なにかあったんですか?」と小声で訊《き》かれた。「施設長さん、急に顔つきが変わったような気がするんですけど……」

まいったなあ、と私は首を傾《かし》げた。こういうときに顔に出てしまうタイプなんだと、初めて知った。

「親父のことを思いだしたんです」

「ノブさんですか?」——口を挟んだ真知子さんにうなずき、後藤さんに続けた。

「だから、息子になったんです、いま」

言葉が足りないのはわかっている。

最初は困惑して目を瞬《しばた》いた後藤さんも、「そうですか、それはよかった」と笑って言ってくれた。私の伝えたいことは確かに伝わっている、という手ごたえのあるまなざしだった。

「後藤さんも雰囲気変わりましたよ」

真知子さんが言った。「ずーっとおどおどしてたのが、キリッとしたっていうか、気合が入ってるっていうか……」

やはりライターという職業柄なのだろうか、意外と観察眼が鋭い。

「ひょっとして、開き直ってます？」

ライターなら、もっと言葉を選んでほしいものだ。私は、やれやれ、と苦笑して、後藤さんに代わって言った。

「親父さんの顔になってるんだよ」

「ほんとですか？」――訊き返したのは、真知子さんではなく後藤さん本人だった。驚きと喜びが入り交じった声なので、私の答えは的はずれではなかったのだろう。

「さっき息子さんを叱ってやるとおっしゃったときに、父親の顔になったんですよ」

「そうですか……そうですか……」

照れくさそうに顎《あご》をポリポリと掻《か》く後藤さんに、私は言った。

「どうします？　病室には、お一人で行かれますか？」

後藤さんは父親の顔のまま、かぶりを振った。

「一緒に来てください」

なぜ——。

「助けてほしいんじゃなくて、息子に会ってほしいんです」


将也さんの病室は、最上階の、ホテルで言うならエグゼクティブフロアだった。ベッドルームの手前に、バルコニー付きの応接室がある。私たちもまず、応接室のソファーに座らせられた。

細川室長は、挨拶《あいさつ》もそこそこに「三人でいらっしゃるとは思いませんでした」と笑った。顔を合わせるのは初めてだったが、電話での印象どおり、いや、声に表情が加わるぶん、さらに慇懃《いんぎん》無礼な態度だった。

「長谷川さんはともかく、そちらの彼女は、どういうご関係なんですか？」

それは私たちも想定済みだった。ハーヴェスト多摩のスタッフということで乗り切ろう、と口裏も合わせていた。

ところが、真知子さんは「フリーライターです」と答えた。「皆さんがいま大っ嫌いなマスコミの端くれの、下っ端の、底辺の、ライターです」

細川はもとより、後藤さんと私も唖然《あぜん》とした。細川の態度にカチンと来て、挑発したくなったのか。それはわかる。わかるのだが、なにもわざわざここで……。

「でも、ご安心ください。わたしは週刊誌やネットニュースの記者ではありません。後藤さんの自分史を書くライターで、ありがたいことに、文章も取材も、すべてわたしに任せてもらっています。今夜の、いまからの、親父と息子のひさびさの対面……自分史のヤマ場なんです。サイコーに盛り上がる場面なんです」

手振りで話を止めた細川は、「社長とお父さまが会って話すのは、見世物ではありませんから」――正論中の正論を言った。

しかし、真知子さんは、むしろその一言を待っていたみたいに、「見物するわけないじゃないですかあ」と笑った。「わたしもしっかり参加させてもらいます」

「……どういうことですか?」

「椎名真梨恵さんと将也さんのLINEの記録、じつは手元にあるんでーす。将也さんがお父さんと向き合ってくれないと、そのデータ、あっさり流出しちゃいまーす」

冗談めかして言いながら、顔は笑っていなかった。

さらに、真知子さんはショルダーバッグからICレコーダーを取り出した。

「後藤さんと将也さんの会話を録音させてもらいます。あと、スマホでも動画を」

細川は即座に断ろうとしたが、「後藤さんの自分史のために必要な取材です」と譲らない。それどころか「ただし、話の中身しだいでは、思わぬ流出事故が起きる可能性も、なきにしもあらずです」と、よけいな一言まで付け加える。

「まあ、はっきり言いましてですね、ダメダメなお父さんを息子さんとしてはどう見てるのか、どう愛してあげて、どう最後を看取《みと》ってあげるつもりなのか、そこを聞けるといいなあって思うんですよ、わたし」

急に声を張り上げた。「だって、このままじゃ、ダメダメなお父さんを厄介者《やっかい》扱いして、施設に放り込んだオニ息子ですよ、それでいいんですか?」

気づいた。さっきから真知子さんは、ちらちらと細川の背後に目をやっている。そこにはベッドルームのドアがあり、ドアの向こうには、当然……。

「ダメ親父とオニ息子のままでいいんですか、あなたたち!」

ドアをにらみつけた。もうわかった。間違いない。真知子さんが挑発しているほんとうの相手は、将也さんだった。

ベッドルームから声や物音は聞こえず、ドアが開きそうな気配はない。焦《じ》れた真知子さんがさらに言葉を継ごうとしたとき、後藤さんが初めて口を開いた。

「悪いんだが……取り消してくれ」

「なにをですか?」

「息子をオニなんて呼ぶのはやめてくれ」

後藤さんはまっすぐに真知子さんを見つめ、「私はいい、私はダメ親父だ。でも、息子は違うんだ」と訴える。「あの子は、優しい子なんだ、ほんとうに……私の、自慢の息子なんだ……」

最後の一言は、喉《のど》の奥から搾《しぼ》り出すような声になった。

「私は厄介者だよ。息子にも迷惑ばかりかけてきた」

てらいも自嘲もなく、意外なほど穏やかに、自分の至らなさを認めた。

「厄介払いをされて当然だ」

「そんなことないですっ」

真知子さんの反論を、いいんだ、と私が目配せで止めた。真知子さんがそうだったように、いまの後藤さんがほんとうに語りかけている相手は、ドアの向こうの将也さんなのだろう。

「でも、こんな贅沢《ぜいたく》な厄介払いなら、私はうれしくてしかたない。だってそうだろ、施設長さんの前だから言うわけじゃないんだが、ハーヴェスト多摩みたいな高級な施設、自分の力では逆立ちしたって無理だ。息子のおかげだ。高い金を払ってくれて、入居の順番まで繰り上げてくれて……これほどの親孝行がどこにある？」

いまの後藤さんは、ほんとうにいい顔をしている。

だが、私はハーヴェスト多摩にいるときの顔を知っている。すぐに自嘲して、卑屈になって、酒に酔ってだらしなく笑う顔を、なかったことにはできないのだ、やはり。

「幸せだよ。あと何年生きるかわからないけど、もうなにも心配しなくていい。美味《うま》いメシが三食ついて、眺めのいい部屋があって、広い風呂もあって、具合が悪くなればすぐに医者が診てくれて、最後の最後まで面倒を見てくれる。ほんとうに幸せだ」

私はうつむいて話を聞いた。顔を上げて目が合ってしまうと、「違うでしょう」という一言を抑える自信がない。ほんとうに幸せな毎日だったら、どうしてあんなに酒に逃げるんですか、あなたはウチに来てからずっと途方に暮れていたじゃありませんか……。

「だから、息子には感謝しかない」

後藤さんは力を込めて言って、ふーう、と長いため息をついた。その息の尻尾が、ぐらっと揺れる。

「でも……寂しいんだなあ……なんでだろうなあ、毎日、寂しいんだよ……」

涙ぐんでいたのだ。

「ちょっと、やだ、後藤さん、泣かないでくださいよ……」

真知子さんはあわててハンカチを差し出した。細川もさすがに困惑して、ベッドルームのドアを何度も振り向いた。

後藤さんが泣くところを見るのは、月曜日以来だった。だが、あのときとは泣き方が違う。月曜日には子どものように感情を剥き出しにして泣きじゃくっていた後藤さんが、いまは、恥ずかしそうに、悔しそうに、申し訳なさそうに……心ならずも泣いていた。嗚咽《おえつ》を必死にこらえ、真知子さんから受け取ったハンカチを目に強く押し当てて、くぐもった声でうめいていた。

ああ、これがおとなの泣き方だ、と思った。父親の涙の流し方だ、と嚙《か》みしめた。

だから――。

「後藤さん、ちょっとだけ話を聞いてもらえますか」と私は言った。真知子さんや後藤さんと同じように、ほんとうは、ドアの向こうの将也さんに向けて。

「今日、川端さんの農園で仕事をしていた後藤さん、すごく若々しかったです。潑剌《はつらつ》として、活《い》き活きとして、まさに幸せいっぱいに見えました」

ハーヴェスト多摩で見てきた姿とはまったく違っていたのだ。

だからこそ――。

「後藤さん、もしよかったら、仕事をしてみませんか」

「……え?」

「お金をしっかり稼ぐ仕事を見つけるのは大変かもしれません。でも、収入は少なくても……ボランティアでも、誰かに『お疲れさまでした』とか『ありがとうございました』と言ってもらえる場面、少しでもたくさんあったほうがいいと思うんです」

一瞬思ったのだ。ハーヴェスト多摩を出て、和泉台ハイツ２０５号室に引っ越して、川端さんの農園で働くことができたら、後藤さんにとっても、いまの毎日よりずっと「幸せ」なのではないか。

身勝手な押しつけにすぎない。わかっている。けれど、このままでは終えたくないから――。

「ねえ将也さん、聞いてるでしょう？」

ドアに向かって言った。「お父さん、そっちに行ってもらいます」

将也さんの返事はなかった。

代わりに、ドアがゆっくりと開いた。

将也さんは、右手を三角巾で吊《つ》り、胸にコルセットを着けて、さらに松葉杖までついていた。後藤さんは涙の残る声で「ベッドに戻ってろ、こっちから行く」と言ったが、「だいじょうぶ」と息苦しそうに返す。

体を動かすと痛みが走るのだろう、ソファーに座るまでに何度も顔をしかめて低くうめいた。さっきから挑発しつづけていた真知子さんも、さすがに口を閉ざし、心配そうに将也さんを見つめる。

そんな真知子さんに、将也さんはぎごちなく頬をゆるめた。苦しそうではあっても笑顔をつくって、「ハッタリだったな」と言う。「警察に言えば脅迫になるんじゃないかと思うけどな……まあ、いいや」

真知子さんはたちまち挙動不審になり、「は？　なんのことですか？」と裏返った声で返す——意外と守りに弱い。

「俺たちはＬＩＮＥは一切やってない」

つまり、そもその脅しが成立していなかったわけだ。

「すぐに細川に言って追い返してもよかったんだが……」

応接室とつながるコールボタンを押そうとしたら、真知子さんの「ダメ親父とオニ息子」の一言が聞こえた。ムッとしなかったと言えば嘘になる。だが、かえってそれで肚《はら》が据わった。言いたいことを全部言わせてやるか、とボタンを放した。すると今度は後藤さんの声が聞こえたのだった。

「親父の声、ひさしぶりだった」

将也さんはまなざしを真知子さんから後藤さんに移し、「元気そうでよかった」と笑って、顔をしかめて、うめいた。

「だいじょうぶか、マサくん」

思わず腰を浮かせた後藤さんは、決まり悪そうに「……将也」と言い直した。気にしないでください、と私は顔の前で手を横に振り、真知子さんも「今日は無礼講ですっ」——

この日本語、正しいのか？

　後藤さんは私たちに頭を下げると、「マサくん」とあらためて息子を呼んだ。

「……なに？」

　返事はぶっきらぼうだったが、将也さんの顔に一瞬、少年の面影がよぎった。

「お父さんは、たくさん失敗をして、お母さんやマサくんにいろんな苦労をさせて、面倒をかけてきたよな」

　後藤さんは静かに語りかける。

　将也さんは「いいよ、そんなの、いまさら言われたって……」と横を向く。「そういうのをくどくど謝られるから、うんざりするんだよ」

　気づいてくれているだろうか。後藤さんは、神田さんに教えられたとおり、迷惑という言葉はつかわなかったのだ。

「でも、お父さんみたいなダメ親父を、マサくんはハーヴェスト多摩に入れてくれた。分不相応なほどの親孝行をしてくれて、ありがとう。お父さん、幸せ者だ」

「いいって、もう」

　将也さんは照れ隠しではすまない苦い顔になり、「嘘をついてまでヨイショしなくていいよ」と言って、私に目を移した。

「週刊誌に出てた話、親父がヒンシュクばかり買ってる嫌われ者だ、って。それ、ほんとなんでしょ、施設長さん」

否定はできない。しかし、これだけはわかってほしい。

「寂しかったんですよ、後藤さんは」

「さっきも、自分でそんなこと言ってましたね。言ったあと泣いちゃって……みっともないところをお見せして、すみません」

ため息を一つ挟んで、「私のケガやいろんな騒ぎが落ち着いたら退去させます」と言った。

「親父も認めてるように、もともと分不相応だったんですよ。もっと身の丈に合った施設のほうが、親父にもいいんじゃないかと思います」

違う、絶対にそれは違う――。

私は中腰になって将也さんの鼻先まで顔を突き出し、きっぱりと言った。

「いまのままだと、どこの、どんな施設に入っても同じです。後藤さんは、ずっと寂しいままです。それを紛《まぎ》らせたくて、人恋しくて、でも、なかなかまわりの人との距離感がうまくつかめなくて、結局はお酒にすがった挙《あ》げ句《く》に、失敗をしてしまうはずです」

将也さんの表情が険しくなった。わかっている。それでも、ここで譲ってはならない。

私は、息子なのだ。さっき父の顔を思いだして、ようやく息子になれたのだ。

「もし、どうしても別の施設に移るというのなら、もちろん引き留めることはできません。でも、そのときには、一つだけ約束してもらえませんか」

「……約束？」

「後藤さんに寂しい思いをさせないでください。いくつになっても……八十、九十になっても、ずっと、あなたのお父さんのままにしてあげてください」

「……そんなの、あたりまえでしょう」

「違います」

「どこが」

「あなたが息子になっていないと、後藤さんは父親になれないんですよ」

「はあ？」

「息子でいてください。あなたがずっと息子でいてくれれば、後藤さんもずっと父親でいられるんですよ。どんなにあなたが社会的に成功して、後藤さんが失敗ばかりでも……後藤さんがいなければ、あなたはいなかったんです。あなたは、ずっと、嫌でも、後藤さんの息子なんですよ」

私もそうなのだ。石井信也がどんなにだめな人生を歩んでいようと、あのひとがいなければ、私はいない。私の体の中に、あのひとは、確かにいる。そして、ひこばえのように、父のことを知る由もない孫の美菜や航太、さらに曽孫《ひまご》の遼星の中にも、父はいるのだ。

将也さんは「言ってる意味、よくわかんないけど」と苦笑した。もう、これ以上私の話を聞くつもりはなさそうだった。

ところが、後藤さんが言った。

「最後まで聞け。施設長さんの話をちゃんと聞くんだ」——間違いなく、それは、息子を叱る父親の言葉だった。

寂しさとは、なにか。

ハーヴェスト多摩に暮らす人生の先輩たちを見ていると、それは胸にぽっかりと空いた穴に吹き抜ける風のようなものではないか、という気がする。

仕事をリタイアした人には、仕事の形の穴が空く。連れ合いを亡くしてしまった人には、夫や妻という形の穴が空く。住み慣れた我が家を処分してハーヴェスト多摩に来た人の胸には、我が家という形の穴が空き、いままでご近所で親しく付き合ってきた仲間一人ひとりの穴が空き、我が家や我が町と決して切り離すことのできない思い出という穴が空く……。

かつてあったものがなくなってしまったときに、寂しさが生まれる。だから、人は寂しさを「埋める」ことを考えるのだ。

「その穴をうまく埋められる人もいます。でも、それができない人もいる。私は、申し訳ありませんが、後藤さんはそちら側だと思います」

会社がつぶれ、一流企業のサラリーマンという穴が空いた。息子に見限られて、厳しいお父さんという穴も空いた。奥さんを亡くしたあとは夫という穴が空き、部屋を掃除してゴミを捨てるのが億劫《おっくう》になると、ご近所の一員という穴も空いてしまった。

「われわれの力不足なんですが、ウチに来ていただいてからも、残念ですが、後藤さんの寂しさは埋められませんでした」

将也さんと後藤さんの二人に頭を下げた。後藤さんの寂しさを埋めることができたのは、酒の酔いと、将也さんの自慢話だけだった。私は、いま、それを苦く、重く、受け止める。

「でも、一番大きな寂しさは、いまからでも埋められると思います」

それが、父親という形の穴——。

「奥さんはもう亡くなってしまいました。でも、息子の将也さんは、まだ……これからもずっと、息子じゃないですか」

埋まるんです、と言った。埋められますよ絶対に、と念を押した。

見つめている相手は将也さんだった。

だが、私は、私自身と——父に、語りかけているのだ。

私は父親としての自分に、いつも微妙な居心地の悪さを感じていた。美菜と航太に対して、揺るぎなく「お母さん」である夏子とは違って、自分の「お父さん」に確固たる自信が持てない。

夏子と美菜と航太の団欒《だんらん》を微笑《ほほえ》んで眺めながら、おしゃべりの輪にスッと入れない──縄跳びの輪に飛び込みたいのに、肩を上下させてばかりの子どものように。

子どもたちはおとなになった。私はいまや「おじいちゃん」なのに、まだ、その前の「お父さん」がしっくり来ない。

理由が、いま、ようやくわかった。

私は「お父さん」どころか、さらにその前の「息子」にもなっていなかったのだ。父の記憶をほとんど持っていない私の胸にはずっと、気づかないまま、息子の形をした穴がぽっかりと空いていたのだ。

養父の隆さんには申し訳ないと思う。隆さんにはお世話になった。母が一雄さんや雄二に気をつかいどおしだったように、隆さんだって私や姉をずっと気づかってくれた。隆さんとの関係を振り返ると、残るものは感謝しかない──それでも、「感謝」以外のものが残っていないのが、ほんとうの親父と息子になりきれなかった証《あかし》かもしれない。

私たちは一度も親子喧嘩《げんか》をしなかった。隆さんは私を決して叱らなかった。それがいま、うれしくて、寂しい。

本音では私を叱りたいときもあったのかもしれない。叱って、喧嘩をして、仲直りをして、親子になりたかったのかもしれない。私が大学入学を機に上京せず、ずっと備後市にいれば、そんな場面があったのか、ないままだったのか……それは考えても詮《せん》ないことだろう。

隆さんに、心からの「ありがとう」と「ごめんなさい」を伝えたい。今度、備後に帰って薬師院《やくしいん》に墓参りをしたら、うんと感謝して、身勝手な言いぶんを先回りして謝ってから、「ほんとうは叱ってほしかったよ」と心の中で語りかけようか……。

急に黙り込んだ私を、将也さんは訝《いぶか》しそうに見つめる。私は「ああ、すみません」と我に返り、途切れていた話をつないだ。

「私、最近よく思うんです」

ハーヴェスト多摩のような施設が、なぜ世の中で求められているのか――。

「もちろん、一人暮らしや夫婦二人だけでは家を守り切れなくなったり、買い物や料理がしんどくなったり、介護が必要になったり、という現実的な理由はあります」

しかしそれ以上に大きいのは――。

「誰かと一緒にいることで、少しでも寂しさを紛らせて、できるならその寂しさの穴を埋めたいんじゃないでしょうか」

私たちがイベントや講座を企画するときにいつも考えるのは「入居者の皆さんが退屈しないように」ということだった。単調になりがちな毎日にメリハリをつけて愉《たの》しんでもらいたい。そうしないと、退屈はすぐに寂しさに変わってしまうから。

「悲しさには、はっきりした理由やきっかけがあります。病気で言えば、急性のものです。でも、寂しさは慢性なんです。ふと気づくと、胸にぽっかり穴が空いていて、いつの間にかそれが当たり前になって、じわじわ、じわじわ、悪化していって……」

病気に譬《たと》えるなら、自覚症状のない寂しさもある。後藤さんは、おそらくそのタイプだったのだろう。潜伏期間だってある。連れ合いを亡くした直後は気が張っていても、ある日ふと気持ちがゆるんだときに深い寂しさに襲われて、眠れなくなってしまった入居者を、何人も見てきた。

「われわれはなんのために皆さんをお世話しているのか、お恥ずかしい話ですが、個人的にきちんと考えたことはありませんでした。でも、いま、自分なりの答えが見つかった気がするんです」

入居者の生涯を、寂しさの中で終わらせてはならない。

「人生の長い旅の、最後の最後に行き着く先が寂しさだなんて、悔しいじゃないですか。私は嫌です、誰にもそんなふうにはなってほしくありません」

父を、思う。父に、語る。

あなたは一人暮らしだった。誰かに嫌われ、恨まれ、憎まれてしまう立場になることも多かったようだ。けれど、神田さんがいて、川端さんや田辺さん親子がいて、そして小雪さんがいて……最後の最後の日々は決して寂しくはなかったのだと——信じさせてほしい。

「お父さんの寂しさを埋めてあげられるのは、あなたしかいないんです」

私は将也さんをじっと見つめ、声に力を込めた。「あなたが息子に戻ってくれれば、後藤さんはお父さんに戻れるんです」

将也さんは苦笑して、「ずっと息子ですよ、親子なんだから」と目をそらした。苦笑いの顔は醒《さ》めていた。けれど、まなざしが横に逃げたとき、ほんの一瞬、翳《かげ》りがよぎった。

「マサくん」

後藤さんが語りかけた。「お父さん、ずっと言い忘れてたことがあるんだ」

「……なに？」

「マサくん……よくがんばったな」

虚を衝《つ》かれたのだろう、将也さんの目が泳ぐ。私にも予想外の言葉だった。

「会社をつくって、自分の力でここまで大きくして、ほんとうによくがんばった。お父さん、いままでちゃんと褒《ほ》めたことなかったから、いま言わせてくれ」

将也さんは「いいよ、そんなの」と顔をしかめ、うっとうしそうに手を払ったが、後藤さんはかまわず続けた。

「親は、子どもががんばったときには褒めてやらなきゃいけないんだ。いくつになっても……マサくんのほうがずっと偉くなっても、おまえを褒めてやれるのは、お父さんしかいない」

「……べつに、褒めてもらうために仕事をしてるわけじゃないんだから」

「いいんだ、親孝行だと思って、褒めさせてくれ。息子を褒めることができる親は幸せなんだから」

「……ちょっと、骨折したところが痛いから、悪いけど今夜は帰ってくれない？」

「まだだ。まだ終わってない」

後藤さんは立ち上がって、将也さんの背後に回り、振り向くのを制して、手のひらを将也さんの頭に乗せた。

「覚えてるか、マサくん」

「……うん」

そうか、よかった、と後藤さんが微笑むと、将也さんの頰もわずかにゆるんだ。笑顔とまではいかなくても、初めて見せる素直な表情になった。「もう四十年近くも昔なんだなあ」とつぶやく後藤さんよりも、黙ってうなずく将也さんのほうが、むしろ昔を懐かしんでいるように見えた。

「マサくんがちっちゃな子どもだった頃、悪いことをして叱るときは、いつもこうだったんです」

後藤さんは私と真知子さんに言って、将也さんの頭を軽く、痛みも重みも感じさせずに何度か叩《たた》いて、歌を口ずさむように言った。

「わーるいマサくん、いけないマサくん、飛んでゆけー、いつものマサくん、戻ってこーい、素直なマサくん、帰ってこーい、ごめんなさいで戻ります、もうしませんで帰ります……」

痛いの痛いの飛んでゆけー、のようなおまじない——なのだろう。

「叱るっていっても、こんな程度です。まったく甘いもんでしょう」

自分で自分にあきれるように笑った後藤さんとは対照的に、将也さんの表情は、しだいに泣き顔に近くなっていった。

そんな将也さんに、後藤さんは「謝らなきゃな、ウチに帰って」と語りかける。「向こうの家族にも、直接会うことはできなくても、きちんとお詫《わ》びをしないとな」

将也さんは唇を結んで、うなずいた。

「もう、こそこそ逃げ回ったりするなよ。マサくんは、お父さんのヒーローなんだから、カッコいいところを見せてくれ、これからもずっと、ずーっと、お父さんが死ぬまで……」

後藤さんの声に涙が交じる。洟《はな》を啜《すす》り、天井を振り仰いで、またおまじないを唱える。

「わーるいマサくん、いけないマサくん、飛んでゆけー、いつものマサくん、戻ってこーい、素直なマサくん、帰ってこーい、ごめんなさいで戻ります、もうしませんで帰ります……」

途中から、声が重なった。将也さんも一緒におまじないを唱えはじめたのだ。

将也さんの頬に涙が伝う。それを見たとき、私はふと思った。将也さんもずっと寂しかったのかもしれない。彼の胸にも、息子という形の穴がぽっかりと空いていたのかもしれない。

後藤さんは嗚咽でおまじないを続けられなくなってしまった。将也さんの声も、もはや涙でほとんど聞き取れない。

この二人は泣き顔がよく似ている親子なのだと、いま、気づいた。

終章　きらきら星

「おう、息子」

神田さんに声をかけられて、目を覚ました。「京都を過ぎたぞ」

トラックが名神高速の大垣インターチェンジを通過したのは覚えている。そのあとすぐに眠ってしまったのだろう。

トラックの助手席に座るのは初めてだった。ゆうべ十時過ぎに東京を発《た》ったときには、シートの硬さに戸惑い、エンジンの振動や音の大きさにひるんだ。夜通し乗り通せるかどうか不安だったのだが、いざ走りだして、体が慣れてくると、意外に快適な車の旅になった。

なにより見晴らしがいい。車窓から眺める遠くの街の夜景も悪くないし、ほぼ一定の間隔で流れ去る照明灯の明かりをぼんやり見つめていると、運転する神田さんには申し訳ないが、ほろ酔いのように頭が心地よくぼうっとしてくる。

浜名湖のサービスエリアで休憩を取ったときにその感想を伝えると、神田さんは「やっぱり親子だな」と笑った。「ノブさんも昔、同じことを俺に言ってたんだ」

ほんとうだろうか。私を喜ばせようとして、話を合わせてくれたのかもしれない。

いずれにしても、父はいま、私たちと一緒にトラックに乗っている。運転席と助手席の後ろの仮眠スペースに、父の骨箱を入れたスポーツバッグが置いてあるのだ。

「あと三十分ほどだ。名神から中国道に入って、すぐだ、すぐ右側に見えるからな」

「……はい」

「ちょうど夜明けの頃だ」

大垣ではまだ暗かった空も、午前五時を過ぎて、だいぶ白んできた。

「俺の側だからちょっと見づらいかもしれないけど、路肩に停《と》めるわけにもいかないしな。なるべくスピードを落として走るから、まあ、がんばれ」

神田さんは眠気覚ましにミントタブレットを口に入れ、バリバリと嚙《か》みくだきながら、続けた。

「しっかり見て、しっかり見せてやれ」

私はうなずいて、仮眠スペースのスポーツバッグを膝《ひざ》の上に移した。三十分後に備えるには気が早すぎるだろうか。だが、せっかちな性格は父譲り――父もさっきから、早くしろ、早く膝に載せろ、とせがんでいるはずだ。きっと。間違いなく。

喉《のど》が少し痛い。咳払《せきばら》いをしても、いがらっぽさが取れない。鼻も詰まっている。

「飴《あめ》でも舐《な》めてろ、そこにある」

　神田さんは前を向いたまま、センターコンソールの小物入れを指差した。

「車の中は空気が乾燥してるんだ。夜通し乗ってると、一発で喉や鼻をやられる」

　だったらそれを早く言ってくださいよ、と思いながらも、カリンのエキス入りの飴をありがたく頂戴《ちょうだい》した。

「それに、彦根に出るまで、けっこう底冷えしたしな」

　私が寝入っていた間に通った関ケ原の付近だろう。冬場の新幹線も、あのあたりの積雪でしばしば遅れてしまう。

「確かに、ちょっと寒いですね」

「まあ、もう十月だからな、山のほうはそろそろ冬支度だ」

　今日は十月六日、土曜日——。

　膝に抱いた父の遺骨とは、明日、七日に別れる。納骨先を見つけた。日本海のはるか沖にある後鳥羽《ごとば》諸島に属する小さな無人島に、粉骨した遺骨を撒《ま》く。だから、正確には「納骨」ではなく「散骨」——地元でツタ島と呼ばれるその無人島は、島がまるごと散骨の場所になっているのだ。

「山陰のほうは、こっちの瀬戸内側よりもっと寒いぞ。しかも島なんだから、風邪ひかないように暖かくしていかないとな」

「はい……」

「孫や子どもも来るんだろ?」

「ツタ島まではアレですけど、今夜、弓《ゆみ》ノ浜《はま》温泉の旅館に集まります」

「孫に風邪をうつしたら大ヒンシュクだ」

まったくそのとおり。夏子と美菜の怒った顔が目に浮かぶ。

後鳥羽諸島と本土を結ぶ高速船が発着する美保《みほ》港の近くに、古くから名湯として知られる弓ノ浜温泉がある。それを知った我が家の面々は「そこまで見送りに行くから」と言いだした。遼星を連れた美菜と千隼くんはもちろん、遼星の遠出にはおばあちゃんの夏子も漏れなくついてくる。さらには航太まで、「月曜日も体育の日で三連休だから」と、部活を休みにして同行することになった。

さすがにツタ島までは付き合えなくとも、顔も知らない父をみんなで——家族揃《そろ》って見送ってくれるのだ。よかったね、寂しくないよね、と膝のスポーツバッグを少し強く抱き直した。

父の散骨について神田さんに伝えたのは、八月の終わり頃だった。

「最初は海洋散骨も考えたんですが、ツタ島だと、対岸のわりと大きな島の高台に、ツタ島を見わたせる参拝所があるんです。やっぱり遠くからでも、手を合わせる先があったほうがいいと思って……」

じつは、それを強く主張したのは、姉だったのだ。「いつかお母さんがお参りしたいって言うかもしれないし、わたしだって、もしかしたら、ちょっとその気になる可能性が、永遠にないっていうわけでもないんだし」——私はなにも反対していないのに、急に「お金を出すのはお母さんなんだからね！　文句言わないの！」と怒りだした。照れ隠しの逆ギレなのだろう。

神田さんは、散骨が十月の三連休だと伝えると、すぐさま「よし、そっち方面の仕事をつくって、ノブさんを乗せていってやる」と言った。

「だいじょうぶですか？」

「心配するな。こっちもダテに何十年も『流し』をやってないし、どこの配送でも人手不足で悲鳴をあげてるんだ。ギャラのハードルを下げれば、仕事はすぐに取れる」

「じゃあ、お願いします」

そこまでは私も想定していた。神田さんに父と最後の時間を過ごしてもらい、私は新幹線か飛行機で配送先の街に先回りして遺骨を受け取るつもりだった。

ところが、神田さんは美保港からツタ島に渡るのだと知ると、思いがけないことを口にした。

「そういえば、ノブさんは大阪の万博に一家で出かける約束をしたきり、いなくなったんだよな」

「はい……そうです」

「じゃあ息子、おまえさんもトラックに乗れ」

「――え？」

「美保港に行くんだったら、通るんだよ、万博の公園を」

トラックは名神高速から中国自動車道に入るルートを進むことになる。途中で万博記念公園を突っ切る。そのときに、車窓から太陽の塔が見えるのだという。

「万博で太陽の塔を見るとか見ないとかの話が、ノブさんの貴重な思い出なんだろう？　じゃあ見せてやる。ちらっとだけど、車の中から見える。ノブさんにも見せてやれ」

最初は困惑した。だが、ためらう背中を乱暴に叩《たた》くように「どうするんだ、おい」とうながされると、喉のつかえが取れたように声が出た。

「お願いします」

神田さんは「任せろ」とうなずき、「ノブさんと一緒に見ればいい」と笑ったのだった。

夜通しトラックを運転しながら、神田さんは父との思い出を、ぽつりぽつりと、思いだすままに話してくれた。

魚の食べ方がへただった。目玉焼きはウスターソース派だった。定食屋のスポーツ新聞をいつもバラバラにして読むので迷惑がられていた。切符で電車に乗っていた時代、切符を煙草《たばこ》の箱とフィルムの間に入れて、なくさないようにしていた。焼鳥を串からはずすのが得意だったが、串を持って食えという流儀の店に入ってしまい、店主にこっぴどく叱《しか》られたことがある。アパートの一階に住んでいた頃、部屋の前の庭を縄張りにしている野良猫になつかれて、乏しい小遣いをやりくりしてキャットフードを買っていた。年に何度か、知り合いの葬式や契約社員の採用面接でネクタイを締めるのだが、手先が不器用なので、大剣と小剣の長さのバランスが揃うまで優に五、六分はかかってしまう……。

どれもささやかで、父の人生の根幹にかかわるような大きな話ではない。

譬《たと》えるなら、ジグソーパズルのピースをいくつか渡されただけだ。小雪さんや川端さん、田辺さん親子から受け取ったピースを加えても、パズルを完成させるには、とうてい数が足りない。手持ちのピース同士がすべて繋《つな》がるのかどうかもわからない。しかも、厄介《やっかい》なことに、ピースの表面にはなんの絵柄もついていないのだ。

神田さんの話には、父が繰り返してきた借金がらみのトラブルは出てこなかった。こちらから尋ねても、「忘れた」とそっけなく撥《は》ねつけられた。そんなはずはないでしょうと食い下がると、「うるさい」と一喝された。「死んだ親のことをなんでもかんでも知りたいなんて、息子だからって、贅沢《ぜいたく》なことを言うんじゃない」――乱暴な理屈だったが、不思議と納得がいった。六月に小雪さんに言われた「思い出は身勝手でいい」という言葉も、ふと浮かんだ。

トラックは大山崎と茨木のインターチェンジを通過した。吹田《すいた》ジャンクションまでは、あとわずか。ジャンクションで名神高速から中国自動車道に入れば、すぐに万博記念公園に差しかかる。

「右側だぞ、右側」

神田さんは念を押した。空はさらに明るくなって、もうじき、朝日が昇る。見えた。

父の骨箱を入れたスポーツバッグを胸に抱いて上体を倒し、運転席のほうに目をやると、太陽の塔が確かに見えた。

予想していたよりも間近だった。思っていたよりずっと大きく、ずっと堂々としていた。両手を広げて丘の上にたたずみ、遥《はる》か彼方《かなた》を見つめる太陽の塔は、地平線から昇ったばかりの鮮やかなオレンジ色の朝日を浴びていた。

――嘘《うそ》だ。実際には、東の空には雲がかかっていたので朝の陽射《ひざ》しはぼんやりとしか届かなかったし、万博開催時のパビリオンが撤去されたあとに残された太陽の塔は、じつは、思っていたよりくすんで見えて、寂しそうにも見えたのだ。

それでも、私は「おおーっ」と快哉《かいさい》を叫んだ。少しでも見やすいようにと背中を反らして視界を広げてくれた神田さんのためにも、太陽の塔は美しい朝日に染まっていたんだ、と決めた。小雪さんが教えてくれたように、思い出は身勝手なものでいい。

四十八年前の父は、一緒に万博に行って太陽の塔を見るというその約束を守ってくれなかった。だが、いま、やっと、二人で太陽の塔を見ることができた。私が父を連れてきたのではない。父が、私を連れてきてくれたのだ。

車窓に太陽の塔が見えていたのは、ほんの数秒だった。神田さんは「ほな、さいなら、毎度おおきに！」と怪しげな関西弁でおどけると、アクセルを踏み込んで一気にスピードを上げた。

「……ありがとうございました」

「おう、まあ、アレだ、息子もよかったじゃねえか、ノブさんと一緒に太陽の塔を見ることができて。俺さまのおかげだな」

わははっと笑ったあと、真顔に戻って「よかったな」と言った。さっきと同じような言葉でも、口調が違う。声が深い。

「親子っていうのはたいしたもんだ。親が死んでからも子どもには思い出が増えるんだ、いまみたいに」

「……はい」

「いなくなってから出会うことだってできるんだ、親子は」

うらやましいよ、と自分の家族のことはなに一つ語ってくれなかった神田さんは、しわがれた声で付け加えた。

太陽の塔を私に見せたあと、神田さんは急に口数が増えた。

「息子と初めて会ったのは五月だったな。母の日だったよな、ノブさんにカーネーションを供えたんだから。で、その前にノブさんに電話したらおまえさんが出て……それがアレか、五月の連休明けだもんな」

ろく、しち、はち、きゅう、と数えて「五ケ月前ってことか」と、感慨深そうに息をつく。「長いのか短いのかわからんが、よかったよ、息子、おまえさんと会えて」

別れの挨拶《あいさつ》のような――いや、実際、別れの時は近づいている。

中国道沿いの鶴山《かくざん》市にある精密機械の工場に部品を届け、出来上がった製品を積み込んで東京に持ち帰るのが、神田さんの請け負った仕事だった。私はJRの鶴山駅からローカル線を乗り継いで、半日がかりで日本海に臨む弓ノ浜温泉に向かい、旅館で家族と合流する。さっき目にした案内標識によると、鶴山市まではあと百二十キロだった。一時間半ほどで着くだろう。

「なあ息子、田舎のおふくろさんを大事にしろよ。ノブさんがやりたくてもできなかったこと、してやってくれ」

「はい……」

応えたあと、寂しさ交じりの、せめてもの皮肉を返した。

「私の名前、結局最後まで覚えてもらえませんでしたね」

「そんなの覚えてるに決まってるだろ。洋一郎だよな？　で、苗字《みょうじ》は長谷川だ」

ぽかんとしてしまった私の困惑を、なるほどな、と見抜いた神田さんは、ぶっきらぼうな口調で種明かしをしてくれた。

「おまえさんは、ずうっとお父さんをやってきて、孫ができてからは、おじいちゃんにもなった。でもな……息子が足りんだろう、おまえさんの人生には」

人生に「息子」が足りない――。

「だから俺が、足りなかったぶんを、たくさん呼んでやることにしたんだ。息子、息子、息子……だいぶ埋め合わせができたんじゃないか？　うん？」

よくわからない理屈だったが、うなずくと、そのまましばらく、顔を上げられなくなった。「息子」のままでいい。ままだから、いい。何月何日とは覚えていない。ただ、夏が終わって秋に入った頃から、神田さんは私をときどき「おまえさん」と呼ぶようになった。

「おまえ」に「さん」がついた。それだけでも、うれしい。

「ノブさんのおかげで、いろんな奴《やつ》らに会ったよなあ」

神田さんはしみじみと言う。やはり、別れの挨拶の流れになりつつあるようだ。

「息子もいろいろ面倒だと思うけど、後藤のおっさんのこと、よろしく頼むぞ」

「はい……」

「あのおっさん、どうもまだ危なっかしいところがあるからなあ」

心配しながらも、その危なっかしさを愉《たの》しむように、ははっと笑った。

いつものことだ。八月、九月と、神田さんと連絡を取ることはそれほど多くなかったが、神田さんは決まって「後藤のおっさんはどうだ？　元気にしてるのか？」と訊《き》いてくる。ゆうべもそうだった。

後藤さんは将也さんと話し合った結果、別の老人ホームに移るのではなく、ハーヴェスト多摩に戻ることになった。

私の前で「お約束します」と誓った。「ゴミ出しや洗濯をきちんとやって、お酒のほうも……少なくとも、酔って食堂に行くのは絶対にやめます」

「少なくとも」の留保が付くあたりに、確かに神田さんの言うとおり、微妙な危なっかしさが覗《のぞ》く。さらに「こんなに親身になってくださる施設長さんから離れるなんて、バチが当たりますよ」と付け加えて笑うところにも、いささかの不安は残る。それでも、後藤さんの笑顔には、以前のような媚《こ》びた卑屈さは消えていた。

ハーヴェスト多摩に戻ってからも、後藤さんと多摩ケ丘の縁は切れたわけではない。毎週末、夏休みから書き入れ時を迎えた『かわばたフルーツ&バーベキュー園』の手伝いに出かけているのだ。

団体客が重なった九月の連休には、川端さんのリクエストに応えて、臨時の助っ人探しまで請け負った。

〈アルバイト募集！　いい汗をかいて、リフレッシュしませんか？　問い合わせや申し込みは901号室の後藤まで〉

ロビーの掲示板に手書きの貼り紙を出すと、七十代の入居者が三人も申し込んだ。後藤さんは大喜びだったし、助っ人の皆さんも口々に「楽しかった」と言ってくれた。私は施設長として大切なことを教わったような気がしている。


九月に入ってから、後藤さんにはもう一つ楽しみができた。

隔週の金曜日にハーヴェスト多摩で自分史教室が始まったのだ。

講師は——真知子さん。

「かあーっ……」

神田さんは大仰に顔をしかめ、「勘弁してくれよ、あのねえちゃんになにができるんだよ、おいおいおい」とステアリングに突っ伏す真似《まね》までした。高速道路を走行中には慎んでもらいたいのだが。

「でも、彼女、ボランティアでやってくれてるんですから」

「なに言ってんだ、タダほど高いものはないって知らねえのかよ」

悪口を並べ立てながらも、「で、評判はどうなんだ？　だいじょうぶなのか？」と訊いてくるときの表情や口調には、微妙な親ゴコロのようなものがにじんでいる。

「大人気ですよ。やっぱり根っこが明るい人ですし、少々言い過ぎたりしても、それがかえって、入居者の皆さんには新鮮だったりするみたいで……」

お茶菓子をふるまう程度のお礼しかできない代わりに、自分史の出版を手がける文翔《ぶんしょう》出版《しゅっぱん》のパンフレットを配るのを認めた。すると、最初の講座が終わった時点で早くも見積もりの問い合わせがあった。

「意外とやるんだな、あのねえちゃん」

「ええ、なかなかたいしたものです」

自分史とはなにか。最初の授業で、真知子さんは言った。「お魚が美味《おい》しい干物になる前の、元気に大海原を泳いでいた頃のお話です」――立ち会っていた私は思わず天を仰いだのだが、続けて、こうも言ったのだ。

「皆さんが泳いできた海の広さや、深さ、海の色の青さや、海から見上げた空のまぶしさを、ぜひ教えてください。自分史とは長い自己紹介ではありません。自分の出会った人たちや、自分の生きてきた時間の素晴らしさの物語なんです」

昨日、三回目の教室を終えた真知子さんは、応接室で栗きんとんを美味しそうに食べながら「おかげさまで正式契約を五件いただきました」と笑った。ちなみに契約第一号は、後藤さんだったらしい。

人生は、出会ってきた人の連なりでできている――。

それを真知子さんや私たちに教えてくれたのは、馬場町の小雪さんだった。

七月八日、父の遺骨を持って、真知子さんや神田さん、さらに後藤さんとともに『シェアハウスこなゆき』を訪ねた。父の最後の友人だった神田さんはともかく、後藤さんは「いいんですか？　私なんかがお邪魔《じゃま》しちゃって」としきりに恐縮していたが、真知子さんが「だいじょうぶです、絶対に喜びます」と妙に自信を持って言い切り、強引に連れて来たのだ。

小雪さんは私たちをリビングで迎えてくれた。介護用ベッドを窓辺に置いて、昼間のほとんどの時間をそこで過ごしているのだという。リビングが窮屈になっても、みんなと一緒にいたい、という小雪さんの望みに、シェアハウスの若者も喜んで応えたのだ。

やはり病状は確実に悪化している。体は六月よりさらに一回り縮み、顔色も土気《つちけ》色になっていた。それでも、まなざしにはしっかりとした生気がある。

神田さんと後藤さんを紹介すると、小雪さんは瘦せた顔をほころばせて、しわがれた声で、うれしそうに言った。

「七十二人目と、三人目だよ」

付き添いの青年が説明してくれた。

「小雪ばあちゃん、去年の暮れにガンがわかったときに、一人でもたくさんの人に出会いたいって決めたんです。だから、俺たちもばあちゃんが気に入りそうな友だちをどんどん連れてきて……」

話を引き取って、小雪さんが続けた。

「ずうっと客商売をやってたからね。お店のドアが開いて、一見《いちげん》さんが入ってきて、その人がお馴染《なじ》みさんになってくれるっていうのが、理屈抜きでうれしいんだよ」

人生の締めくくりの日々も、そう。

「せっかく出会っても、長い付き合いにはなれないのが悪いんだけど、新しい友だちができるのは、やっぱりうれしいよ」

リビングには十人近い若者がいる。そのうち半数は、ガンになってから出会った仲だった。

「この子たちのおばあちゃんよりも年上なんだけどね……友だちだよ、わたしたち」

寂しさとは無縁の老いと死が、ここには確かにあった。

父の骨箱をダイニングテーブルに置いた。若者たちには、小雪さんが一言だけ説明してくれた。「ばあちゃんがね、昔、うーんと昔、仲良しだったひとの遺骨」――「好き」という言葉はつかわなかった。一緒に暮らしていたとも言わない。まして、「恋」だの「愛」

だのといった言葉は、いっさい出てこない。

それでも、小雪さんの「仲良し」には万感が籠《こ》もっていた。若い連中にも伝わるものがあったのだろう、リビングに居合わせた誰もが神妙な面持ちになって、居住まいを正した。

「このまえ訊くのを忘れてたけど、シンちゃんは、どこで亡くなったんだっけ」

「公園です。最後に住んでいたアパートの近所の公園で、ベンチに座って小さな子どもたちが遊んでるのを見ているときに、クモ膜下出血で……」

私の答えを聞いた小雪さんは、すぐに「じゃあアレだね」と納得顔で言った。「あんたやお姉さんのことを思いだしてるときに、お迎えが来たんだよ」

そうだろうか。できすぎな話かもしれない。それでも、うれしかった。ほんとうにそうであってほしいな、とも思った。

小雪さんは骨箱を見つめて、ふふっと笑った。しくじってばかりだった父の人生にあきれているようにも、それを愛《いと》おしんでくれているようにも見える笑顔だった。口が動く。わかった。小雪さんの口は、あ、り、が、と、ね、と動いた。間違いない。私は無言で頭を下げた。小雪さんが、ほかのどの言葉でもなく、感謝の一言を伝えてくれたことに、こちらこそ、心の底から感謝を捧げたかった。

私の父は、出会ったことを喜んでもらえる存在だった。たとえ、その相手が数少なくても、たった一人でも、ゼロではない。それがなによりうれしい。

いや、二人だよ、と思い直した。三人だよ、四人だよ、と増やした。母がいる。姉がいる。そして私がいる。

あなたと、出会えてよかった。

それは、良し悪しや幸不幸や損得を超えて、無条件に素晴らしいことなのだ——胸をグイッと張ることはできなくても、足を踏ん張って、思う。

小雪さんは父の遺骨に、長い時間をかけて合掌をしてくれた。顔を上げ、目を開けたあとは、もうなにも父については話してくれなかった。若者たちをからかい、軽く説教をしながら、よく笑い、しきりに咳き込んで、最後はうつらうつらして会話ができなくなってしまった。

いとまごいの挨拶もできないまま『シェアハウスこなゆき』をひきあげたのは心残りだったが、神田さんは馬場町の駅に向かう道すがら、感に堪えないように言った。

「ノブさんは幸せ者だよ。いくら迷惑をかけて、叩き出されたんだとしても、最後の最後にあれだけじっくりと手を合わせてもらえりゃ本望だろう」

一方、小雪さんの自分史を書かなくてはならない真知子さんは、あてにしていたヤマ場が静かすぎたことに拍子抜けした様子で、帰り道ではぶつくさ言い通しだった。

「どんなに思いを込めて手を合わせても、しゃべってくれなきゃ意味ないんですよ。二人のなれそめとか、幸せだった頃の思い出とか、最後はどんな修羅場だったかとか、いままでも恨みつらみがあったり、逆に恩讐《おんしゅう》の彼方になってたりとか……そういうのがないと、盛り上がりがつくれないんです。まいっちゃうなあ」

神田さんは「二人ともねえちゃんの仕事のために生きてたわけじゃねえぞ」と怒りだしたが、まあまあ、と割って入った後藤さんは、諭《さと》すように真知子さんに言った。

「私も、自分史を書くときにはそうするなあ。あんがいと肝心なところにぽっかりと穴が空いた自伝になるような気がする」

「えーっ、それ、マズくないですか？　自分史を出す意味がないでしょ？」

「自分史は警察の供述調書や裁判の証言とは違うから。言いたくないことや、言えないこと、自分一人の胸に納めておきたいこと……たくさんあるよ、人生には」

父もそうなのだろう。私は父の人生について、まだたくさんのことを知らないままだった。それでいいのか。それでもいいのか。それだからこそ、いいのか。よくわからない。ただ、私は父の携帯電話に残されていた電話番号の主に連絡を取って、「父があなたにどんな迷惑をかけたのでしょうか」と尋ねることはしない。父の人生の穴ぼこの部分は、そのまま放っておこう、と決めている。無責任だと謗《そし》られてもいい。私は刑事でも探偵でもない。私は、父の息子――ただ、それだけなのだ。

夏を越すのは難しいと言われていた小雪さんは、十月に入っても、命をつないでいる。だが、もう話すことはできない。鎮静の点滴を入れ、酸素吸入のマスクをつけて、昏々《こんこん》と寝入っている。その目が再び開くことは、ないだろう。

一週間前には血圧が急に下がった。かろうじてその危機をくぐり抜けたものの、三日前からはおしっこが出なくなってしまった。ゆうべ、東京を発って間もない頃に真知子さんがよこしたメールによると〈さっき『シェアハウスこなゆき』に顔を出したのですが、訪問医の先生の話だと、さすがに、あと一晩か二晩とのことでした〉——父の散骨に合わせて旅立つのなら、やはり、小雪さんと父には終生の絆《きずな》があったのだろうか。母のことを思うと複雑な思いにはなるけれど。

ゆうべのメールには、続きがある。

〈お別れが刻一刻と近づいているのは悲しいのですが、かねてからの希望どおり病院には入らず、『シェアハウスこなゆき』で人生を閉じることができそうなので、すごいな、幸せだな、と。それを支えてくれる学生さんたちがいることと、孫の世代よりも若い学生さんたちと、そういう関係をつくっていたこと……マジすごい〉

私もまったく同感。さらに言うなら、真知子さんだって、よくがんばった。小雪さんの自分史を、本人の一人語りではなく、スナック時代からの友人知己が語る思い出を集めて構成することに決めたのだ。小雪さんの容態が悪化して、人生を自ら語ることができなくなったのが現実的な理由なのだが、「出会った人に語られる人生が、その人のほんとうの人生かもしれませんよね」——弁解交じりの屁理屈《へりくつ》とは思いながらも、「だって、人間って、誰かと出会うために生きてるわけじゃないですか」と言葉を重ねられると、屁理屈が二乗されて、あんがいと説得力を持つものなのだ。

「出会うために生きてると、もれなく別れもついてきちゃうんですけどね」

深い考えもなしに、わかったふうなことを言うから、うまく正体を言えないなにか熱いものが胸に迫って、私は言葉に詰まってしまうのだ。

後藤さんがハーヴェスト多摩に戻ったことで、私にも父の部屋を引き払う踏ん切りがついた。家財道具や衣類は八月のうちにすべて処分して、母と姉と私の誕生日に印がついていたカレンダーは、照雲寺でお焚《た》き上げをしてもらった。

形見は、迷ったすえ、手元には残さなかった。母や姉もそれでいいと言った。小雪さんと神田さんが望むのなら渡すつもりだったが、二人とも気持ちだけで充分だと言ってくれた。神田さんは「ノブさんの形見なんて持ってたら、ゲンが悪くなって博打《ばくち》で勝てなくなる」――憎まれ口をたたいたあとで、「モノじゃねえんだよ、こういうのは、よ」と自分自身で嚙みしめるように付け加えた。

父の部屋にあった本は和泉台文庫に寄贈した。田辺麻美さんによると、池波正太郎はやはり手堅い人気だという。娘の陽香さんは、大学の春学期に受講した授業の期末レポートで松尾あつゆきの『原爆句抄』について調べ、教授から高い評価を受けた。冬休みには長崎を訪ねて句碑に手を合わせたい、と言っている。ひこばえは、こういう形でも芽吹いてくれた。

ひこばえで言えば、うれしい話が一つ。

七月の終わりに、佐山から電話がかかってきた。

「暑中見舞いの葉書をもらったよ」

『よしお基金』のAEDで一命を取り留めた杉下くんから――。

二通目の手紙になる。最初の礼状は、先生や両親に言われてしかたなく書いたような型通りの文面だったが、今度は違った。暑中見舞いを書きたい、と自分から言い出したのだ。

「どうも、AEDが学校に置いてあった事情を先生から聞いたらしいんだ」

「芳雄くんのこと?」

「ああ……ヤンチャな奴って、意外とそういう生き死にの話には感受性があるっていうか、敏感なんだろうな」

葉書に印刷された暑中見舞いの挨拶文の隣に、手書きのメッセージがあった。

〈命を救ってくれて、ありがとうございました。息子さんのぶんも毎日を大切に生きていきます〉

葉書が届くのと前後して、基金に寄付があった。振込人は、杉下くんの両親と本人の連名だったという。

陽が高くなった。夜明け頃には多かった雲もだいぶ消えて、いまはもう、すっかり秋晴れの朝だ。のどかな田園風景が車窓に広がる。コンバインが入って稲刈りをしている田んぼもあった。

「あと五分ほどだ」

神田さんがひさしぶりに口を開いた。それまでは無理やり話題を見つけてでもしゃべりどおしだったのに、鶴山インターチェンジまで二十キロを切ったあたりから、急に黙り込んでしまっていたのだ。

「インターを降りたら、駅までは三分もかからん。すぐだ、すぐ」

鶴山市の交通の中心は、JRの三路線が交わり、大阪方面行きの高速バスも発着する鶴山駅だが、インターチェンジからは十五分ほどかかる。私は、その一駅手前の作楽《さくら》駅でトラックから降ろされてしまう。

駅舎こそ構えていても、売店のない無人駅だ。列車の発着は一時間に一本あるかどうか。地図アプリで調べると、近くに暇をつぶせるような店もなかった。そんなところで降ろされても困るのだが、神田さんは「ガキじゃねえんだから、タクシーを呼ぶなりバス停を探すなり、なんなら歩くなりして、自分でなんとかしろ」と譲らない。

なぜなら——。

「荷物があるのに遠回りをするなんてのは嫌なんだよ、俺は」

東京を発つときに言われた。鶴山駅に寄ってから配送先の工場に向かうと、ほんのわずか遠回りになってしまう。プロのトラックドライバーとしてそれはできない、というのが神田さんの言いぶんだった。

固い。融通が利かない。それでいて、いよいよ長旅が終わりに差しかかると「ノブさんともお別れか……どうせお骨になってるんだからって言っても、やっぱり寂しいもんだなあ」とため息をつく。

じゃあ少し遠回りして別れを惜しめばいいじゃないか、とは思うのだが、そこがいかにも神田さんで、だらしないところの多かったはずの父がそんな神田さんと友だちだったというのが、可笑《おか》しくて、うれしくて、くすぐったくて……。

「おう息子、なにニヤニヤしてるんだ」

「いえ……なんでもないです」

トラックがエアブレーキをかけて減速した。鶴山インターチェンジに着いたのだ。

作楽駅の駅前広場にトラックが停まる。広場というより、古い建物が取り壊されたあとの空き地がそのまま、がらんと残ったという感じだった。

「ずいぶん殺風景だが、まあ、色気も洒落《しゃれ》っ気もないところで別れるのがお似合いなのかもな」

　よし終わりだ終わり、お別れだ、と神田さんはシートベルトをはずし、ドアを勢いよく開けた。手すり付きのステップを軽い足取りで降りて、最後は跳ぶように着地した。膝の屈伸を何度かしたあと、あくび交じりに両手を上げて大きく伸びをする。

　私も自分の荷物と父の骨箱を入れたスポーツバッグを手に、広場に降り立った。

「おう息子、俺はべたべたした人付き合いは好きじゃねえから、これで終わりだ」

「……はい」

「用もないのに電話してくるんじゃねえぞ。そもそも、俺たちは、ノブさんがいないとまるっきりの赤の他人なんだからな」

「……わかってます」

「まあ、元気でやれ」

　神田さんはそう言って、私が胸に抱いたスポーツバッグに手を伸ばした。お別れに父の骨箱を抱いてくれるのなら、もちろん喜んでお願いするつもりだったが、神田さんは、差し出した手で、バッグを一発――ぴんたのように軽く叩いた。

「よかったな、ノブさん、息子に会えて」

　笑って声をかけ、その笑顔を私にも向けて、「よかったな」と繰り返す。「親孝行ができて、よかったな、ほんとうに」

無言でうなずく私に、「よしっ」と顔をくしゃくしゃにした。あとはもう、言葉を交わさず、目も合わさず、そそくさと運転席に戻った。

クラクションが短く鳴った。ゆっくりとトラックが発進する。窓から手を振ってくれるかと期待していたが、神田さんはこちらには一瞥《いちべつ》もよこさず、あっさりと県道に合流してしまった。

私は県道に出て深々と頭を下げた。サイドミラーに映ったのだろうか、トラックは最後の最後、県道を左折する前に、ハザードランプを一度だけ灯《とも》してくれた。


弓ノ浜温泉の旅館に着いたのは、空が夕暮れの色に染まりかけた頃だった。

作楽駅で一時間以上待って、ようやく来た鈍行列車は鶴山止まりだった。鶴山での待ち時間は三十分。鶴山から西に向かう鈍行列車で一時間半、乗り換えの備北《びほく》駅での待ち時間が一時間半、そして北に向かう鈍行列車で二時間。さすがにキツかった。

「レンタカーにすればよかったのに。鶴山市なら営業所ぐらいあるんじゃない？」

夏子に言われるまでもなく、レンタカーのことは考えたのだ。車なら半分以下の所要時間で旅館に着いていただろう。

だが、鉄道を使いたかった。正確には、父を鈍行列車に乗せてやりたかった。

今日は備北駅で乗り換えたが、備北駅からさらに西に延びる路線がある。父のふるさとの比婆市は、その沿線だった。

　高校を卒業した父は、大阪まで直通の急行列車に乗ってふるさとを後にした。列車は備北駅にも停まったはずだし、備北から作楽までの車窓風景を、十八歳の父も眺めていたに違いない。

　西へ向かう鈍行列車はがら空きだったので、ボックスシートを私と父で独占できた。スポーツバッグを窓際に置き、私は向かい側に座った。鶴山駅での待ち時間に買ったハイボールを二本、一本はバッグの上に載せ、もう一本は自分で飲んだ。

　父と差し向かいで鈍行列車に揺られる日が来るとは、半年前には夢にも思わなかった。半年後に振り返ると、あれはすべて夢だったのか、とキツネにつままれたような気になるかもしれない。

　列車の揺れに身を任せ、ハイボールを啜《すす》りながら、あらためて思う。父はどんな夢を持ってふるさとを出たのだろう。その夢は、どれくらい叶《かな》って、どれくらい叶わなかったのだろう。父はどんな父親になりたかったのか。どんな息子が欲しかったのか。父は自分の人生を悔やんでいたのか。それなりに満足していたのか。私に会いたいと思っていたのか。会えたらなにを話すつもりだったのか……。

　刈り取り前の黄金色をした田んぼに、カカシがぽつんと立っていた。「へのへのもへじ」の顔は、まるで私を見送ってくれているみたいに、列車が田んぼの脇を通り過ぎたあとも、窓越しに振り向く私の視界にしばらくとどまっていた。

「おじいさん、喜んでるだろうね」

露天風呂に浸《つ》かって夜空を見上げながら、航太が言った。「やっとお葬式をしてもらった気分なんじゃない？」

まあな、と私は応え、頭に載せた濡《ぬ》れタオルを裏返した。

さっきまでみんなで夕食の膳を囲んでいた。私と夏子と航太に、美菜と千隼くんと遼星、そして父の骨箱を上座に置き、陰膳《かげぜん》とまではいかなくとも、地酒を注《そそ》いだグラスを供えた。私はそこまでで充分だと思っていたのだが、航太が「おじいさんに献杯《けんぱい》しなくちゃ」と言い出した。なにごとにつけ感激屋の航太は、献杯のあとも自ら司会役を買って出て、家族全員を父に紹介するコーナーまで設けたのだ。もっとも、しんみりしていたのは航太と私だけで、千隼くんは舟盛りの刺身にせっせと箸《はし》を伸ばし、美菜と夏子は遼星をあやしながら、他愛《たわい》ないおしゃべりに花を咲かせていたのだが。

それにしても、この温泉はいい。お湯の肌当たりも柔らかいし、すぐ目の前が海なので、寄せては返す波の音をぼんやり聴いていると、身も心もほぐれていく。さらに夜空の美しさは期待以上だった。東京で見るよりもずっと多くの星が瞬いている。

北斗七星はどれだろう。あの星とあの星をつないでいけばいいのだろうか。これかな、違うかな、そうじゃないのかな……と探していたら、航太が「運が悪かったよね」と言った。「自分史の取材が少しでも始まってれば、おじいさんのこと、もっといろいろわかったのに」

私も最初はうなずいて応えたが、星座の線が引かれていない夜空を眺めていたら、「かたち」なんてどうでもいいな、と思えてきた。輪郭やつながりや神話の筋立てがなくても、夜空は、ただ圧倒的に、ある。

父の「かたち」も結局ほとんどわからずじまいだった。星と星をつないで星座をつくるように、こういう人で、こういう人生だった、とまとめることはできなかった。

「でも、いいじゃないか。親父の命は、ちゃんと俺やおまえや遼星に受け継がれてるんだから、それだけでいいんだよ」

キザだっただろうか。「ひょっとして『かたち』と『いのち』で韻を踏ませてませんか？」

――いたずらっぽく笑う真知子さんが、浮かんで、消えた。

風呂からあがって部屋に戻ると、美菜と夏子のおしゃべりはまだ続いていた。千隼くんと美菜と遼星には別に一部屋取ってあるのだが、遼星を産んで初めての泊まりがけの旅行になる美菜は、すっかりゴキゲンで「どうせだったら、お父さんと航太が向こうに行って、チーさんと一緒に男子部屋にしちゃえば？」とまで言いだした。

たしなめるかと思っていた夏子も、「まあ、めったにないことなんだし、それもいいんじゃない?」と笑って言う。夏子は夏子で、新米ママになった美菜に二人きりで伝えたいことがたくさんあるのかもしれない。

母と姉もそうだった。姉はなぜ母に深すぎるぐらいに思いを寄せるのか。母はなぜ私よりも姉を頼りにしているのか。長年ずっとわからなかった母親と娘との関係が、美菜が遼星を産んでから、少しだけ――わかるとまでは言えなくても、なるほどな、とうなずくぐらいはできるようになった。

母親と娘には、良くも悪くも、男親や男きょうだいには届かない絆がある。

ならば、父親と息子は、どうだ。航太に目をやると、床の間に置いた父の骨箱も一緒に視界に入った。私は父の息子であり、航太の父親なのだと、あらためて思う。

そこに、遼星を抱っこした千隼くんが部屋に入ってきた。遼星を寝かしつけるのに難儀しているらしい。

私は遼星の祖父でもある。祖父と孫の関係は、父親と息子の関係と、どこがどう重なって、どこがどう違っているのか。それを探っていくことが、楽しみなような、ちょっと怖いような……。

美菜は「チーさん、あと二十分だけお願いね」と立ち上がった。「ソッコーで露天風呂に入ってくるから」

航太が「星がすごくたくさん見えるよ」と言うと、「うわあ、楽しみ!」と相好を崩し千隼くんに抱っこされた遼星の頬を軽くつついて、ゴキゲンのお裾分けをするみたいに童謡の『きらきら星』を、手遊び付きで歌った。

「きらきらひかる、おそらのほしよ……」

歌に合わせて、手首を左右にひねり、星の「きらきら」を手のひらで表現する。

私は息を呑《の》んだ。胸がどくんと高鳴った。『きらきら星』の手遊びは、父の「バイバイ」と同じしぐさだったのだ。

美菜が部屋を出たあとも、胸の高鳴りは消えなかった。自分の右手をじっと見つめて、手首を左右にひねる。やはりそうだ。間違いない。「きらきらひかる」の手遊びは、父の独特の「バイバイ」――手を開いて肘《ひじ》から先を左右に振るのではなく、手首を左右にひねって、すぼめた手のひらと甲を交互に見せる、そのしぐさと同じだった。

『きらきら星』の歌や手遊びは、もちろん知っていたが、いままで父の「バイバイ」と重ね合わせたことはなかった。目の前で『きらきら星』の手遊びを見たのは、美菜や航太が幼い頃以来――二十年ぶりぐらいだし、父の「バイバイ」も、何十年にもわたって記憶の最も深いところにしまい込まれたまま、顧みられることもなく、ただ昏々と眠っていたのだ。

だが、いま、私は父の「バイバイ」を自分の手で繰り返す。もう忘れない。ずっと覚えている。パソコンのデータが上書き更新されたように、「バイバイ」は父にまつわる最も新しい思い出になり、我が家にとっての『きらきら星』は、夏子が美菜や航太に歌ったものから、美菜が遼星に歌ったものへと代替わりした。

それを誰よりも喜んでいるのは――。

右手で「バイバイ」を繰り返しながら、床の間の骨箱に目をやると、自然と頬がゆるんだ。ゆるみすぎた。まぶたの裏が急に熱くなり、重くなって、潤みはじめた。

骨箱から目をそらし、体ごと壁のほうに向けようとしたら、夏子が「ねえねえ」と声をかけてきた。「ちょっと庭に出てみない？」

「……え？」

「晩ごはんのときに、仲居さんが、ぜひどうぞって言ってたじゃない」

広い日本庭園が旅館の自慢だった。囲炉裏を切った東屋《あずまや》では、竹筒の燗酒《かんざけ》や炙《あぶ》り餅、みたらし団子をふるまっている。

「夜十時までやってるって言ってたから、いまから行ってみない？」

航太が「あ、じゃあ俺も行こうかな」と応えたら、夏子は「あんたはだめ」と笑った。「お父さんとお母さんにデートさせなさい」――ふだんはそういう冗談は言わない人なのだが。

「ね、行こうよ」

重ねて誘われ、目配せもされると、うなずくしかなかった。

ライトアップされた日本庭園に出て、玉砂利の小《こ》径《みち》を歩きながら、夏子が言った。

「あのまま部屋にいたら、あなた、泣きだしたんじゃないの？」

「……わかってたのか」

「なんとなくね。美菜が『きらきら星』を歌ったあとから、ちょっと様子がヘンだったでしょ」

まいったな、と苦笑した。胸の内を見透かされた気恥ずかしさと、察してもらったうれしさとが、微妙に入り交じる。

「助かったよ」

「どういたしまして。ダテに三十年近く相方をやってないからね、こっちだって」

長い付き合いだ。あらためて噛みしめると、今度は百パーセント、照れくさくなってしまった。

東屋で竹の器に注いだ熱燗と炙ったエイヒレをもらって、縁台に腰かけた。夏子も炙り餅と燗酒を手に、隣に座る。

青竹がほのかに香る燗酒を啜りながら、父の「バイバイ」の話をした。

夏子はさっきの私と同じように父の「バイバイ」を片手で真似て、何度か繰り返したあと、「あなたが受け継いだら？」と言った。「遼星くんに、この『バイバイ』をしてあげればいいんじゃない？」

そうすれば、大きくなった遼星が覚えていてくれるかもしれない。「おじいちゃんの『バイバイ』って独特だったなあ」と懐かしんでくれれば、父の「バイバイ」が、二世代を隔てて、曽孫《ひまご》の遼星の記憶に残ることになる。遼星が自分の子どもや孫に「俺のおじいちゃんの『バイバイ』はこうだったんだぞ」と伝え、その子たちが覚えていてくれれば、さらに……。

燗酒を啜る。温《ぬく》もりが、腹よりもむしろ胸に満ちる。

夜空を見上げた。満天の星の中には、すでに寿命の尽きたものもある。星は消えうせても、その星が放った光は、気の遠くなるほどの長い歳月をかけて地球に届く。

「人が死んだら星になるって、いいなあ」

つぶやくと、夏子に「え？」と訊き返された。私は「なんでもない」と応え、酒をまた舌に染み渡らせるように啜った。

小さな港の桟橋には、ツタ島を管理する葬祭会社のスタッフが待っていた。

「もうすぐ島から船が戻ってきますから、それに乗って渡ってください」

チャーターした小さな釣り船で、片道五分ほどの短い船旅になる。島は岬の陰になるので、ここからはまだ見えない。

「お一人でよろしいですね？」

念を押して訊かれた。今日、ツタ島で散骨をするのは三組——私以外の二組はどちらも家族や身内が十名近く参列するので、すでに何便かに分けて島に渡っているという。

やはり家族を連れて来ればよかっただろうか。遼星の世話をしなくてはならない美菜や千隼くんはともかく、夏子は誘えば来てくれたはずだし、航太はむしろ自分から来たがっていた。スジとしては、父と血のつながりがある航太だけでも一緒のほうが正しいのかもしれない。

それでも、最後の最後はワガママを通した。航太と美菜の父親ではなく、遼星の祖父や夏子の夫でもない、父の息子という立場だけでツタ島に渡りたかった。

家族と父は、旅館の玄関で別れた。美菜は千隼くんに抱っこされた遼星の小さな手を取って、父の骨箱に触れさせてくれた。曽孫に会えて、父も喜んでいるだろう。ツタ島の対岸になる弓ノ浜温泉からタクシーに乗って、高速船の出る美保港に向かった。大阪からの空路もあるが、後鳥羽島へは、高速船でも一時間以上かかる。やはり遠い。母がいつか「行ってみたい」と望むのなら、姉とともに母を連れて後鳥羽島に行き、高台の参拝所からツタ島に手を合わせて……それが私にとっても最初で最後の墓参りになりそうな気がする。足繁《しげ》く通うわけにはいかないだろう。

航太には「冷たすぎるよ」と文句を言われてしまうだろうか。だが、遠く離れた東京にいても、親父はあの島に眠っているんだ、と思いを馳《は》せることができるなら、それで充分ではないか。千の風——も悪くないけれど、いなくなった人の居場所があるというのもいいんじゃないかな、と思うのだ、いまの私は。

「来ました、あの船です」

スタッフが沖を指差した。ツタ島から岬を回り込んで、船が戻ってきた。私はスポーツバッグの持ち手を強く握り直す。

ツタ島は、上空から見るとヒョウタンのような形をした小さな島だった。二百メートルほどの外周は、切り立った断崖ばかりで、船を着けられる港はない。年に二度、春と秋に散骨のために島を訪れる人は、その日に合わせて取り付けられた浮き桟橋から島に上陸するのだ。

国立公園の第一種特別地域に指定されているので建造物は一切つくれないのだと、島で出迎えた葬祭会社のスタッフが教えてくれた。

「ですから、将来にわたって、いまの静かな環境が荒らされることはないんです」

十年ほど前に散骨を始めてから、すでに百数十霊が撒かれた。生前予約も百人ほどいるらしい。

浮き桟橋から、階段状に板を渡しただけの簡易な遊歩道を登りきると、鬱蒼《うっそう》とした森を切り拓《ひら》いた一角に出る。そこが散骨場だった。

先に来ていた二組は、すでに散骨を終えて、私と入れ替わりに島を引きあげるところだった。ああ、あそこに撒いたんだな、と遠くから見てもすぐにわかる。

粉骨してパウダー状にした遺骨は、穴を掘って埋めるのでなく、そのまま地面に撒く。粉になった骨は、雪のように白い。あるいは学校のグラウンドにラインを引く石灰にも似ているだろうか。夜中にここを訪ねても、闇の中、ほの白く浮かんでいるのが見て取れるかもしれない。

それでも、一年もすれば、遺骨は土に還《かえ》ってしまう。森の樹々《きぎ》の一本一本の命に、ほんのわずかだけでも、溶けていく。

冬の日本海は北風が強い。大陸から吹いてくる風に巻き上げられて、空に散る骨もあるだろうか。さらさらとした白い粉が、鉛色の空の下、荒れた海に舞い落ちる。思い描いたその光景は、なぜだろう、晴天の空の下で凪《な》いだ海に降るよりも美しく、神々しいものに感じられた。

「では、ここによろしくお願いします」

指示された場所で骨壺《こつつぼ》の蓋《ふた》を開けた。父の骨も白い。人生になにひとつ悔やむことはなかった――ことにしてくれよ、と伝えるかのように、まぶしいぐらいに白い。

地面に撒いた。麦焼酎をかけた。悲しみはない。寂しさや切なさや悔いもない。ただ、終わったんだな、という安堵《あんど》だけが、胸に満ちていく。

浮き桟橋で帰りの船を待っているとき、真知子さんから電話がかかってきた。ついさっき、小雪さんが『シェアハウスこなゆき』で息を引き取った。若者たちに看取《みと》られて、眠るように逝《い》ったらしい。

「わたし、いま、おかしいんです」

真知子さんは泣きながら言った。

「悲しいんですよ、めちゃくちゃ悲しいんですけど……うれしいんです、喜んでるんじゃないのに、うれしいんです……」

小雪さんが苦しまずに旅立ってくれたことがうれしい。「お疲れさまでした」と言える穏やかな最期だったことがうれしい。

「悲しいけど、うれし泣きって、ありですよね？　ね？」

「ああ……ある」

理由がなんであろうと、泣きやんだあとに胸がすっきりしているのなら、それは幸せな泣き方なのだ。私も、大切な人を見送るときにはそんな涙を流したいし、そんな涙で見送られたい。

電話を切ったあと、遠くの空を見つめ、手を合わせて頭《こうべ》を垂れた。

父と出会ってくれたこと、「家族」にはなれなくとも、父と最後までつながりを断ち切らずにいてくれたことに感謝して――。

また、いつか。

声に出さずにつぶやいて、ひと息ついたあと、なんなんだろうなあ、と苦笑した。死後の世界や生まれ変わり、さらには霊魂などまったく信じていないのに、さらりと、ごくあたりまえの挨拶をするように、その言葉が浮かんだのだ。

迎えの船が着いた。浮き桟橋に舫《もや》い綱が掛けられるのを眺めながら、同じ言葉を、今度は父に向けた。

また、いつか。

そのあとに続くのはなんだろう。「会おう」ではない気がする。再会を望みはしない。亡くなった人とはもう二度と、決して会えない。わかっている。それでも、続く言葉のないまま、私は繰り返す。

また、いつか。

船に乗り込んだ。船尾に座り、島と向き合った。動き出す。スピードが上がる。島が遠ざかっていく。

私は右手を高く掲げ、手首を左右にひねって、父と同じ「バイバイ」をした。手元を見上げると、昼間の青空に、きらきら星が瞬いていた。

文庫版のためのあとがき

本作は朝日新聞に連載された。２０１８年6月1日から翌年9月30日まで1年4ヶ月、全４７１回という長丁場で読んでいただいた。
最終回の数日後、『連載を終えて』という小文を同紙に載せてもらった。こんな内容である。

〈大切な人が亡くなったり遠くに行ってしまったりしたときに、よく「胸にぽっかりと穴が空く」と言われる。その「穴」を描きたかった。より正確に言えば、自分の胸に穿《うが》たれた「穴」と共に生きていく還暦間近のオヤジのお話を読んでいただきたかった。それは、50代後半になり、大切な身内や友人を何人か喪《うしな》ってきた自分自身にとって、最も切実な主題の一つだった。

長らく音信不通で記憶も薄れていた父親が、ある日突然、遺骨となって息子の前に現れる――。『ひこばえ』はそこから始まる。しかし、物語は、おそらく多くの人が望んでいたようには進まなかった。

これは、知らなかった父親の人生を息子が探る物語ではない。頁《ページ》をめくるにつれてジグソーパズルが完成するように父親の姿が立ちのぼる、というお話でもない。そういう展開を期待していらっしゃった読者の皆さんにはお詫《わ》び申し上げるしかないだろう。

それでも、主人公の胸にぽっかりと空いた「穴」を謎解きの形では埋めたくなかった。わからないことはわからないままでいい。見えないところは見えないままでかまわない。不在の父親が空けた「穴」そのものの形を描きたかった。息子にずっとなれずにいた（だからこそ、父親にもうまくなりそこねていた）男が、もう会えない父親という「穴」の存在を認めることで、ようやく息子になる。そういうお話を読んでいただきたかったのだ。

本作は『流星ワゴン』と『とんび』という作品と同じカテゴリーになる。少なくとも、作者としてはそう位置付けている。いずれも父親と息子の関係を描いたお話で、ストーリー以前の根っこの根っこの部分に、自分自身の父への思いが息づいている三作でもある。

その父は、２０１６年に他界した。父の死後初めて挑んだ父親と息子のお話になる『ひこばえ』は、「いなくなった人と共に生きていく」ことを自らに問う物語でもあったのだと思う。

挿画の川上和生さんをはじめ、連載を支えていただいた関係各位に感謝する。もちろん読んでくださった方々には最大級の謝辞を。愉《たの》しんでいただけたなら心底うれしいのだが、ここから先はもう、作者がモノを言うことではあるまい〉

文庫版の後記を書くにあたって、この小文に付け加えるべきものは、さほどないような気がする。「関係各位」の名前を記して謝意を伝える程度だろうか。

それでも、少しだけ——。

オトナの視点でのお話を書くときには、主人公や語り手を執筆時点の自分と同年齢にすることが多い。お話の書き手という立場を離れた、生活者としての実感をベースに物語を紡ぐスタイルを好んでいるのだ。

本作もそう。主人公が55歳なのは、連載時の自分がその年齢だったからである。「ということは、連載の時期が10年早まっていたら、45歳の主人公が登場するお話になっていたのか?」——そのとおり。当然ストーリーや設定は大きく変わり、『ひこばえ』とはまったく別のお話を書いていただろう。たとえ物語の大筋は変わらなかったとしても、音信不通だった父親の死を息子が知るのが45歳と55歳とでは、やはり、受け止め方も違うはずである。

もっと普遍的であるべきではないか、作者と作品が近すぎるのではないか、などのお叱《しか》りは覚悟しながらも、「この歳《とし》だからこそ」「この歳でなければ」の、格好をつけて言えば一期一会の面白さ（と難しさ）は、これからも大切にしたいと思っている。

さらに本作の場合は、２０１８年に連載が始まったのも大きかった。連載開始の2年前に父を亡くしたのは前出の小文でも記したとおりだが、同じ２０１６年から大学で任期付きの教師になって、我が子よりも若い世代との付き合いが始まった。２０１８年からはゼミも開講して、学生たちとより深く接するようになっていたのだ。

彼らと一緒にいると、こちらまで気分が若くなるが、その一方で、自分の老いもまた思い知らされる。加えて、２０１６年と２０１７年に心臓の不具合で入院・加療をしたこともあって、否応なしに――遠望ではあっても「死」を意識せざるをえなくなる。本作には、そんな若者たちとの日々がもたらす実りが染みているはずである。

また連載中には、ラジオのドキュメンタリー番組でナビゲーターも務めていた（２０１８年4月～２０１９年3月）。東日本大震災の復興を応援する月イチの番組である。スタジオでゲストとトークするだけでなく、被災地にも足しげく通った。東日本大震災については発災直後から取材を繰り返してきたが、発災から7年という、ひこばえの芽吹きが感じられつつあるタイミングで現場を歩いたことは、本作にも少なからぬ影響を与えていると思う。

そんなわけで、本作は、これまでに書いたお話の中でも特に「この歳／年だからこそ」「この歳／年でなければ」が強い物語になった。

それがいいのかどうか、よくわからない。

けれど、そういう書き方しかできないんだよオレは、と開き直らせてもらおうか。

これしかできないことをまっとうする——単行本刊行から2年半、還暦が間近に迫ったいま、その難しさをあらためて嚙《か》みしめつつ、だからこそ挑もう、とも思っている（でも、「こんなこともできるかな？」というのも忘れたくないけどね）。

文庫化にあたって、物語の本筋は一切いじっていないが、細かく推敲をした。このバージョンをもって『ひこばえ』の決定稿とさせていただく。

では、最後に「関係各位」への謝辞を——。

連載中の挿絵は川上和生さん、単行本と文庫の装画は、しらこさん。装幀は単行本も文庫も鈴木成一さんにお願いした。ありがとうございます。

連載担当は中村真理子さん、単行本の編集は牧野輝也さん。さらに、この文庫版の編集だけでなく、連載前からずっと本作に心を寄せてくださった四本倫子さん。少し遠くから見守ってもらった髙津祐典さんと池谷真吾さん。そして、そもそもの始まり——朝日新聞での連載の話を持ってきてくださった加藤修さん。皆さん、お世話になりました。ありがとうございます。

そのうえで、最大の謝辞は、本作を読んでくださった皆さんへ捧げたい。ほんとうにありがとうございました。

愉しんでいただけたなら心底うれしいのだが、ここから先はもう、作者がモノを言うことではあるまい……って、堂々巡りになったところで、これにて失敬。

重松清

2022年10月

JASRAC 出 2209343-201

ひこばえ　下　　朝日文庫

2023年2月28日　第1刷発行

著　者　重《しげ》松《まつ》　清《きよし》

発行者　三宮博信
発行所　朝日新聞出版
〒104-8011　東京都中央区築地5-3-2
電話　03-5541-8832(編集)
03-5540-7793(販売)

印刷製本　大日本印刷株式会社

Published in Japan by Asahi Shimbun Publications Inc.
定価はカバーに表示してあります

ISBN978-4-02-265089-4
落丁・乱丁の場合は弊社業務部(電話 03-5540-7800)へご連絡ください。
送料弊社負担にてお取り替えいたします。